분홍빛 궁전

사랑에 관한 단편소설 모음집
분홍빛 궁전

초판 1쇄 인쇄	2025년 11월 07일
초판 1쇄 발행	2025년 11월 24일
신고번호	제313-2010-376호
등록번호	105-91-58839
지은이	허신
발행처	보민출판사
발행인	김국환
기획	김선희
편집	현경보
디자인	다인디자인
ISBN	979-11-6957-402-0 03810
주소	경기도 파주시 해올로 11, 우미린더퍼스트@ 상가 2동 109호
전화	070-8615-7449
사이트	www.bominbook.com

• 가격은 뒤표지에 있으며, 파본은 구입하신 서점에서 교환해드립니다.
• 이 책은 저작권법에 의하여 보호를 받는 저작물이므로 무단 전재와 복사를 금합니다.

사랑에 관한 단편소설 모음집

분홍빛 궁전

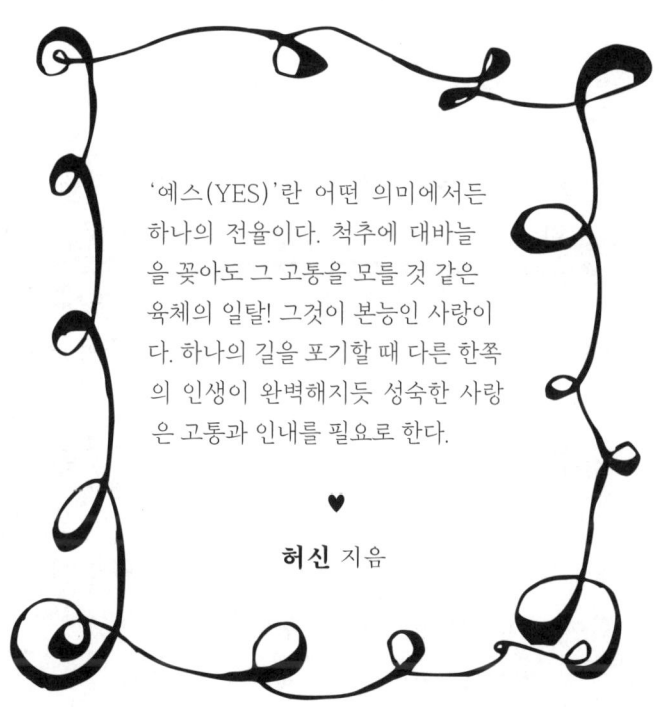

'예스(YES)'란 어떤 의미에서든 하나의 전율이다. 척추에 대바늘을 꽂아도 그 고통을 모를 것 같은 육체의 일탈! 그것이 본능인 사랑이다. 하나의 길을 포기할 때 다른 한쪽의 인생이 완벽해지듯 성숙한 사랑은 고통과 인내를 필요로 한다.

♥

허신 지음

작가의 말
♥

언제나 자정을 넘은 늦은 새벽녘까지 밤을 잊은 사내가 된다. 별 볼일 없는 빛도 못 보는, 글인지 탐욕인지도 모를 괴변을 써 내려간다. 주제넘은 같잖은 일인지 알면서도 쓰고, 또 쓰고 싶어서 쓴다. 가방끈 짧은 전두엽이 토해내는 생각, 여중이는 여중이가 되어야 하거늘 망둥이가 뛰니 꼴뚜기도 뛰드라는, 그야말로 글은 아무나 쓰나? 진 떨어지는 별 희망도 없는 아이러니를 내갈기면서 신이 들린 듯 원고 위에 너절함을 토해내고 반신반의 떨떨한 글이 차곡차곡 몇 백 페이지의 분량일 때 내 책상 위를 떠난 글은 한 권의 문학이 되어 세상으로 나가 독자를 만난다.

이 글은 이 풍진 세상의 글이 아니다. 세상을 품어 안기도 하지만 풍자하고 반추하며 민초들의 민낯을 까발리고 우롱하는 신랄하지만 유머스러운, 아직은 살만한 우리들 인간을 곧추세우는 평화주의적 괴변이라면 맞다. 불쑥불쑥 튀어나오는 먼 날의 기억들이 하나둘, 하나둘 신의 계시처럼 튀어나올 때 순간순간을 메모하고 전두엽에서 기억을 곳간의 알곡처럼 쌓아둔다. 이런 것들이 내 글의 뼈대이고 골자다. 언제나 그렇듯 내 기억 속에 머물렀던 것들이 내 존재를 변화시키는 것이다. 눈과 귀 그리고 나를 바꾸고 또 다른 세상을 바라보는 성찰로 내 영혼을 말없이 옮겨놓는다.

작가라는 이름으로 아직 세상의 문단에 유명세 없는 졸필의 아마추어로 나름의 글을 쓴 지도 벌써 강산이 한 번 변한 10년을 넘어섰다. 유명세를 타고 독자들의 사랑을 받는다면 더없는 행복이자 영광일 테지만 나와는 거리가 먼 훗날의 이야기일 테다. 세상의 문단에 걸작의 큰 업적을 남겨 베스트셀러 작가로 돈 좀 벌었으면 하는 계산은 아직 해본 적이 없다. 오로지 내가 하고 싶은 일이어서 행복한 마음으로 하는 일이고, 미치고 싶어 은둔으로 고독한 길 위에서 누리는 이 자유가 작가의 행복이라기에 나는 글쓰기가 좋다. 이 글로 세상의 독자와 소통하고 싶은 마음뿐이다.

누가 이 글을 읽어주기를 기다리지 않는 사람, 그대 모두 모두 사랑하는 이들이여, 행복한 세상이기를…

2025년 11월
지은이 **허 신**

연애의 방정식
♥

　사랑을 이렇게도 말할 수 있을까? 사랑이란 밤하늘의 별을 따려는 아련하고 애달픈 몸짓일런지도 모른다. 하나의 소실점에 내 생애를 태워 생명을 바치다시피 한 사랑의 결말이 한꺼번에 불시에 사라진다면 그 허망함은 어디에 비할까? 이러한 비정한 사생활의 사람들이 우리들 삶의 주위에 흔한 일이 되어가고 있다. 어제까지만 해도 들끓어 오르는 쾌락에 젖어 이성을 잃을 만큼의 불구덩이에서 헤어나지 못한 그들이었다. 사랑에 빠진 자여! 본능은 어쩔 수가 없구나. 유한한 광기에 체면은 말이 아니다. 내가 나를 주체할 수 없는 본능, 그 이름은 사내! 그 사내에게 신은 종족 보존의 능력과 즐김, 황홀이라는 허울을 함께 선물로 주셨다. 어두움을 밝히는 전등 아래 밤의 불나비가 꼬여 들어 날며 스러진다.
　도덕적 해이를 넘어선 현대판 사랑법은 전등 아래 어지럽게 나는 불나방과 흡사하다. 어느 것이 사랑임을 가늠하기 힘들게 문란해진 21세기의 사랑법! 그 진절머리 여자는 마지노선 같은 풋사랑을 쟁취하기 위해 밤을 배회하고 있으니! 오~ 사랑하는 이여, 여자는 당신의 것입니다. 나를 데려가세요.

　사랑은 불멸이다. 자신의 통제가 불가할 만큼 나는 너에게 빠져 너는 내 삶의 빛이고 로망이며 내 육신의 불꽃이다. 이렇게 정의한다. 사랑은 살을 맞대고 부딪치고 부비며 혀의 얽힘과 가슴과 엉덩이를 쓰다듬으며 물어뜯는 흥분으로 몸을 떨고 하나가 되어 몸짓으로 정열을 훔치는 것이 사랑이다. 이렇게 박력 있던 사랑이 식어갈 때는 혼란과 번민이 고통으로 밀려와 모든 걸 잃은 허무가 급기야 자신의 침몰에 익사하기로 한다. 본능은 현실을 만들어낼 지언정 현실에 부합하는 사랑, 내면의 지능에 골머리를 앓아야 하는 것도 사랑법의 하나다. 그렇다면 사랑의 시차와 절차, 다가서는 문제에는 어떠한 것들이 있다고 믿어지는가? 그것은 필경 우연일 수도 있고 필연일 수도 있으니 예기치 않은 어떤 폭발적 이유이거나 단 한 번의 충동적 끌림이 이유일 수도 있다. 가까운 지인의 발설로, 또는 길 위에서, 기차역에서, 카페에서 또는 직장에서 운명적 만남의 사유는 그 수를 헤아릴 수 없을 만큼 다수의 이면으로 서로를 마주하게 된다. 한편, 돈으로 임시변통의 쾌락을 팔고 사는 하룻밤 풋사랑도 있음을 빼놓을 수 없다. 사랑의 눈, 도수 높은 그 프리즘도 각양각색임을 아니 말할 수 없으니 따져볼 일이다.

　요즘 젊은이들의 사랑법은 이유야 어떻든 야무지고 까탈스러워 그 기준이 애매모호하다고 할까? 임시 먹기에는 곶감이라고 사람의 됨됨이보다는 우선 몸매를 보고 얼굴과 스타일을 서열 1위로 꼽는 경향 말이다. 반면, 목마른 자 물을 찾듯 돼지 인물 보고 잡아먹느냐는 식의 마구잡이 여자 사냥꾼도 있다. 그야말로 무대뽀 연애법이다. 암컷을 탐하는 수컷의 무질서 법으로 혐오의 접근법이라 이름하자.

만남! 그것은 키스다. 서로 열정의 나눔이고 가까움의 촉매다. 키스는 닫힌 상대를 여는 합리화의 행위이며 본능을 암시하는 노골적인 제스처다. 두려움이거나 반감이 없는 절대적 의미다.

애무! 그것은 꿈의 경지이자 혼을 잃어버리는 순간의 매칭이다. 애무는 사랑의 절정으로 가는 길목이며 불가능을 타파한 타임 없는 쾌속정의 질주다. 이 순간 사랑은 도덕적 해이에서 완전하게 벗어나 광란에 이를 만큼 폭력적이고 난폭한 짐승이 되는 것이다. 몸과 마음이 하나 되어 운명적일 때 이것을 감히 사랑이라 말하리! 여기까지가 나름의 사랑론이다.

목차
♥

작가의 말 … 4
연애의 방정식 … 6

제1부. 괴짜녀의 사생활

노골적인 여자 … 12
우연과 필연 사이에서 … 25
호박이 넝쿨째 … 40
구라빨로 녹인 너는 내 인생의 시금석 … 49
그 여자는 선생님 … 55
외모로 갈등하는 여자 … 66
첫눈에 내 영혼을 걷우어 간 여자 … 73
오 마이 갓! 미세스 김 … 80
인연이라는 것이 … 89
말이 예뻐 사랑이지 이건 순 일회용 여자 … 95
막장파의 리허설 … 101
헤픈 여자 … 109
열 번 찍어 넘어간 여자 … 115
괴짜녀의 사생활 … 121
운명의 여자 … 131
과부 … 138
로또가 당첨된 여자 … 148
내 안에 숨겨진 연인 … 155
불행의 늪 … 161

제2부. 첫사랑, 열아홉 순정

내 인생을 고발한다 … 168
마지막 데이트 … 174
그녀의 이름 … 183
인연의 고리 … 190
이야기 속으로 … 198
첫사랑, 열아홉 순정 … 207
부르기 거북한 이름 … 215
내 연인의 이력서 … 221
살며시 사랑으로 다가와 … 227
너는 내 운명 … 233
가을을 혐오하는 여자 … 241
아들의 엄마 … 245
카리스마의 눈 … 249
내 안의 카사블랑카 … 257
이년의 팔자를 어쩐다냐 … 262
사랑의 이름으로 … 266
빛과 그리고 그림자 … 271

에필로그 … 276

제1부

괴짜녀의 사생활

이제 나는 아무도 없는 혼자라는 현실 앞에서는
생의 낙오자인 양 천 길 나락의 절벽 앞에 무릎을 꿇어야 했다.

노골적인 여자

　　세상에 이런 일이! 내 평생 이런 사내를 만나다니! 복 받은 년이여! 이건 필경 신이 나에게 내린 운명의 장난임을 자부하던 여자, 이게 뭔 복이여? 연신 어글거리며 참말로 행복한 년이네. 언능 봉께 첨부터 생김생김이 범상치 않아 뵈더니만 철석같이 이년의 예감이 맞아떨어져 버렸네. 하이고오~ 흉측하지만 귀여운 것! 요것이 내 꺼가 될 줄이야 꿈에선들 알았쓰까이. 위매위매 행복한 거, 이년의 나이 50줄에 겨우 걸려든 평생의 웬수 서방을 만나 한평생 으찌 살까 싶어 노심초사 삭신을 졸였드만, 그나마도 복이라고 그러면 그렇지 이년의 팔자 요것밖에 안 되지 끌탕을 하며 모든 걸 내려놓고 자포자기 상태에 그나마도 복이라고 소나기가 억수로 퍼붓던 한여름 어느 날 웬수 같던 서방이 집 밖 객사로 세상

을 뜨고 홀로 과부가 된 지도 어언 10년 세월! 이 그려 10년이 넘었는가 비네. 유수와 같은 세월이라드니만 거울 속 이년도 투박하니 많이도 늙었다.

사내라면 이를 갈던 그녀가 강산이 한 번 변하는 10년 세월을 혹독한 설움으로 견뎌낸 자신을 거울로 보면서 넋두리를 하고 있었다. 사내 없는 외로운 세월이었지만 허구헌 날 악다구니를 치던 그때보다는 지금의 혼자가 더 편안하고 행복까지도 느낄 만큼 안정된 세상살이였다. 젊은 나이에 과부가 되고 보니 으쟁이, 뜨쟁이 불알 달린 사내들이 그녀 주위에 넘실거렸다. 밤이 되면 문고리 단속을 하고 낫 한 자루와 몽둥이를 머리맡에 두고 잠을 청했다. 오뉴월 삼복에도 긴 바지를 두 개씩 껴입고 치마끈을 옹촘매 허리를 동여맸다. 이미 두 남자를 거친 유부녀였지만 헤픈 여자가 되기는 싫어 남은 자존심 하나로 자신을 지키고 싶었다.

또한, 자신의 행동거지 하나하나에 신경을 써 남의 눈에 거슬리는 과부라는 선입견을 주지 않으려 무진 애를 썼다. 되도록 바깥출입을 자제하며 살았다.

감히, 뭇 사내들이 기웃거리거나 범접할 수 없게 자신의 절개에 신경을 곤두세워 보지만, 목구멍이 포도청이라고 뭔가 일을 해야 먹고 살 판이니 은둔생활만 할 수는 없는 노릇이었다. 산전수전 돌밭을 걸어야 할 운명까지 이르렀으니 이제는 무엇이건 해야만 했다. 뭇 사내들이 득실거리는 건축 노동판에서 잔심부름이나 거드는 벽돌공 잡부로 일을 시작했다. 사내들의 끈질긴 농담과 추파를 인내하는 건 일보다도 더 힘들었다. 누구를 위하여 종을 치는가? 그 의미를 곱씹었다. 여기에서 자아를 얻은 여자는 붓다의 깨달음을 느끼며 강해져야 한다는 속풀이를 할 수 있었다. 얼쩡거리며 농을 걸어오는 사내들과 진력이 나게 맞서는 일이었다. 되로 주고 말로 받는 식이었다. 농담이나 받아주는 쉬워 보이는 여자가 아님을 농담 속에 상기시켰다. 그러면서 얼굴을 익히고 이웃사촌이 된 듯 허물마저 이무로워지니 짓궂던 행동거지와 야한 농담은 어느 날부터인가 슬며시 제 몸을 감추고 있었다.

강력한 노동판의 햇볕에 검게 그을린 얼굴과 손발은 선머슴처럼 우락부락해져 갔다. 세상에 두려울 것이 없었다. 육신과 정신이 강해진 까닭이었다. 이런 시간의 연속도 벌써 몇 년이 흘러가고 있었다. 그간 땀으로 벌어 모은 수입도 여간이 아니었다. 그러나 다가오는 노후를 생각하면 아직 일손을 놓을 때는 아니었다. 힘은 들어도 익숙해진 일이 재미도 있어 그런대로 희망을 걸어보는 의미도 남과 달랐다.

빈 깍지뿐이었던 내가 내 분주한 노동으로 여유가 있어지면서 여자는 나름의 흡족을 희망으로 덧채우며 빈 거울 앞에 앉았다. 세월의 흔적을 여실히 보여주고 있었다. 까닭 모를 눈물이 펑펑 쏟아지고 있었다. 아득한 세월 속에 묻힌 지난날들이 주마등처럼 눈물 속에 어른거렸다. 술주정뱅이 아버지여서 가세랄 것도 없이 찢어지게 가난했던, 배가 곯아 울던 그 시절을 생각하면 왜 그리 아버지가 미웠는지 몸서리가 쳐지지만 그래도 천륜이니 어쩌랴? 미운 아버지보다 불쌍한 아버지가 더 마음에 와닿아 또 한 번 흐느껴 울었다.

어느 날 저잣거리 선술집에서 처음 만난 낯선 이와 술상을 맞이한 게 아버지의 실수라면 큰 실수였다. 일면식도 없는 낯선 이와 오가는 술잔 속에 잡담 같은 혼처 이야기가 오고 갔던가? 낮술로 거나해져 돌아온 아버지가 대뜸 나를 불러 세웠다. 너도 이제 과년한 나이니 시집을 가야 하지 않겠니? 괜찮은 혼처가 났는데 시집 갈래느냐? 이건 딸자식 가진 아비의 명령이야. 거역할 일이 아니야. 좋은 혼처인 듯하니 서둘러 가야 할 일이야. 알겠느냐? 여자는 술에 취해 뱉어내는 아버지의 일침에 아무런 대꾸도 하지 못하고 커다란 눈만 껌뻑거릴 뿐 콩닥거리며 뛰는 놀란 심장을 쓰다듬으며 할 말을 잊었다. 말인지 방귀인지 술 취한 아버지의 구린 입에서 나오는 그 어떤 말 하나도 귀에 담지 않고 한쪽 귀로 흘려버렸다. 얼굴이 달아오르고 분노가 끓어올랐다. 못 먹고, 못 입으며 어렵게 자란 딸의 입장은커녕 길바닥에서 만난 낯선 이의 자식놈에게 시집을 가라니…

세상을 똑바로 살면서 정을 주며 키운 아버지의 딸이었다면 순응할지언정 단 한 번이라도 당신의 무릎 위에 앉혀 품어 안았을까? 냉대 속에 곤곤하게 자란 나더러 시집을 가라니 이건 절대적으로 죄의식을 외면한 취중 망발이어서 더 이해할 수가 없었다. 마뜩잖은 헛기침을 서너 번 쿨렁거리던 아버지는 몸을 아래위로 흔들며 또 한마디를 터트렸다. 언제쯤 할까? 날 잡으랴? 사돈 될 집에서는 한시가 급하다던데, 기왕 할 거면 서둘러야지.

술 취한 아버지의 역정이 두려워 발발 떨고 있을 때 돌아온 어머니가 흰자를 드러내며 눈을 흘겼다. 대낮부터 화사하니 또 폈구랴? 그놈의 술집에 불을 지르던가 해야지. 그리고 듣자 하니 애

나이가 지금 몇이우? 겨우 젖 떨어진 열일곱 나이에 시집은 무슨 놈의 시집! 당신 지금 제정신으로 하는 얘기야? 당신, 어떤 놈이랑 작당했구랴? 술 몇 잔에 녹았지? 귀신은 뭐하나 몰라! 저 인간 안 잡아가고. 아이고~ 속 터져. 어허~ 암닭이 울면 집안이 망하는 기라. 어디 아녀자의 큰 소리가 담을 넘어서야! 아따! 공자가 여기 또 있네. 사돈 맺고 싶은 놈이 어디 어느 놈이여? 그건 알어 뭐하게? 내가 다 알아서 할 테니 당신은 지켜만 봐. 내가 술은 먹어도 빈 깡통 소리는 안 하지. 본래 여자아이 발목이 아름으로 쥐어 한 움큼이면 시집을 가도 무방한 나이니 당신 나서지 말구 내 뜻대로 하세. 영감만 딸자식이우? 나는 이 아이의 어미여. 보내고 안 보내고는 절대 내 소관이니께 그리 알드라구요! 어허! 이 여편네가 개풀 뜯어먹는 잡소리를 지껄이고 있구만. 어쨌거나 난 못 보내!

집안 분위기가 점점 싸늘해지고 있었다. 아버지의 일갈에 여자는 독 안에 든 쥐였다. 어린 나의 고민이 깊어지고 있었다. 방법을 찾아야 했다. 엄마의 귀에 여자는 나지막한 소리로 이렇게 속삭였다. 엄마, 나 서울로 도망 갈까봐. 그 소리에 엄마는 흠칫하며 아무런 말도 없이 한동안 침묵을 지키며 말뚝처럼 서 있었다.

드디어 엄마가 입을 열었다. 그래, 서울로 가거라. 네 당숙이 서울에 있으니, 임시 그곳에 거처하면서 직공일이라도 혀서 여유가 생기면 월세방이래두 얻어 살면 되니께. 일단 방법을 강구해 보자구나. 그런데 엄마, 걱정이 하나 있어. 내가 갑자기 없어지면 아버지 등쌀에 하루도 엄마가 편할 날이 없을 텐데 그건 어떻게 하지? 일단은 가. 뒷수습은 내가 할 테니께. 여자는 아버지 앞으로 한 장의 편지를 썼다.

아버지, 저 아버지 말씀 거역하고 이제 이 집을 떠납니다. 제가 더 성숙해서 돌아와 아버지가 원하는 혼처에 시집가겠습니다. 지금은 때가 아닙니다. 불효녀를 용서하세요. 늘 건강하시고요. 엄마 잘 부탁드립니다.

이렇게 도망치듯 집을 나온 그 햇수가 몇몇 해이던가? 그새 아버지는 급기야 술병으로 세상을 뜨셨고 매사에 지쳐 사신 엄마는 백발에 새우등이 되어 굽어 있었다. 엄마는 이 없는 턱을 들썩이며 이렇게 말씀하셨다. 내가 죽기 전에 너 시집 보내 잘 사는 모습을 보고 죽어야 할 텐데. 혼처가 나면 선 한 번 볼 테냐? 여자는 선뜻 엄마, 그럴게 하고 대답했다.

그해 겨울 겨울비가 추적추적 나리는 오후 엄마 손에 낯선 남자의 사진 한 장이 쥐어져 있었다. 엄마는 내 앞에 불쑥 사진을 내보이며 찬찬히 뜯어봐. 중매쟁이 말로는 땅뙈기도 어지간하고 가문의 내력이나 시부모 자리도 호인이라고 하더만. 그것은 나중 일이고 일단 사진부터 차근차근 뜯어봐. 사람의 심성은 오양에 나타나는 법이니께. 사진 한 장이 그 사람의 전부일 수도 있어. 네가 마음에 있어 하면 이 에미가 조만간 시어머니 재목도 만나볼라니까. 잘 눈여겨봐야.

사진 속 훤칠한 이목구비는 사내다웠지만 치켜든 가는 눈꼬리는 사람이 살차 보여 싸늘한 느낌마저 들었다. 주걱턱에 하관이 빠른 족제비상이었다. 마음에 드는 건 그의 이마빡뿐이었다. 사람이 생긴 것보다는 착하다고 했다. 중매쟁이의 말을 100% 신뢰할 순 없지만 일단 착하다는 데에는 그 어떤 이유도 달고 싶지 않았다. 정을 나누며 평생을 같이 할 인연이라면 인물 따위는 별개였다. 슬금슬금 나의 눈치를 살피던 엄마에게 엄마, 인물은 꽝이지만 심성이 착하다니 그거 하나가 마음에 드네. 금세 엄마의 얼굴이 환해지셨다. 연분인가 보네이. 결정 내린 겨? 응, 엄마. 나도 잘난 거 하나 없으니까 한 번 부딪쳐 보지 뭐.

혼인은 급물살을 탔다. 이른 봄꽃 목련이 피고 개나리 진달래가 화사한 4월 중순을 기점으로 혼인 날짜를 잡아놓고 있었다. 일단 일을 저지르고 보니 만감이 교차해 잠을 이룰 수가 없었다. 연로하신 엄마가 제일 걱정이었다. 마음 같아서는 엄마가 돌아가시기 전에 똘똘한 손주를 하나 안겨드리고 싶은 욕심이 생겼다. 시집 가문의 뜻에 따라 재래식 혼인을 하자고 합의가 됐다. 연지곤지를 찍고 사모관대를 차렸다. 암수 청둥오리 목각 인형이 나란히 푸른 보자기 위에 앉아 축복하듯 바라보는 그 앞에서 맞절을 하며 백년가약을 맺은 우리는 그렇게 한 쌍의 부부의 연을 맺었다.

그 이듬해 5월 내가 소원하던 아들을 낳았다. 이제나저제나 기다리던 끝에 어엿한 사내놈을 손주로 맞이한 시집 식구들은 큰 경사라며 큰 잔치를 벌이며 행복해했다. 등 굽은 엄마의 어깨춤이 절로 났다. 환하게 웃는 이 없는 엄마의 붉은 잇몸이 햇볕에 아른거렸다. 엄마는 내 등짝을 어루만지며 위안을 주고 계셨다. 이 순간이 그렇게 행복할 수가 없었다. 남편은 싱글벙글 노냥 아기 곁에서 떠날 줄을 몰랐다. 여자는 덩달아 신바람이 났다. 이웃 아주머니들의 격려와 칭찬이 민망스러울 만큼 성화여서 몸 둘 바를 모를 만큼 많은 이들이 나에게 관심을 가져주었다.

아이는 제 아빠를 빼닮았다고들 했다. 살짝 돌아앉아 아이에게 젖을 물렸다. 아이는 맛나게 쪽쪽 소리를 내며 강하게 어미의 젖을 빨았다. 아이의 뽀얀 얼굴을 하염없이 내려다본다. 수그린 내 얼굴에 앞 머리카락이 흘러내렸다. 내일은 열 일을 제치고라도 머리 손질을 해야겠다고 생각했다.

괘종시계가 오후 세 시를 알렸다. 겨울이 깊어져 가고 있었다. 지지직거리는 낡은 라디오에서 날씨 예보를 알리고 있었다. 올겨울 추위는 20년 만에 찾아온 한랭의 기후로 춥고 혹독한 겨울이 되겠다는 예보를 흘리며 겨울 농촌의 이모저모를 훈시하고 있었다. 잠든 아이를 조심스럽게 솜이불 위에 누였다. 작은 심장이 규칙적으로 팔딱팔딱 뛰고 있었다. 아이를 볼 때마다 작은 행복을 느끼고 있었다. 평생 이런 행복이었으면 싶었다.

밖은 벌써 어둑어둑해지고 있었다. 차가운 냉기에 한기를 느꼈다. 아직 돌아오지 않은 남편이 기다려졌다. 바람과 함께 싸락눈이 살그락대며 흩날리고 있었다. 남편은 술을 즐기는 편이었다. 주량에 맞지 않게 과음해 몸을 못 가눌 정도가 되어도 주사를 부리거나 추태를 보이는 일은 없었다. 주도가 분명한 사람이었다. 남편은 해장 술국으로 북엇국을 좋아했다. 오늘따라 귀가가 늦어지고 있었다. 남편을 기다리는 저녁 밥상이 방 한가운데 덩그러니 놓여 있었다. 마음이 점점 심란해지고 왠지 모를 불안한 느낌이 엄습해 왔다. 빠끔히 창문을 열어 밖을 내다보았다. 눈이 제법 내리고 있었다.

시계를 올려다보았다. 열 시가 넘어가고 있었다. 그때 누군가가 부산스럽게 대문을 두드렸다. 계십니까? 계세요? 남편의 목소리는 아니었다. 낯선 목소리에 가슴이 일순간 덜컥 내려앉았다. 불안한 예감에 머리카락이 주뼛 섰다. 심장이 쿵쿵 뛰기 시작했다. 누구세요? 아, 네. 급하게 전할 말씀이 있어서… 걸린 빗장을 빼고 대문을 열었다. 남편의 이름은 김형오였다. 김형오 씨 부인 되시나요? 네, 그렇습니다만. 놀라지 마십시오. 병원에서 왔습니다. 남편분께서 교통사고로 운명하셨습니다. 여자는 억 소리를 내며 그 자리에 털썩 주저앉아 그대로 얼음이 되었다. 넋이 나가 한동안 주저앉은 여자의 머리 위로 하얀 눈이 소복하게 쌓여 잠들었던 아이가 그새 깨어 어미를 따라 울기 시작했다. 한마디 말도 없이 사고를 당해 객사한 남편이 한없이 원망스러웠다. 몸부림치며 애타게 울어보지만 소용없는 일이었다. 짧은 인연의 결혼생활은 그렇게 끝이 났다.

그녀는 남편 없는 시집에서 노령의 시부모를 모시면서 긴 세월 5년을 버텼다. 아이는 벌써 6살이 되었다. 노쇠해진 시부모 두 분은 봄, 가을 사이로 세상과의 인연을 끊었다. 이젠 더 이상 의지할 곳이라고는 아무 데도 없었다. 기구한 팔자에 얽매어 넋두리 하소연만 하며 세상을 살 수는 없었다. 정신을 차리고 흩어진 마음을 다잡아야 했다. 여섯 살 아이의 손목을 잡고 서울 변두리에 정착하게 된 건 정확히 3년 전이었다. 집을 떠나면서 모든 걸 정리해 보니 얼마간의 금전적인 여유가 있었다. 복덕방을 찾아갔다. 가지고 있는 금액에 맞는 허름한 전셋집을 구해 달라고 했다. 일은 순조로웠다, 이틀 만에 복덕방에서 기별이 왔다. 아이와 함께 빈집을 둘러보니 허름하긴 하지만 두 식구가 기거하기에는 불편함이 없을 듯했다.

일단 아이와 안착할 집이 있어 마음이 놓였다. 다음 단계에서 심사숙고해야 할 일이라면 안정된 직장과 아이 문제가 최우선의 숙제였다. 아이는 하루 종일 유치원의 돌봄을 받기로 했다. 눈 감으면 코 베어 간다는 야박한 서울에서 아는 이 하나 없이 직장을 구한다는 건 하늘의 별을 따는 것만큼이나 힘겨운 일이었다. 세월이 약이라는 생각이 번개처럼 와닿았다. 며칠에서 몇 달간 살다 보면 눈인사 정도 나눌 이웃이 생길 것이었다. 내가 먼저 다가가 친구를 만드는 것이 우선이었다. 당장 굶어 죽을 일 없는 조금의 여유가 내 심장에 위안을 주고 있었다.

우연한 인연은 우연한 기회에 생기는 우연의 일치인가 보다. 비닐봉지가 터지게 과일을 사 들고 가던 남자였다. 이런 제기랄! 남자가 급한 소리를 지르고 있었다. 비닐봉지에 가득 담겨 있던 과일이 봉지가 찢어지면서 사방으로 굴러 흩어지고 있었다. 여자는 지체 없이 종종걸음으로 달려가 치마폭에 과일을 주워 담았다. 남자도 급히 굴러가는 과일을 따라 달음질치고 있었다. 정신없이 과일을 주워 담다가 남자와 이마를 부딪쳤다. 아이쿠! 이런!

남자가 얼굴이 빨개지며 몹시 미안해했다. 괜찮으세요? 죄송합니다. 아이구~ 별말씀을요. 이렇게 도와주셔서 제가 감사드립니다. 사내가 겸연쩍은 듯 씩 웃었다. 나도 따라 답례로 웃어 주었다. 과일이래도 드릴 걸. 봉지가 없으니, 이거 참. 아아~ 아니에요. 그런 말씀 마세요.
　그렇게 헤어진 며칠 후 시장바닥에서 다시 마주치게 되었다. 두 사람은 서로를 바로 알아보았다. 또 이렇게 뵙게 되네요. 저번엔 정말 고마웠습니다. 별말씀 다 하시네요. 어느 누구라도 그 광경을 보고는 그냥 못 지나치지요. 당연한 일을 했을 뿐입니다. 미안해하지 마세요. 여자는 미소를 지으며 사내를 보고 웃었다. 이런 우연도 인연인데 바쁘지 않으면 차 한 잔 하시겠습니까? 그럴게요. 기다리고 있었다는 듯 여자는 거절하지 않았다. 마침 눈앞에 카페가 잔잔한 음악으로 손님을 부르고 있었다.

　카페 안은 조용했다. 손님이 드나들기에는 아직 이른 시간이었다. 빈 공간을 어색하지 않게 사내가 먼저 입을 열었다. 가을이라 그런가 조석으로 설렁설렁합니다. 이런 환절기엔 감기 조심해야 하는데 건강 좀 챙기십시오. 묻지도 않은 말을 사내가 혼자 원내고 좌수 내고 있었다. 서먹한 공간을 메우려 무진 애를 쓰는 듯했다. 네, 감사합니다. 걱정해 주셔서. 여자의 하얗고 고른 정갈한 이가 사내의 마음을 설레이게 했다.
　두 사람은 짧은 시간에 많은 이야기를 나눴다. 커피잔이 빈 지 이미 오래였다. 카페 주인의 눈총이 따갑게 느껴져 뒤통수가 근질거렸다. 여기요! 아까 것으로 두 잔 더요! 남자도 여자도 서로 선뜻 일어나지 않으려 했다. 서로의 끌림이 침묵으로 이어지고 있었다. 서로의 속내가 이익을 창출하려는 속셈의 시간이었다. 무슨 일을 하시는지 여유가 있으신가 봐요. 여자가 가방을 열어 미니 거울을 꺼내며 힐끗 사내를 돌아보며 말했다. 아 네. 바쁠 땐 바빠도 한가할 땐 따분하리만큼 한가합니다. 오늘이 그날입니다. 사내가 불쑥 안주머니를 뒤져 명함을 꺼내 여자에게 건넸다. 아, 공인중개사이시군요.

카페에서 만난 이후 두 사람은 자주 만나 식사도 같이 하는 사이까지 발전하고 있었다. 서로가 서로를 알아가는 사이였다. 자신의 정조를 지키려 삼복에 바지를 두 개씩 껴입고 낫 한 자루와 몽둥이를 머리맡에 두고 잠을 청해야 했던 그때의 여자가 아니었다. 삶의 방식을 100% 뒤바꿔 남은 인생을 여유롭고 즐겁게, 아직은 젊은 나름의 행복을 찾으려는 듯 그녀는 몰라보게 달라져 가고 있었다. 어느 누구도 두 사람 사이를 방해할 수 없기에 둘의 만남은 깊이깊이 서로에게 빠져들었다. 살과 뼈가 타는 불덩이 질곡의 밤을 벌써 여러 차례 즐긴 그들이었다.

50대 후반의 사내는 아내와 사별한 지 3년 차로 홀아비로 늙어갈까 노심초사한 그였기에 둘의 갑작스러운 만남은 가뭄의 단비 같은 것이었다. 사내는 못 말리는 여자 탐이 대단했다. 젊은 아내를 두고 바람을 피워 소문난 제비로 오인받아 온 그였다. 타고난 정력가였다. 사내는 저녁이면 아내를 위해 최선을 다해 성적으로 아내를 행복하게 만들었다. 여자가 더 적극적이었다. 밤마다 체위를 바꾸며 그 시간을 즐겼다. 남자가 모르는 새로운 방법을 공부라도 하는가? 여자는 저녁마다 남자에게 새로움을 훈장질하고 있었다. 오입에 이골난 사내가 오히려 민망할 정도로 그녀는 노골적이었다.

우연과 필연 사이에서

우연이든 필연이든 인연이라는 것은 사람과 사람 간의 소통이고 끈이다. 우연은 예기치 않게 일상에서 약속이나 한 듯 갑자기 찾아오는 행운을 일컫는 말이다. 그림자처럼 찾아온 생각 밖의 꿈같은 일을 이르는 말처럼 어떤 사업적이거나 목적을 가지고 고민할 때 구세주나 다름없이 인연을 맺음으로써 서로의 이익을 추구하는 뜻밖의 횡재에 즈음할 때 필연이라고 사람들은 말한다. 우연의 좋은 뜻풀이다. 하나의 단어이며 친밀감이 묻어나는 좋은 뜻의 의미가 부여된 부드러운 말 중의 하나다.

40대 나이에 조금은 괜찮은 축에 속하는 여자, 귀부인이나 어울리는 트레머리에 얼굴이 희고 매끄러운 동양의 티를 살짝 벗어난 이국적인 외모! 귀티 나는 그 여자가 어느 날 나와 인연이 된 건 그야말로 우연이었다. 그렇게 보아서였을까? 여자는 자신의 외모에 부합되는 의상마저 단아하고 우아했다. 발목까지 치렁치렁거리는 흰 주름치마가 그녀의 움직임대로 따라 흔들렸다. 흰색 블라우스에 노란 가디건을 걸쳐 입었다. 뒷굽이 안정적인, 높지 않은 연두색 힐을 신었다. 왼쪽 가슴엔 멋을 낸 장미 브로치 한 송이가 그녀의 멋을 한껏 치켜세워 주고 있었다. 옷이 날개요, 꾸밈이 꽃이라는 뒷소리가 허세가 아니었다.

입술은 연분홍 루즈를 가볍게 살짝 발라 차분함을 보여주었고 속눈썹이 긴 서글서글한 눈매는 총명해 보였다. 멋으로 쓴 가늘고 검은 안경테가 해사한 얼굴에 잘 어울렸다. 하늘거리며 흔들리는 귓볼에 달린 은색 귀걸이가 가녀린 여자임을 암시했고 비췻빛 연남색 레이스 가죽 날개에 줄무늬 쇠 장식이 요란스럽지 않아 한눈에 그 여자의 색깔이 보이는 듯했다.

해 저문 초저녁 밤은 사람들의 물결로 넘쳐났다. 그 여자도 나도 그 인파 속에 섞여 어깨를 부딪치며 동행하고 있었다. 나는 그 여자의 뒷모습에 시선을 멈추고 아무 생각 없는 로봇처럼 이끌려 가는 듯 길을 걷고 있었다. 오늘따라 지지리 궁상맞게 공연히 마음이 울적하고 심란하던 차 바람이라도 쐴까 싶어 떠밀리다시피 나온 발걸음이었다. 건널목에 사람들이 멈춰 섰다. 그 여자도 나도 또 다른 이들도 신호등을 바라보며 서 있다. 청색 신호가 들어오자마자 일제히 사람들이 움직였다. 횡단보도를 건너 인도에 오르자 그 여자의 핸드폰이 구성지게 울렸다.

어, 그래. 그래. 나 지금 가게 앞이야. 전화를 끊은 여자가 다시

길을 걷기 시작했다. 겸연쩍게 서서 한눈을 팔며 딴청을 부리던 나도 그녀의 뒤를 따랐다. 갑자기 여자가 5층 건물 지하 노래방으로 들어가기 시작했다. 같이 따라 들어갈 수는 없었다. 닭 쫓던 개 지붕 쳐다보는 꼴이 되어 당황스럽던 나는 가로수에 기대섰다. 그냥 되돌아가기엔 왠지 머쓱하고 아쉬웠다. 여자가 나오길 기다려 보지만 여자는 나오지 않고 대신 노래방 간판에 불이 켜졌다. 이 여자가 노래방 주인 같은 느낌이 들었다. 기면 기고 아니면 말고, 어차피 마음이 울적해서 집을 나선 내가 아닌가? 스트레스도 풀 겸 여기서 악이래도 한 번 쓰고 갈까? 나는 벌써 계단을 내려가고 있었다. 오늘 일진이 끝내준다면 돌멩이 하나로 두 마리의 토끼를 잡을 수도 있겠다 싶었다.

　노래방 문을 열고 들어섰다. 방마다 불이 켜지고 조용한 가운데 오색 조명등만이 빙글거리며 돌아가고 있었다. 어서 오세요. 카운터를 정리하던 여자가 벌떡 일어서며 나를 손님으로 반기고 있었다. 아! 내가 따라갔던 여자였다. 내가 오늘 이 집의 첫 손님이었다. 아직 준비가 덜 돼서요. 조금만 기다려 주시겠습니까? 아, 네네. 그렇게 하지요. 대신 커피 한 잔 드릴까요? 지금 물을 끓이고 있어요. 주시면 받겠습니다. 처음 들어설 때의 어색함이 반전되는 기분이었다.
　카운터 옆 휴게 소파에 몸을 기대어 앉았다. 커피 두 잔을 가지고 온 여자가 마주 앉았다. 다방 커피가 아니라서 입에 맞으실래나 모르겠네요. 아구, 그 커피가 그 커피지. 별다른 커피가 있겠습니까? 카페는 프로가 내려주는 것이고 지금은 아마추어 실력인데 깊은 맛이 같을 리가 없지요. 아이구~ 과소평가 마십시오. 딱 이 맛이 커피 맛입니다. 맛있습니다. 카페보다 이리로 커피 마시러 와야겠습니다. 허허. 말씀이 재미있으시네요. 먼저 잔을 비운 여자는 할 일이 있는 듯 일어섰다. 노래하실 거지요? 3번방으로 가세요. 조명 빛을 받아 천연색이 된 여자의 하얀 얼굴이 나를 보며 씽긋 웃는다. 웃는 여자의 가지런한 하얀 이가 나를 전율시켰다.

 잠시 후 보리차를 쟁반에 받쳐 들고 여자가 들어왔다. 하얀 행주로 테이블을 닦은 후 탁자 가운데 보리차를 내려놓고 코드 키를 점검한 후 즐거운 시간 되시라며 가볍게 묵례를 했다. 나도 고개를 끄덕이고 답례를 하며 나가려는 여자에게 김치~ 하며 웃어 주었다. 그녀는 그런 나의 행동에 다시 웃음을 지어 보냈다.
 컴컴한 방 안에 혼자가 된 나는 쌀자루를 물어뜯는 쥐처럼 부스럭대며 노래책을 뒤적이지만, 마음은 온통 콩밭에 가 있어 건성으로 책장만 넘기고 있었다. 후다닥 문을 박차고 나가 그녀와 마주 앉아 대화하고 싶은 마음뿐이었다. 급한 자여, 돌아가라. 참을 인을 세 번이면 살인도 면하느니. 내가 나를 추스르며 들뜬 마음을 다독이고 있었다. 즐겨 부르던 애창곡 18번을 선택해 다이얼을 눌렀다. 웅장한 음향의 반주가 흘러나오고 나는 천천히 마이크를 집어 들었다. 멋지게 부른 첫 곡으로 그녀에게 감동을 주어 환심이래도 사고 싶었다. 메들리로 연속 다섯 곡을 입력했다.

 똑! 똑! 똑! 노크 소리가 들렸다. 모자이크된 유리문 너머로 그 여자의 얼굴이 보였다. 나는 노래를 멈추고 문을 열어주었다. 기분 좋은 첫 손님이라서 서비스 차원으로 음료 하나로 웬수 갚으러 왔다며 환하게 웃었다. 웬수라, 그건 칼부림인데요? 이대로 죽어야 합니까? 아, 오늘 일진 개엉망인데요. 생면부지 첫 만남에 그녀의 웬수 갚으러 왔다는 그 말도 걸작이었지만 칼부림이라는 정곡을 찌르는 의미심장한 내 말 또한 서로 부합되는 농인 듯해 실소가 터질 수밖에 없었다. 내가 너털거리며 웃어 재끼자 재미있다는 듯 그녀도 따라 깔깔거렸다.

노래 참 잘하시네요. 목소리 톤이 자지러질 만큼 감성적이에요. 여운이 남는 아름다운 목소리예요. 아마추어를 넘어선 기성 가수 뺨치는 실력이네요. 에이, 부끄럽게 낙하산 태우지 마세요. 어지럽습니다. 무슨 일을 하시는지는 모르나 진로를 바꾸셔야 할 것 같아요. 요즈음은 어지간하면 노래들을 잘해서 기성 가수보다 실력이 월등한 아마추어가 대세인 세상 아닙니까? 우리나라 노래 문화 많이 발전했습니다. 노래 한 번 해보라고 하면 오금을 저리며 쭈뼛거리고, 구석으로 도망가는 아날로그 시절 사람들이 아니지 않습니까? 배짱들도 좋아지고 넉살도 늘고 남보다 앞질러 선창을 해요. 그러니 노래 실력이 늘 수밖에요. 뭐든지 자꾸 접해야 이력이 나는 거 아닙니까?

우리 여사장님 노래 한 자락 듣고 싶은데 한 곡조 꽝! 프레젠트하시지요? 듣고 싶으세요? 땡중이 염불하는 수준밖에 안 되는데요? 마침 오늘 손님도 없는데 같이 놀아주시면 제 기분 업업업입니다. 나는 마이크를 들어 부라보 노래방 사장님의 주특기 18번, 27번 가수 조미미가 부른 단골손님 부르시겠습니다. 오~ 예! 이 시간 나는 주연이었고 그녀는 조연이었다.

여자의 목소리는 조용하고 차분했다. 나는 여자의 노래 중간 중간 추임새를 넣어 코러스를 연출해 주었다. 노래를 마친 여자가 부끄러워하며 얼른 방을 빠져나가려 했다. 그런 그녀를 보며 능글맞게 나는 목소리 톤을 바꿔 말했다. 사장님, 주법에도 일 배는 없습니다. 죽어서도 삼 배, 살아서도 삼 배! 삼 년 재수 끝내주는 노래 세 곡은 뭐 어디 뒷간에 똥 누러 갔습니까? 아니, 아니 돼요. 내 넉살에 그녀가 손을 들었다는 듯 자신이 부를 두 곡의 번호를 입력했다. 그녀의 노래가 끝나자 나도 여자를 따라 로비로 나왔다.

한참 침묵이 흐르는 사이 여자는 원두를 내려 머그컵에 커피를 따르고 있었다. 연기처럼 피어오르는 원두의 향이 두통을 일으킬 만큼 황홀했다. 저는 커피 킬러예요. 그 향이 너무 좋아서 하루에도 여러 잔을 마시는 편이에요. 커피 안 좋아하시면 안 드셔도 돼요. 무슨 소리세요? 저도 커피를 무진장 즐기는데 잡식성이라 아무거나 가리지 않고 마시지요. 나는 말을 마치고 낄낄거렸다. 성격이 좋아 보이세요. 유머도 있으시고. 네, 제가 좀 딴 사람보다 튀는 남다른 인생을 즐기는 편이거든요. 그러다 보니 적보다는 우군이 많아서 인기 짱입니다. 에이그, 인생 뭐 있습니까? 하고 싶은 일 하면서 즐기다 가는 게 인생 잘 살다 가는 거 아닙니까? 이게 상록수 인생이지요. 낭만적이신 분 같아요. 커피잔을 든 여자가 자리를 바꿔 내 옆에 앉으며 말했다. 네, 그렇게 살려고 노력합니다.

나는 자세를 고쳐 앉으며 아직 식지 않은 따끈한 머그컵을 두 손으로 감싸 쥐어 커피의 온기를 느끼고 싶었다. 내게 다가와 줄 것만 같은 여자의 따뜻함을 안는 기분이었다. 이 기분이 들킬까 나는 엉뚱한 말을 내뱉었다. 오늘 첫 손님인 내가 재수가 없나, 손님이 안 들어오네요? 언제나 초저녁엔 불만 밝히지 손님은 없어요. 가족 단위로 시시때때로 오시지만 술 취한 기분에 오시는 손님은 보통 10시 이후에 오셔서 그때가 피크타임이지요. 그럼 마지막 손님 받고 퇴근은 언제 하세요? 늦으면 12시, 이르면 11시 반쯤이면 퇴근 준비를 하지요.

그녀는 돈에 연연하지 않고 여가생활로 이 일을 한다고 했다. 부업 삼아 하는 일이라 굳이 신경 쓰지 않는다고 했다. 나는 자주 놀러 와도 되냐고 물었다. 네, 얼마든지요. 다만 손님으로요. 그래야 저도 먹고사니까요. 아이고~ 하하. 밑지는 장사는 안 하시겠다는 말씀이시네. 그러죠! 손님으로 자주 오겠습니다. 나는 손목의 시계를 보았다. 벌써 시간이 이렇게 됐나? 자, 그럼 오늘은 이만! 다음에 또 뵙지요. 그때까지 건강하셔야 합니다. 여운을 가득 담은 한마디로 나의 마음을 대신하고 싶다는 강력한 메시지를 여자에게 남긴 것 같아 가볍게 몸을 일으켜 노래방을 나왔다. 진짜 속셈은 12시가 아닌 밤새라도 그녀와 같이 있고 싶은 심정이지만 눈치 없이 오래 앉아 뭉그적대며 염치없는 스토커는 되기 싫었다.

어두운 동굴에서 빠져나온 듯 공기가 신선해 마음이 상쾌했다. 나는 계속 밤길을 걸었다. 오늘같이 대박 나는 날엔 네모난 방 구석에 들어앉아 궁상이나 떨었으면 이 여자를 만날 수나 있었을까? 아찔한 생각에 머리가 찌릿찌릿했다. 그 여자에게 마음을 뺏긴 나는 내일 수능을 앞두고 잠 못 이루는 수험생처럼 설레임으로 잠을 이룰 수가 없었다. 혼자서 턱을 괴고 손님을 기다리는 그녀의 모습이 눈에 삼삼하게 어려왔다. 오늘 그녀의 행동을 보아 그녀도 나에게 어느 정도는 감정을 느끼는 것 같았다. 제발 그림자로 남을 허망한 오지랖이 되지 않았으면 하는 안달이 밤이 이슥할수록 전두엽을 교란하고 있었다. 한 여자에게 꽂혀 내 눈이 멀어가는 징조였다.

여태껏 내가 눈독을 들여서 실패한 여자는 없었다. 머릿속에서 지워지지 않는 여자의 형상을 떠올릴 때마다 안달이 나고 좀이 쑤시는 심적 기복은 생사를 넘나드는 아픔에 비할 바가 아니었다. 그 이상이었다. 체면상 자주 볼 수가 없어서 기다리는 한 주가 1년처럼 길고 아득했다. 벙어리 냉가슴이 따로 없었다. 그렇다고 그녀의 전화번호를 알려 달라고 조를 만큼 가까운 사이도 아니고 이제 겨우 손님과 주인으로 잠시 잠깐 대화한 것이 전부인 것을 그것도 떡 줄 사람은 생각도 안 하는데 김칫국부터 마신 격이니 사랑은 이렇게 어리석거나 바보가 되어야 이루어지는 것인지 연애 고수인 나도 분간이 서질 않았다.

하늘이 무너져도 오늘은 꼭 그녀를 보아야 했다. 은근히 그 여자도 나를 기다리고 있는지도 모른다. 최대한 그녀에게 잘 보이기 위해 깔끔하게 면도도 하고 스킨과 비비크림도 발라 새로운 이미지를 주고 싶었다. 멋으로 검은 뿔테 안경도 썼다. 스포츠 짧은 머리를 고슴도치처럼 치켜세워 포맷하고 줄무늬 셔츠에 검정색 가디건을 걸쳐 입었다. 신발은 구두보다 발 가벼운 캐주얼화를 신었다. 이 정도 차림이면 몇 년은 젊어 보이는 스타일로 적절해 보인다.

화려한 모습으로 돌아가는 노래방의 네온이 나를 반기듯 일렁일렁 춤을 추듯 돌아가고 있었다. 계단을 내려서자 째지는 듯한 고성방가의 노래인지, 악을 쓰는지 양쪽 귀청을 찌른다. 술이 떡이 된 취객의 객기였다. 문을 열자 엄청난 브릭 수의 고음이 확 하고 온몸으로 덮쳐 온다. 어서 오세요. 그녀가 시큰둥하게 인사를 했다. 안녕하세요. 또 뵙습니다. 누구? 아아, 그 아저씨! 죄송해요. 제가 불빛에 가려 몰라봬서. 스타일도 확 달라지시고 젠틀하시다 보니. 잘 보이고 싶어서 좀 꾸몄습니다. 약간의 암시로 뼈 있는 한마디를 날렸다.

죄송합니다. 나는 일부러 배꼽 위에 두 손을 포개 90도로 허리를 굽히며 정중히 인사를 했다. 그런 나를 보며 우스운지 그녀가 손뼉을 치며 깔깔거렸다. 직업을 바꾸셔야겠어요. 뭐로요? 코미디언으로요. 거 듣기엔 괜찮은 소리인데 사요나라에 간 이주일이가 들으면 허연 눈을 뜨고 흘기실 텐데, 그러면 내가 에그머니나 그러면서 놀래 죽어요. 당최 그런 말씀 마시라니까요. 제가 며칠 만에 아저씨 땜에 웃네요. 아니, 그러면 계속 울고만 계셨다는 얘기입니까? 아유, 셧업! 셧업! 미국 하버드대 나오셨나봐. 영어가 아주 유창하시네. 난 겨우 오케이, 땡큐밖에 모르는디. 아따, 우리 의견 맞춰 동업으로 코메디합시다. 때죽이 척척 맞네. 나는 우스갯소리를 하며 냉장고를 열어 음료를 꺼내 들었다. 뭐 마시겠습니까? 아뇨, 전 조금 전 커피 마셨어요. 잘 됐네. 돈 굳었네. 공짜 커피는 안 주실 거고 천상 현금으로 깡통이나 사 먹어야 하니 이게 운명이냐? 숙명이냐? 실없는 농담을 해서라도 그녀와 가까워지고 싶은 내 나름의 포섭 작전이었다.

몽둥이에 맞아 해갈하며 악을 쓰던 똥개의 비명 같은 악다구니를 치던 술 취한 사내가 비척대며 문을 열고 나오며 말했다. 여사장! 여기 소피 보는 데가 어디야? 음냐음냐, 어 취한다. 에이 씨발, 딸꾹! 왜 딸꾹질이 나오는 거야? 오밤중에. 아유 오줌 마려. 그리 쭉 들어가시면 있어요. 오케바리. 딸꾹거리던 술에 취한 남자는 소변이 급한지 말도 채 끝나기 전에 여자가 가리킨 방향으로 급히 나간다. 저런 손님 들어오면 혈압 오르겠어요. 어휴, 말도 마세요. 별사람에 별일을 다 겪어요. 마담! 화장실에서 돌아오던 술 취한 그 남자가 바지 앞 자크도 열린 채 어기적거리며 그녀를 불렀다. 게다가 마담이란다. 마담, 얼마야? 아까 주셨잖아요. 줬나? 어디 보자. 지갑이 홀쭉한 걸 보니 주긴 줬나 보군. 자, 그럼 바이바이. 안녕히 가세요. 감사합니다. 또 오셔요. 여자의 인사가 길었다. 손님의 뒤통수를 바라보며 이죽거리는 여자의 일갈이었다.

어느새 밤 10시가 넘어가고 있었다. 그녀의 퇴근 시간이 가까워지는 것이다. 저도 방 하나 주시죠. 몇 곡 읊다가 가야지요. 퇴근은 저와 함께하시는 겁니다. 내가 이렇게 넉살이 반죽이니 사고는 사고다. 자기방어 홍보하세요? 진작에 그런 분임을 가르쳐 주시고는. 어머, 주책이셔. 그녀가 농을 걸어왔다. 내 나이만 돼보슈. 행동거지가 어떻게 돌아가나? 이건 신발 깔창인지, 왜놈 직가다 빈지 구별도 못하지. 그게 주책, 망령, 인지 저하, 치매 아닙니까? 오늘도 함께 한 곡조 꽝 어떻습니까? 사절합니다. 그냥 혼자 놀아라? 이거 오나 가나 찬밥, 홀아비는 어쩔 수 없구만. 혼자세요? 여자가 물었다. 네, 마누라가 도망을 가서. 여자가 손으로 입을 막은 채 끅끅거리며 웃었다. 하나는 외로워 둘이랍니다. 그 명언처럼 짝을 찾긴 찾아야 하는데 때가 아닌지, 여자가 없는지 안 걸리네요. 내가 낚시질이 서툴러 그런가? 외롭고 쓸쓸합니다. 속내를 드러내며 한마디를 일부러 던져 보았다. 여자는 말없이 침묵을 지켰다. 아이고~ 넋두리 까다가 날 밝겠다.

나는 첫 곡으로 '슬픔을 고백하는 여자'라는 제목의 노래를 골랐다. 그녀를 위한 노래이기도 했다. 울림과 남김을 여자에게 주고 싶었다. 여자의 퇴근 시간이 임박해 오고 있었다. 연속 메들리로 노래를 입력시키고 연이어 노래를 불렀다. 퇴근을 서두르며 덜그럭거리는 여자를 생각하니 좌불안석이었다. 알아서 눈치껏 노래라도 불러야 했다.

정각 11시가 되자 나는 룸을 나왔다. 여자는 누군가와 통화를 하고 있었다. 냉장고를 열어 캔맥주 하나를 꺼내 들었다. 통화를 마친 여자가 말했다. 시간이 촉박해 노래 부르기가 불안하셨죠? 아뇨, 그냥 편하게 놀았습니다. 혹시 댁이 어디세요? ○○동이요. 아, 그래요? 저는 그 옆 동네 ○○동인데요. 방향이 같으니까 동행해도 되겠습니까? 오늘 호위무사가 되어 드리겠습니다. 여자는 고개를 주억거렸다. 선뜻 동행을 받아들이기가 거북스러운 모양이었다. 하나의 내숭인지도 모를 일이었다. 체면 유지라는 자기 심리 중 하나일 수도 있는 그녀만의 제스처일런지도 모를 일이었다.

다음 만남은 같이 퇴근하는 겁니다, 라고 했던 사전의 뼈 있는 내 언질도 아직 잊지 않았을 그녀였다. 허나, 그게 아닐 수도 있다. 겨우 두 번, 손님으로 만나놓은 주고받은 사이라지만 밤길이고, 상대는 남자임을 이해해야 했다. 믿을 수 없는 세상 인심에 그녀에게 있어 내가 혐오의 대상일 수도 있는 것이다. 더구나 첫 결혼생활에 실패한 패잔의 아픈 가슴을 두들겨 온 여자가 아닌가?

외모가 남달라 줄줄이 사탕으로 따르는 남자가 많았다. 고르고 골라 백 년을 기약한 남자와의 첫사랑이 물거품이 되어 실패로 끝이 났을 때 그녀는 슬프고 아팠다. 어린 나이에 일찍이 비극을 맛본 삶의 산증인이었다. 세상이 싫고 하늘이 원망스러웠다. 모든 것이 낡고 초라해 보였다. 살아있는 것 자체가 주제넘은 일 같아, 모진 비몽사몽을 넘나들었다. 그녀는 끝내 자신을 은둔으로 구석에 처박아, 세상 밖으로 자신을 드러내지 않으니 갈등과 번민으로 정신분열이 오고 합병증인 우울과 공황장애까지 생겨 몸은 나날이 쇠약해져 갔다. 겨우, 정신과 눈만 살아있는 미물에 지나지 않는 지경에까지 이르렀다. 이 지경에 이른 자식을 둔 어머니의 가슴은 찢어지고 갈라졌다. 보다 못한 이웃과 가족의 끈질긴 성화로 겨우 엊그제 세상 밖으로 나온 여자였다. 그녀의 새로운 삶에 또 다른 희망을 주려면 무언가 성취감을 가질 수 있게 하는 명분이 필요했다. 그래서 동기간에 머리를 맞대고 의논 끝에 찾아낸 보물이 노래방이었다.

3년이라는 공간 속에 낯선 이들을 맞으며 현실을 공유하다 보니 이제야 겨우 낯가림이 사라진 새내기 사업가, 그녀였다. 구질구질했던 지난 암흑의 과거를 깡그리 잊자고 했다. 마음을 다잡으며 정신이 맑아지기 시작했다. 용기와 신념이 푸릇푸릇 새순이 올라오듯 그녀를 어루만지고 있었다. 아직은 젊은 발랄함도 잊지 않왔다. 못다 한 사랑도 하고 싶어졌다. 아픔으로 일그러졌던 심장이 다시 기지개를 켜고 하늘을 날고 있었다. 불신하던 세상의 암흑의 빛이 백지 종이 한 장처럼 맑아 보인다. 3년간의 소통으로 잃었던 웃음을 되찾았다. 자신을 주체할 수 있는 진검승부의 능력도 배웠다. 조금씩 조금씩 모이는 금전적 여유에 희망이 생겼고 매사에 능동적일 만큼 기백도 살아났다. 날마다 해가 지면 반복되는 생활이지만 지루하지 않았고 이것은 내 삶이요, 사명이라 생각하니 밤늦은 귀가에서도 행복함을 느꼈다.

아직 이성이 그리운 젊은 나이에 느닷없이 별처럼 날아든 남자를 두고 갈등하지 않을 수가 없었다. 여자가 순두부처럼 부드럽게 말했다. 네, 함께 가시지요. 집 바래기 좀 해주세요. 나는 뛸 듯이 기뻤다. 두 사람은 도망치듯 노래방을 빠져나왔다. 내가 먼저 느물느물 입을 열었다. 이거 첫 데이트 같은 느낌이 들어서 저 지금 행복합니다. 이런 기분에는 네온 불빛 아래서 소맥 한 잔 기울이는 것도 운치고 낭만인데. 술 하고 싶으세요? 여자가 당차게 반문한다. 그리고 말했다. 간단하게 제가 한 잔 살게요. 그래 주시겠습니까? 술 마실 돈은 저도 있습니다. 오늘 밤은 제가 삽니다. 첫 데이트 기념으로! 오늘 매상 올려 돈 좀 쓸까 했는데 극구 사양하시니 이런 낭패가 있나요. 여자가 두 손을 들어 입을 가리며 호호 웃었다.

오다 가다 한잔집이라, 간판은 멋진데 술맛은 어떤지. 오늘 여기 다락방으로 갑시다. 외양은 허름하니 싸구려 대폿집 같았으나, 홀 안은 웬만한 살롱 못지않게 리모델링이 잘 돼 있고 넓고 좋았다. 외등이 걸린 구석진 테이블에 자리를 잡았다. 가늘고 여린 음색의 영화음악이 술맛을 더욱 좋게 했다. 주문한 소맥이 나왔다. 안주는 버터에 튀긴 오징어와 소주에 어울리는 두부김치도 따라 나왔다. 날밤과 건포도는 덤이었다. 서비스 안주 같았다.

　나는 여자의 글라스에 맥주부터 따랐다. 소맥 하실 건가요? 아뇨, 한 가지만 마실게요. 소맥은 너무 독해요. 소맥 짬뽕하면 아마 길거리에서 기절할걸요? 전 센 주량이 아니거든요. 소맥 짜릿하잖아요? 방울방울 올라오는 탄산가스와 거품이 목화솜처럼 글라스를 덮고 있었다. 그녀는 내 잔에 칠 부 정도의 맥주를 붓고 소주를 부어 잔을 채웠다. 자! 우리의 인연과 첫 만남의 데이트를 위하여 건배! 부딪치는 글라스의 경쾌한 울림이 '솔' 음이 되어 기분을 업시키고 있었다. 꿀꺽거리며 넘어가는 목울대의 뻐근한 울림은 중저음으로 벌컥거렸다.

　행복해 보이네요. 그녀를 보며 말했다. 그렇게 보이세요? 여자가 되받아친다. 즐거운 이 시간만큼은 부인할 수 없네요. 분위기도 좋고 모처럼의 술맛도 좋고 이런 순간을 혹평하는 자가 있다면, 그건 술을 사랑하는 꾼이 아니지요. 여자는 마치 자신이 애주가인 듯 술맛을 이야기하고 있었다. 빈 술병이 벌써 럭키세븐이 되어 테이블을 채우고 있다. 여자의 얼굴이 분홍빛 홍조를 띠고 있었다. 저녁 식사를 거른 빈속에 술이 먼저가 아니라, 식사를 먼저 했었어야 했다. 나도 알딸딸한 기분에 몸이 부자연스러워짐을 느꼈다. 나는 마지막 남은 술을 급하게 따라 마셔버렸다.

　자, 일어나시죠. 더 이야기할 시간이 없네요. 시간이 한참 되었네요. 두 다리가 풀린 듯 휘청거리는 여자를 부축하려 하자 그녀가 막는다. 잡지 마세요. 나 아직 괜찮으니까요. 게슴츠레한 눈을 크게 뜬 여자가 주위를 한 바퀴 둘러보고는 핸드폰을 열어 시간을 확인한다. 어머, 하루가 넘어가 버렸네. 내가 술값을 내는 사이 여자는 벌써 밖에 나와 있었다. 지나가는 택시를 잡아 세웠다. 여자를 먼저 태우고 같이 차에 올랐다. 밤 부엉이마저 잠이 들 시각이어서 도로는 한가하고 넓었다. 그들을 태운 택시가 서늘한 밤공기를 가르며 격렬하게 내달렸다.

호박이 넝쿨째

　구슬이 서 말이어도 꿰어야 보배이듯 바보천치 등신이래도 들러붙어 허리 꿈적대줄 영감 하나 있었으면 이년의 팔자타령까지는 안 하련만. 돈이 없어도 끓어오르는 본능인 성욕만 채울 수 있다면 이년은 기꺼이 오늘 죽어도 행복할 것이요, 여한이 없노라. 유난히 사내를 밝히는 괴물 같은 욕망의 여자가 늙은 육신을 부정하며 반기를 들었다. 그렇다! 어쩌면 이 여인의 반기가 산 자들의 성적 욕망의 절정을 십자가를 대신 짊어지듯 총대를 메고 은밀한 부정행위로만 보는 암수의 교접관계의 진실을 파헤쳐, 본능과 성의 함수를 성토하려는 과감함이 용감해서 좋다.
　늙어도 인간이고 본능이 있는 여자다. 세상의 이치를 여실히 행하면서도 안 그런 척, 근엄한 척, 체면치레로 덮어두려는 인간의 얄팍한 양심을 고발한 것이다. 당신 그리고 너도 나도 이 사람 앞에 떳떳지 못한 죄인이다. 부정은 자신을 기만하고 속인 영원의 죄다. 성은 하나님이 인간에게 주신 신성한 선물이며, 종족 보존의 산물인 것이다. 부끄럽거나 민망해할 일도 아니며 오히려 과감하지 못해 숨기려는 얄팍한 인내가 더 문제가 되는 것이다.

여자의 고향은 국내 배의 집산지로 유명한 나주 배의 산지 나주벌 여자다. 호르몬의 변화로 일찍이 성숙해진 열일곱 나이에 이웃 부락의 26세 총각과 눈이 맞아 남의 눈을 피해 바람과 함께 사라진 여자다. 덜컥 아이부터 갖게 됐다. 날이 가고 달이 가면서 불어나는 어린 딸의 몸뚱이에 의문을 가진 어머니, 조용히 딸아이를 불러 앉혀놓고 이모저모 요구석 조구석 취조를 하듯 종주목을 대며 달래보고 윽박지르며 캐고 캔 나머지 본인의 실토에 에그머니나를 연발하며 뒷걸음질을 칠 만큼 놀라 하얗게 질려버린 어머니! 그날 이후부터 어머니는 딸을 감금하듯 뒷방에 숨겼다. 쉬쉬해 보지만 속에서는 불이 활활 타고 있었다.

어느 날 사돈 될 양가가 은밀하게 만났다. 결론은 동네 창피를 피하기 위한 임시방편으로 배불러 오는 딸을 예비 시가에 머물 수 있게 했다. 그리고는 일부러 온 동네에 거짓 소문을 퍼트려 후일담을 사전에 족쇄시키고자 한 것이다. 마친 은밀한 스파이 소탕을 위해 비밀 첩보를 입수하고 순차적 방법을 진행하는 레지스탕스의 교활함에 못지않은 작전이었다.

첫아들로 홈런을 친 철부지 부부는 하루하루가 행복이었다. 땅

떼기도 넉넉한 집안이어서 언제나 궁색함 없이 여유 있는 시집을 살았다. 그렇게 세상 부러움 없이 알콩달콩 행복에 젖어 살던 어느 날 신의 장난인가 운명인가 착한 신랑이 사고로 유명을 달리하자 졸지에 초년 과부가 된 그녀였다. 별난 시어머니는 서방 잡아먹은 여우라며 생떼를 쓰며 어린 며느리를 미워했다. 어떻게 해서라도 가문에서 퇴출시키려는 음모에 혈안이 되어 있었다. 더는 견딜 수가 없었다. 젖 빨던 자식을 떼어놓고 봇다리 하나로 시집을 나왔다. 일간 가 있어야 할 곳은 가난한 친정집이었다. 서로를 부둥켜안은 모녀가 슬프게 한나절을 통곡했다. 친정에 머문 지도 벌써 두 계절이 후딱 지나버렸다. 어느 날 이웃이 재취 자리가 한 곳 있는데 가겠느냐고 옆구리를 찔러왔다. 한 귀로 듣고 한 귀로 흘려 버려도 될 일이지만 그 말이 자꾸 고민을 하게 만들고 있었다.

   문제는 또 있었다. 재추로 맞을 신랑감이 나이가 10여 년 차이가 난다고 했다. 엄마가 딸을 거들고 나섰다. 애야, 에미가 돼가지고 할 소리는 아니다만 과부 팔자 뒤웅박 아니야? 젊은 년이 나이 많은 서방에게 시집 가면 사랑받고 산다더라. 웬만하면 고민 좀 해보거라. 집안은 탄탄하다드라. 돈을 펑펑 써대도 표가 안 날 만큼의 재산가래. 풍족하다는 데에는 이견이 있을 수 없지만 부모뻘에 이를 나이 차만큼엔 껄끄러움이 남고 또 남았다.
   연사흘 밤을 고민했다. 결론은 가자는 쪽으로 심증을 굳혔다. 신랑 쪽에서 보쌈을 하듯 그녀를 데려갔다. 이렇게 해서 또 제2의 시집살이가 시작됐다. 나이 많고 보잘것없는 신랑감이었지만 심성이 착한 듯해 마음이 놓였다. 문제가 드러나기 시작했다. 첫날

밤 초야 그리고 그 이튿날 밤도 나이 많은 남편은 옆에서 코만 골고 있었다. 더듬고 애무하지 않았다. 의례적으로 치러야 하는 첫날 밤의 초야도 치르려 하지 않았다. 허구헌 날 독수공방이었다. 월급받고 밥이나 해주는 식모와 다를 바 없었다. 남편감은 성불구자였다. 그러다 보니 여자에 대한 감정마저도 소실되어 있으나 마나 한 허울뿐인 남편이었다.

　가슴에 부채질을 해야 할 만큼 숨이 막혀왔다. 이건 결혼생활이 아니라 지옥일 터였다. 당장 도망쳐야 할 일이었다. 동네에 초상이 나 상가에 조문 간 남편의 눈을 피해 간단한 봇다리 하나를 챙겨 무조건 서울행 기차를 탔다. 옹색한 새장에서 갇혀 지내던 새가 새장을 나와 자유로워진 것처럼 도망 나온 가슴이 벌렁대 무섭지만 자유를 얻은 마음은 헐렁해 좋았다. 한 번도 아닌 두 번의 실패에 내 자신이 한심스럽고 엄마의 가슴에 대못을 박은 딸이어서 엄마에게 미안했다. 엄마의 가슴으로 딸의 옹색함을 용서받고 싶었다.
　변두리의 서울은 말이 서울이지 천막과 비닐로 임시 거처한 초라한 주거지들이 콩나물처럼 옹기종기 들어앉은 극심한 서민이 사는 동네였다. 계절은 도심과 변두리를 구별치 않고 대자연의 이미지 그대로 전도하고 있었다. 눈 속에 그 차가움이 배가 되어 마음마저 움츠러들 변두리 마을에도 봄은 어김없이 찾아들었다. 텃밭의 쓰레기들을 걷어내고 한 송이 두 송이 꽃모종을 호미질해 심었다.

개나리 붓다리 하나 들고 이곳에 정착한 지도 초겨울에 입성해 12월, 그리고 1월, 2월, 3월 넉 달로 겨울을 나고 있었다. 꽃모종을 옮기던 아주머니 한 분이 낯이 익지 않은 젊은이구랴? 어디서 오구 어디 살우? 아, 네, 안녕하세요? 작년 늦가을에 이 동네에 입성해 한겨울을 난 이제 겨우 4개월째 조기 천방집 옆에 세 들어 삽니다. 처음 보는 얼굴이라 궁금해서 물었수. 직장 다니시나? 아직 백수로 일자리가 없어서. 원 저런! 내 남자 없이 벌어도 쉽지 않은 게 서울살이인데 딱하구랴. 뭐든지 할 수 있나? 겉보기는 선철해 보이는구먼. 식당일 같은 거 해봤수? 직접 몸으로 부딪힌 일은 없으나 그것도 가사일이나 일반이니 못할 게 뭐 있겠어요. 일이 될라는가는 모르는데 내가 아는 식당에서 잔일 거들 사람이 하나 필요하다고 그 소릴 엊그제 들었는데 그새 사람이 들어왔나 모르겠네. 당장 알아봐 줄까? 네, 그러시면 제겐 은인이시지요. 은인은 무슨! 서로 상부상조하며 사는 거지 뭐. 지금 당장 나랑 가보실라우? 여기서 멀은가요? 아녀 아녀, 10분 거리여.

그 집 장사가 꾸준히 그렇게 잘 돼. 주인 마누라도 수더분하고 인간미가 똑 떨어지지. 붙임성 좋고 나이 많은 영감이 가끔 드나들며 이것저것 도와주지만 제대로 하는 게 하나도 없어 늘 서로 앙앙거리며 싸워. 아이구~ 웬일이셔? 이 시간에 우리 집엘 다 오시구. 긴말할 것 없고 사람 필요하다고 하더니 사람 구했나? 아이구~ 생각뿐이지 이런 구질구질한 일에 손 담그려고 얼른 덤비간여? 여기 이 젊은 아낙네 어때? 주인 여자가 아래위로 훑어보며 이런 일 해봤수? 안 해봤어도 시켜만 주시면 열심히 하겠습니다. 용기가 대단하구려.

어이 영감, 이리 좀 와보셔. 월이 월이 똥개 부르듯 왜 불러싸? 여기 이 아낙네가 일하고 싶어 하는데 쓰기로 합시다. 아, 그거야 임자 마음이지. 나야 뭐 거적인걸. 오늘부터라도 일손 좀 도와 줄 수 있겠수? 조금 있으면 점심 시간 손님이 들이닥칠 시간인데. 네, 그러지요. 뭐부터 시작할까요? 우선 다듬다 만 시금치를 마저 다듬어 뒤쳐 묻혀내고 콩나물도 좀 무치고 딴 준비는 다 되어 있으니께 시험 삼아 고것만 좀 신경 좀 써봐요. 가정집과는 다르니께 이것저것 하는 방법만 다를 뿐 그 나물에 그 밥이지 뭐. 지지고 볶는 일이야 대한민국 사람 식성 다 똑같은 거 아녀.

한동안 북새통을 치르고 손님이 뜸한 시간 점심상을 맞았다. 밥을 씹으며 주인아주머니가 말을 건네왔다. 잠깐 봐서 알지만 여기는 주위에 공장지대라 점심 한때 반짝 몰리는 단골손님들이여. 일반 손님들은 별로고 공사장 함바나 다름없어. 내 잠시 일하는 걸 눈여겨보니까 내 일이다 생각하고 신경 좀 써줬으면 싶은데 본인은 어때? 날 친언니로 생각하고 허물없이 지내보자고. 네, 알겠습니다. 이 언니도 나이가 있으니까 이젠 일이 힘들구먼. 내가 보기만 멀쩡하지 속은 다 썩었어. 종합병원이야. 언제까지 이 일을 할랑가도 모르고 내가 못하게 되면 동생이 맡아서 해. 영감한테도 이야기해 놓을 테니까. 그리고 부식 창고 옆 빈방도 하나 있어. 도배만 다시 하면 신방이니까 내일이래도 도배하고 이삿짐 꾸려 살림 차려. 방 놔두고 생돈 줄 일 없잖아? 고맙습니다 언니. 그려 그려! 우리 집 복덩이! 언니의 살찐 두꺼운 손이 내 등짝을 토닥이고 있었다.

일이 잘 되려면 자다가도 떡을 얻어먹는다는 속담처럼 낮도 절도 모르는 각박한 타지에서 이런 호의를 받는다는 건 복 받은 일이자 행운이었다. 나는 언니의 한마디 한마디에 진실이 묻어 있음을 인정하고 열심히 내 일처럼 언니의 종이 되기로 했다. 언니는 자주 병원을 드나들었다. 결과는 늘 무채색처럼 티미했고 병세의 기질이 얼굴에 각인되어 왔다. 어느 누가 보아도 대번에 환자임을 알 수 있었다. 식당의 손님은 항상 높낮이가 없이 늘 평균을 유지했다. 일반 손님도 단골이 제법 많아졌다. 양보다는 질을 선호하는 손님들의 입소문이 또 다른 손님을 불러다 주었다. 이제는 맛집으로 소문이 나 있었다. 언니의 칭찬에 나는 늘 미안함을 갖고 살았다.

나에겐 엄마 같은 언니였다. 언니의 마음은 언제나 사람을 미치게 할 만큼 따뜻했고 감미로운 솜사탕 그리고 살살 녹는 아이스크림이었다. 그렇게 따뜻했던 언니가 병원 입원 치료 중 집에도 와보지 못한 채 차가운 침대 위에서 한을 남긴 채 죽음을 맞이한 지도 벌써 석 달 열흘이나 됐다. 언니가 유명을 달리하기 전 침대 머리맡에 나를 불러 세웠다. 영감도 불러 앉혔다. 나는 이제 생명이 경각에 달렸어. 그래서 유언 삼아 하고 싶은 말 하려고. 언니의 야윈 눈에서 눈물이 주르르 흘러내렸다. 벌써 그렇게 됐나? 2년 전 처음 동생을 만났을 때 내가 한 말이 빈말이 아니야. 내가 일손을 놓을 땐 모든 걸 동생에게 일임하겠다고 약속했어. 그때 영감도 옆에서 분명히 들었을 거야. 한 입 가지고 두말할까? 이제부터 그 집 식당 주인은 동생이야. 영감 당신은 지배인이고 열심히 해서 악착같이 돈 모아 이렇다 할 큰집 하나 사서 지금 간판 이름

그대로 대형 식당으로 키워주었으면 하는 것이 이 언니의 마지막 소원이자 바램이야. 늘 건강 챙기고 우리 영감도 친동기간인 양 살펴주고 무리한 부탁일까? 언니 말씀 기억하며 살게요. 핼쑥한 언니의 하얀 얼굴이 가늘게 천천히 웃고 있었다.

짝 잃은 기러기 신세가 된 영감은 팔순이 눈앞이지만 그래도 아직은 꾸정꾸정 기력이 좋아 나이답지 않게 펄펄 날았다. 그나마 의지하던 마나님마저 갔으니 이제 심적으로 기대야 할 곳은 나밖에 없었다. 그간 한 식구처럼 살아온 터라 경계할 일도 박해할 일도 없었다. 오라버니 같았고 아버지 같은 영감이었다.

하루 종일 아침부터 비가 내리고 있었다. 비 오는 날은 공치는 날이었다. 손님이 뜸했고 하루가 조용했다. 모처럼 만에 한가한 하루였다. 영감이 삼겹살을 사 들고 들어왔다. 사장, 비도 질척거려 손님도 없는데 우리 고기나 구워 쇠주 한 잔 하지. 좋지요. 가게 셔터를 내리고 간판의 불을 껐다. 불판 위엔 고기가 익고 있었다. 소주병 마개가 열리고 잔이 놓였다. 사장님, 제 술 한 잔 받으세요. 나는 정중하게 두 손을 받혀 영감 잔에 술을 따랐다. 처음 마주한 술자리였다. 이어 영감이 병을 들어 내 잔에 술을 따랐다. 늘 고생이 많구먼. 쉽게 일도 잘하고 솜씨도 좋아 손님도 늘고. 자네가 우리 집 복덩이일세. 고마우이. 자, 드세. 이렇게 시작된 술자리가 자꾸 길어졌다. 벌써 빈 소주병이 세 개나 됐다. 고기가 타면서 지글거렸다. 모처럼 마신 술이 빠르게 취기를 몰아왔다. 몸과 머리가 흔들려 도저히 견딜 수가 없었다. 영감의 혀 꼬부라진 발음이 비비 꼬고 있었다. 벌떡 일어났다. 집이 통째로 빙빙 돌아

술래잡기를 했다. 간신히 문을 열어젖히고 곧바로 대자로 널브러진 채 잠이 들었다.

꿈이었을까? 가슴이 짓눌려 숨쉬기가 어려웠다. 몸을 뒤틀며 눈을 떴다. 30촉 희미한 전구 아래 영감이 내 배 위에 올라타 허리를 꿈적거리고 있었다. 이미 하의를 벗기고 볼일을 마친 영감이 쓰러지듯 배 위에서 옆으로 굴러 날 꽉 껴안으며 우리 부부로 살자. 나이 많은 영감과 살다가 도망쳐 나왔다며? 내가 가진 재산 다 네게 줄 테니 명색이나마 내 마누라가 돼주면 어떠냐고 졸라댔다. 술 취한 영감의 태도가 아니었다. 기회를 노려 작심한 듯했다. 영감을 쥐어뜯고 싶었다. 얼떨결에 당했지만 차마 그럴 수는 없었다. 문득 저세상에서 지켜볼 언니 보기가 민망스러웠다.

순간 오기가 발동했다. 언니의 유언대로 이 식당을 소유할 수 있는 절호의 기회일 수도 있다는 생각이었다. 영감을 정면으로 마주할 수가 없어 돌아앉은 채 입을 열었다. 이미 영감은 나를 원한다고 했다. 긴말이 필요 없었다. 일방적으로 단호한 한마디를 던졌다. 혼인신고부터 해요. 내일 당장! 두말없기다. 그럼 내일 정식 부부로 입적해야지. 영감이 호언장담하듯 얼버무렸다.

내 결단이 열쇠였다. 고민할 일도 망설일 일도 아니었다. 영감과 서먹서먹한 사이도 아니다. 그냥 나이 많은 영감 하나 얻었다고 생각하면 아무런 문제가 없을 것이었다. 손 안 대고 코 푸는, 꿩 먹고 알 먹는 1등 당첨 번호의 로또를 손에 쥔 기분이었다. 걱정 안 해도 될 둥지가 생겼고 사내가 그리울 일도 없었다. 평생의 직장이 될 가게도 얻었다. 그야말로 호박이 넝쿨째 굴러온 쾌재였다.

구라빨로 녹인 너는 내 인생의 시금석

　환영처럼 꿈에서조차 그리던 그 사랑이 나에게 온다. 그리하여 외로운 하나는 둘이 되었다. 붉은 입술 뜨거운 혀와 부서지는 어지러움, 뼈와 살이 타는 잔인한 4월! 오, 계절마저 우리의 불륜을 시샘하는가? 4월의 하늬바람은 수줍게 불어와 얼굴을 간지럽히고 너는 차마 꿈결 같구나. 얼싸안고 어루만지며 서로를 탐닉하는 저들을 보라! 몸과 마음을 부딪쳐 영혼을 뒤섞어 찰나의 순간을 영위하는 저 몸짓 참으로 격렬하다. 신이 주신 귀한 몸 벌거숭이의 나신 그 거친 숨결에 피가 끓는 순간이다. 거스를 수 없는 창조물 본능적 심연의 몸짓이다.
　아들 둘을 슬하에 두었으나 이른 상처로 혼자 몸이 되어 갖은 고행을 겪었고 서러운 이름 과부로 살아온 15년 세월, 단풍잎 떨구는 늦가을 공원 벤치 정자에 걸터앉은 가을 여자가 긴 한숨을 쉬며 하늘을 올려다본다. 자신의 과거를 회상하고 싶었다. 모진 극성으로 길러낸 두 아들은 벌써 세월과 열다섯, 열여섯이 되었다. 한참 호기심 많은 사춘기 나이 또래가 된 것이다. 집으로 돌아오는 길에 소주 두 병을 사 들고 들어왔다. 오늘따라 안 먹던 술이 생각나서였다. 모처럼 술에 취해 깊이 잠들고 싶었다. 소주 한 병을 얼떨결에 비웠다. 취기가 얼큰해 왔다. 두 다리를 쭉 뻗고 평상에 앉아 혼자 마시는 술이었지만 쓸쓸하지 않았다. 그러면서도 왠지 자꾸 눈물이 나고 있었다. 까닭 모를 눈물이 아니었다. 되돌아본 과거의 상처가 주는 회한의 눈물인 것이다.

아까부터 혼술의 광경을 지켜보던 한 남자가 있었다. 그때였다. 거푸 헛기침을 하며 퍼지르고 앉은 여자의 평상으로 사내가 다가왔다. 아이고~ 혼자 술을 자시고 계시네이. 가끔 눈이 마주치는 이웃 홀아비였다. 워매 워매~ 안주도 없이 으째 쓰까이. 안주도 없이 뭐 하려고 술 먹어요? 속 버리려고. 나가 시방 싸개 싸개 안주 좀 사올랑게 쪼깨만 기달리시오이. 아이구~ 가슴 아파라. 아니 내가 깡술 먹는데 왜 아저씨가 가슴이 아파요? 별일을 다 보겠네. 여자가 퉁명스럽게 샐쭉 눈을 흘기며 입을 삐죽거렸다. 아따, 크게 나무라지 마소. 이웃사촌잉게 그라지. 나가 쪄깐이나마 인정이 있다봉께 안 그라요. 누가 보면 난봉 난 줄 알겠네. 또 한 번 여자가 씰쭉거리며 사내의 뒤통수에 초점을 맞추고 이죽거렸다.

사내가 급하게 비닐봉지 두 개를 양손에 들고 빠른 걸음으로 오고 있었다. 얼큰면 컵라면에 뜨거운 물을 부어 불리는 중이고 주섬주섬 꺼내는 건 골뱅이 캔과 소주 두 병, 음료수 한 병이었다. 여자가 민망한 듯 자세를 고쳐 앉으며 선심 써 나 걸어 먹이느라구 애써요. 미안시러워서 어떡한대요. 미안스러울 게 뭐 있어요? 개념지 말고 이웃의 정으로 홀짝홀짝 찌그려 봅시다. 라면이 다 익었겠지? 얼큰면이라 소주 속풀이에 딱이에요. 사내가 손수 뚜껑을 열어 여자의 앞에 컵라면을 놓아주었다. 감칠맛 나는 냄새와 함께 더운 김이 펑펑 올라오고 있었다. 그리고 여그 들크무리한 골뱅이도 있응께 요것하고 드시시요이.

아저씨한테 한 잔 따라 드릴라니께 잔 이리 내미소. 다시 여자의 술병이 남자의 손으로 넘어갔다. 사내가 군입을 뗐다. 아짐씨가 여기 떠들어온 지도 소올찬이 세월이 간 것 같은디 몇 년이나 됐당가요? 에, 그러니까 5년은 넘는 가비네. 음마, 벌써 그리 돼브렀네이. 자, 쭈욱 드십시오. 건강을 위하여! 그나저나 오늘 아저씨 일 안 가셨오? 아, 나야 뭐 먹고살 만하겠다, 놀면 쉬면 놀이 삼아 나가는 일을 뭐 기약이 있간이요. 해도 그만 안 해도 그만 까짓 느무 거 인생 얼미나 산다고 죽어라 일만 하간디요. 사계절 철 따라 팔도강산 유람도 다니고 맛난 것 먹어가며 그렇게 살면서 늙어가는 게지 뭐. 팔자 티셨네. 부럽쉬다. 부러워. 에이, 부럽기는 뭐. 아짐씨도 다니면 되지. 아, 뭐가 있어야 다니던가 말던가 하지. 빈 몸뚱이로 관광 다니는 년 봤오?

아, 아들이 둘이라며 용돈두 안 줘요? 그놈이면 실컷 놀러 다니지. 에휴, 용돈은커녕 있으면 내가 보태줄 형편이에요. 원 저런! 급살맞을 일이 있나? 도회지 생활 돈 많이 들어가잖아요? 먹고살 아야지, 애들 교육시키랴, 아파트 유지비, 각종 공과금 짜고 비틀며 사는 형편인걸. 어렵긴 어렵지 도회지 생활이! 다음 주에 무주 구천동 관광 가는데 같이 가실려우? 비용은 걱정 마시구. 내가 쏠 테니께. 이 아저씨 좀 봐? 나는 뭐 염치도 없는 여편네인 줄 아시나봐? 없이 살아도 나도 자존심은 있다구요. 이웃사촌이라 해도 아저씨랑은 대화 한 번 길게 한 적 없이 오고 가다 보면 눈인사가 전부인데 여행이라니! 이웃 눈총받을 일 있습니까? 아따 남 위해서 산다요? 아, 멀찌감치 딴 데서 만나 가면 되지. 이번 참에 나랑 꼭 한 번 갑시다. 여행은 즐겁기도 하지만 정신적으로 얻는 것이 더 많아요. 일단은 사는 재미가 생겨요. 해방감이 와요. 우물쭈물 우물 안 개구리 모냥 갇혀 산 억울한 과거의 인생에 쌓였던 스트레스가 일순간에 바람과 함께 사라져 새 인생을 사는 기분으로 하루하루가 즐겁고 행복해요. 그간 삭막했던 가슴도 열고 팔도 음식도 먹어보고 걷는 힐링이 얼마나 건강에 보탬이 되는 줄 모르시지? 꼭 한 번 체험 삼아 나랑 갔다 옵시다. 갔다 오고 나면 세상이 다 긍정으로 보이고 산다는 게 얼마나 행복한 일인지를 알게 돼요.

가만히 봉께 아줌씨도 나이가 나랑 엇비슷한 것 같은디 금년 춘추가 어떻게 되셔? 이자 중매꺼정 할라나베. 하하하하~ 금년 환갑 맞게 됐오. 아따 나랑 동갑이구먼. 생일은 6월 초닷새. 나는 7월생인디 도찐개찐이구먼요. 아따 여친 하나 생겨 브렀네. 자, 그런 의미에서 쭈우욱 캬~ 술맛 쥑인다 쥑여! 자식 다 길러 제금 내놓고 혼자 외롭게 청승 떨고 살 필요 읍당게요. 여자가 술잔을 든 채 사내의 말을 신중하게 귀 기울여 듣는 듯 꽤 심각한 표정이었다. 달변으로 꼬드기는 사내의 입담에 여자의 마음이 버터처럼 녹

아내리는 것 같았다. 평생 오늘처럼 말 걸어 자신을 충고해 준 사람은 이 영감이 처음이었다.

사내가 후루룩거리며 불어 터진 라면을 게걸스럽게 걷어 넣고 있었다. 면발이 불어버링게 물렁허니 잘 넘어가네. 아짐씨도 언능 국물 석건 후루룩 후루룩 걷어 넣으소이. 아따 그 느무 시어 터진 김치 쪼가리 계적거리지 말고 속 버린당게. 요놈 골뱅이도 같이 드시고 이자 술도 쬐깨 남았구먼. 안주 남겨 뭐 하려고? 여그 아짐씨 전화번호나 하나 찍어주소. 필요할 때 뜨르르르 전화할 테니께 내숭은 하들 말고. 사내의 대고 진상 말발에 감흥을 받은 여자가 사내를 믿고 싶었나 보다. 아저씨, 진짜 이번 여행에 나 데리고 갈 수 있어요? 아따 아짐씨도 참 사내가 돼가지고 한 입으로 두말 한답데요? 갑시다 가요! 여자가 고개를 끄덕거렸다.

술이 거나한 여자가 다시 입을 열었다. 하나는 외로워 둘이라고 늘창 도토리 모냥 혼자 외로웠는데 뭔 복으로 이렇게 어깨동무 친구까지 생겨나는가? 참말 나 시방 기분 좋아요. 나가 할 소리를 그 짝이 먼저 하시네. 내도 외로운 기러기요. 기러기라니? 아저씨도 혼자 사시남? 외로운 한 떨기 수선화 찬바람 으스스한 나 홀로 세월이 벌써 여러 해여라. 돈이 있으면 뭐 하겠어요? 돈이 인생의 전부도 아니고 사람은 그저 한평생 정 나누고 마음 나눌 수 있는 짝이 필요한디 운명이 홀아비 팔자인가 짝이 안 채워징게 고것이 늘상 나에겐 스트레스이어라. 사내는 기구한 자신의 인생을 캐내 여자에게 연민을 얻어내려 애쓰고 있었다. 누이 좋고 매부 좋은 식으로 여자가 자신의 애인이래도 되었으면 하는 바램이 컸다. 그

물을 드리우고 여자의 속마음을 기다리고 있었다.

으째 아저씨나 나나 팔자가 이 모냥이래요? 홀아비 심정 과부가 알 듯 더 이상 말 안 해도 충분히 이해가 가누면요. 젊어서는 인생이 고달퍼도 그것이 고생인 줄 모르고 극성을 처댔지만, 막상 이 나이에 이 지경까지 되고 보니 살아온 어제들이 너무나 아리고 쓰리네요. 잃고 살던 어제의 지난 일들은 보상받을 길이 없을 게고 이제나마 남은 여생 걱정 없이 살고 싶은 욕심이 생기누면요. 하문 고것이 개과천선 입문이요. 시방이래도 깨달음을 얻었으니까 천만다행이구머니라. 한숨과 함께 술 취한 여자의 항변이 줄어들자 사내가 거북이 등딱지 같은 손을 들어 여자의 등을 토닥이며 쓸어내렸다. 그러고는 측은한 표정으로 여자를 올려다보고 있었다.

내 인생은 내가 챙겨야지 자식 대가리 크고 나면 아무 소용 없습디다. 자식 그거 품 안에 있을 때 자식이지 젖 떼고 대가리 크면 제 발로 큰 줄 알고 오히려 부모의 상전 노릇하는 게 자식이에요. 맞아요. 듣고 보니 그러네요. 두 사람의 주고받는 대작에 죽이 척척 맞아 들어가고 있었다. 구라빨 사내가 흥이 낙락해 낄낄거리며 짜릿한 전율을 느끼고 있었다.

그 여자는 선생님

아침부터 밥상머리에서 별것도 아닌 것을 가지고 마누라와 티격태격 거친 말씨름으로 밥그릇에 수저가 꽂힌 채 빈 밥상이 침묵을 지키는 촌극이 벌어지고 있었다. 오늘도 행복한 하루가 되기는 아예 글러 먹었다. 불합리한 이 순간과 하루를 조용히 지내려면 이미 곪아 터진 현장을 벗어나야 끓어오르는 분노를 삭일 수가 있을 것 같았다. 커피포트에 물을 붓고 스위치를 눌렀다. 채 일 분도 안 돼 쏴~ 소리와 함께 100도의 물이 끓고 있었다. 커피잔을 들고 테라스로 나왔다. 초여름 아침 공기는 싱그럽고 온화했다. 천성일까? 병적일까? 별것도 아닌 것들을 가지고도 아내는 껄떡하면 느닷없는 태클을 걸어와 행복해야 할 주말의 행복을 깨곤 했다.

모처럼이면 이해가 가지만 그런 일이 자주 일어나 오히려 휴일이 좌불안석이 될 정도로 심각성을 드러내는 게 늘 스트레스였다. 분별없는 아내의 갈등이 날 곤욕스럽게 할 때마다 나의 실망감은 감정으로 채워져 많은 생각을 해야 하는 기폭제가 되었다. 파시 같은 공허함은 내 심신마저 피폐하게 만들고 불안한 생각은 또 다른 불안을 몰고 왔다. 인근의 강을 찾아 태공을 자처하며 낚시를 드리우고 챙이 긴 모자를 눌러쓰고 책을 펼쳐보지만 불안정에 멀미를 느낀 마음의 병은 치유가 되지 않았다.

　다 식어버린 남은 커피를 홀짝 마셔버리고 추리닝 차림으로 강변의 샛길을 걸었다. 많지 않은 아베크족을 바라보며 장사하는 미니 푸드차량이 포장을 드리우고 토스트를 굽고 있었다. 토스트 익는 구수한 기름내가 설친 아침 식욕을 돋우고 있었다. 단지 토스트만 굽는 게 아니었다. 메뉴는 몇 가지나 되었다. 토스트 한 개와 커피 주문을 했다. 일자형 널빤지 의자에 걸터앉아 토스트를 씹으며 커피를 마셨다. 아침부터 강에 낚시를 드리운 사람들이 저마다의 포인트를 찾아 길게 늘어앉아 시간을 낚고 있었다. 호수를 바라보며 허기진 빵을 씹는 맛도 낭만 같아 무겁던 마음이 한결 가벼워지는 느낌이었다.
　주저앉기를 반복하며 넓고 긴 호수를 벌써 몇 바퀴째 돌고 또 돌았다. 짧은 하루해가 벌써 저녁노을을 만들며 강 위에 그림자로 떠오르고 있었다. 강 건너 빌딩 숲 성냥갑 같은 아파트 창에 하나 둘 불이 켜지고 하루가 지루하지 않던 신선의 태공들도 낚시를 거두며 집으로 돌아갈 채비를 서두르고 있었다. 땅거미가 지자 주위가 빠르게 어두워지고 있었다. 상가의 간판 불들이 하나둘 켜지면서 초저녁 도회지의 이미지를 드러내며 화려함을 연출하고 있었다.

집이 가까워져 올수록 집 들어가기가 더 싫어졌다. 할 일 없이 밤거리 방황을 하더라도 아내가 잠든 늦은 시간에 살며시 들어가 혼자 쓸쓸하게 잠들고 싶었다. 한참 퇴근을 서두르는 러시아워 시간대라 술을 업으로 하는 가게들마다 퇴근 손님이 들어차 한 잔 술로 하루의 회포를 풀고 있었다. 나도 주저 없이 그들 속에 끼어 들었다. 뜨끈한 우동 한 그릇과 소주 한 병을 주문했다. 가물가물 타오르는 램프의 불빛 아래 아련히 피어오르는 매캐한 담배 연기가 전형적 포장마차의 이미지를 연출하며 초저녁의 낭만을 피워 내고 있었다. 토스트 한 개와 커피 한 잔으로 점심을 거른 채 우동 한 그릇과 소주 한 병이 만족스럽게 포만감을 가져왔다.

담배 연기와 후끈한 열기를 피하고자 비닐 포장마차를 나왔다. 방향이 잡히지 않았다. 지금쯤이면 TV 앞에 저녁 방송을 들여다 보고 있을 시간이었다. 덕자네 노래방 원형 디지털 간판이 빙글빙글 얼음 위 팽이처럼 돌아가며 무지개를 뿌려대고 손님을 유혹하고 있었다. 5번방으로 가세요. 어지럽게 돌아가는 미라볼 조명등이 나를 반기고 있었다. 평생을 불러도 싫지 않은 영원한 나의 운명작 18번 번호 키를 눌렀다. 동시에 쏴아쏴아~ 가파른 소리를 내며 푸른 파도가 하얀 물거품을 몰고 와 강가의 모래를 쓸어내렸다. 애 터지는 갈매기의 울음이 후렴에 이어질 때 똑똑 5번방에 노크 소리가 들렸다. 시원하게 터지던 목소리가 자라목처럼 구겨져 목 넘김으로 삼켜져 버렸다. 귀청 터질 듯한 앰프마저 볼륨을 줄였다. 잠깐 실례할게요. 앞니 두 개가 왕창 나간 노래방 아주머니가 겸연쩍어하면서 죄송한 말씀인데 손님으로 오신 어떤 여자분이 혼자 노래 부르기가 그렇다며 손님과 합석하면 어떻겠냐고 물어봐 달라고 해서. 글쎄요… 혼자 노래 부르기가 멋쩍으신 모양이지요? 아닌 게 아니라 그렇기도 하지요. 저 역시도 속상한 기분에 혼자 왔으니까 그분의 내막은 잘 몰라도 그러라고 하십시오.

잠시 후 주인 여자가 귀티 나는 중년 여자를 데리고 들어왔다. 노래방 도우미는 아닌 듯했다. 낯선 여자가 고개를 숙여 묵례를 하고 죄송합니다. 훼방을 놔서. 그리고 허락해 주셔서 감사하구요. 여자가 하얗고 고른 이를 드러내며 웃었다. 세상에 뭐 본래 아는 사람 있습니까? 오다 가다 인연이 될 수도 있고 지금처럼 우연한 인연의 끈도 다양하구요. 네, 맞아요. 여자가 기어들어 가는 목소리로 조심스럽게 맞장구를 치고 있었다. 노래방 여주인을 불렀다.
여기 5번방 시간 좀 넉넉히 주세요. 추가 지불은 나중에 하구요. 그가 별생각을 다 하고 있었다. 별난 세상 별난 일도 부지기수여서 조심해야겠다는 만약의 사태까지도 생각을 안 할 수가 없었다. 현명한 처신 같아 마음이 놓였다. 잠깐만요, 음료라도 우선! 맥주 하십니까? 네, 기본 정도. 아, 그러시군요. 음료는 제가 살게요. 여자가 말했다. 서로가 어색해 쭈뼛거렸다. 쟁반에 깡통 맥주 서너 개와 주스 그리고 새우깡 한 봉지와 소금 땅콩이 안주로 들어왔다. 캔을 따며 사내가 말했다. 드시지요. 드시고 나면 긴장도 어색함도 익숙해질 겁니다. 목 넘김이 좋으면 노래도 잘 나올 거구요. 미리 목구멍에 기름칠하는 거 아닙니까? 둘이 마주 보고 웃었다. 차가운 맥주가 식어 밍밍해질 만큼 두 사람 사이에 약간의 침묵이 흘렀다. 어디서부터 어떻게 말꼬리를 잡아야 이 어색한 분위기가 편안해질까를 생각하기보다 지금의 상황이 아침 밥상머리에서 마누라와 부딪힌 그 순간과 조금도 다르지 않은 닮은 꼴이어서 민망스러웠다.

서둘러 분위기부터 얼른 바꿔야 했다. 저는 김영호라고 합니다. 허물없이 기분대로 이야기합니다만 아침부터 가정사 일로 울적한 마음 달래려고 나와 온종일 낯선 길을 헤매다가 속 시원하게 소리나 질러 답답한 가슴 열어나 보자고 이렇게 혼자 노래방까지 찾게 됐노라고 친구에게 하소연하듯 사연을 털어놓았다. 여지껏 여자의 대답은 그저 예예. 그러셨군요. 그게 다였다. 여자가 작심한 듯 입을 열었다. 본인은 30대 중반으로 모 고등학교 영어 선생이라고 했다. 교사생활이 쉽지 않다고 털어났다. 스트레스를 생각하면 하루에도 몇 번씩 사직서를 낼 만큼 머리 크고 자기주장이 뚜렷한 사춘기 아이들을 다루는 게 정말 어렵다고 했다. 첫사랑에 실패하고 세상이 온통 절벽 같았다고 했다. 그 충격으로 작심을 한 건 평생 혼자가 되어 아이들 교육 하나에 내 인생을 걸겠다는 야무진 각오로 지금까지 버티며 산다고 했다. 부모님은 안 계시고 언니가 한 분 있는데 멀리 지구의 끝나라 노르웨이에서 레스토랑을 경영하고 있다고 했다.

발레와 피아노를 전공했으나 진짜의 꿈은 뮤지컬 배우가 되는 게 소원이었다고 했다. 못다 이룬 꿈은 평생의 한으로 남았지만 지금까지도 언니의 공이 컸다고 했다. 그러나 이제는 과거를 잊고 현실에 안주하기로 했다고 했다. 다시 태어난 기분으로 산다고 했다. 오랜 감각기관과 일상의 태도를 바꾼다는 것이 그리 힘든 일인 줄을 몰랐다고 했다. 하나의 직업관에 집중하니 번거롭지 않아 좋지만 아이들을 보듬으며 받는 스트레스만큼은 어쩔 수 없는 운명인 양 받아들일 수밖에 없다고 했다. 그래서 가끔 노래방을 찾아 앙갚음으로 소리를 질러 화를 푼다고 털어놓았다. 조금 전까지만 해도 7번방에 있었다고 했다. 가만히 귀 기울여 노래를 들었노라고 했고, 갈라지지 않는 무거운 저음의 호소력 있는 목소리가 마음에 와닿아 어떤 분이시길래 하는 의문이 생겨 뵙고자 하는 마음에 이런 실례를 감행했노라고 자수하고 있었다.

대화 시간이 제법 길어지고 있었다. 서먹서먹해서 한 잔, 겸연쩍어 한 잔, 삭막한 공간이 자꾸 생겨 민망해서 한 잔! 여선생의 얼굴이 점점 홍조를 띠어갔고 말소리가 어눌해지면서 혀 꼬부라진 소리도 더러 했다. 사내도 취기가 오르는 건 마찬가지였다. 부르르 부르르 여자의 전화 진동이 울렸다. 여자는 관심 없다는 듯 얼른 전화를 올스톱시켜 버렸다. 연분홍빛 화끈거리는 얼굴을 두 손으로 감싸 쥔 여자가 뜨거운 입김을 불어내고 있었다. 음폭기 볼륨을 낮춘 빈 영상 화면만이 외롭게 번쩍이고 있었다. 기계가 오작동을 일으키듯 알코올의 발효가 정적을 깨며 시동을 걸어왔다. 저를 절친으로 받아줄 수 있나요? 사랑할 수 있으면 더 좋구요. 사내의 마음속엔 이미 여자가 들어와 있었다. 어쩌면 여자도 남자에게 관심이 집중되어 있는지도 모를 일이었다. 긴 대화를 하며 마주한 시간이 어렴풋이나마 상황을 말해주고 있었다.

여자가 빈 깡통을 만지작거리며 왜 그런 위험한 말씀을 하시죠? 부인도 계신 분이. 교육자다운 면모의 첫 질문이 날카롭고 압도적이었다. 날카로운 일침의 질문에 사내의 가슴이 칼에 찔린 듯 따갑고 아렸다. 선뜻 나와야 할 말문이 꽉 막혀버렸다. 아내를 탓하며 감언이설을 섞어 현실을 모면하기는 싫었다. 차라리 솔직한 게 좋을 것 같았다. 아내가 싫어서요. 인과관계는 물론 성격도 취향도 어느 것 하나 마음에 드는 게 없어요. 좋은 사람을 다시 태어난 기분으로 만나고 싶어요. 진정이세요? 그렇습니다. 두 분의 법적 정리가 완벽하게 해결되면 생각해 볼 수도 있어요.

사내는 시간을 보고 있었다. 어 벌써 10시가 넘었네요. 주인 여자가 짜증이 날 만큼 긴 시간이었다. 사내가 얼굴을 감싸 쥔 여자의 손을 살며시 풀어주며 이제 일어나시죠? 조금만 더 있다가 가면 안 될까요? 여자가 아쉬운 듯 어리광을 피우는 어린아이처럼 뭉그적거렸다. 시간에 구애받지 않는다면 그렇게 하시죠. 노래방 영업이 끝날 때까지. 아저씨? 네. 더 이상 여자가 말이 없었다. 또 여분의 침묵이 흘렀다.

다시 여자가 떨리는 음성으로 아저씨를 불렀다. 네, 저 여기 있습니다. 저 아저씨 저 좀 한 번 안아주시면 안 될까요? 아이고~ 취하셨네요. 일어나시죠? 사내가 여자를 안아 일으켜 세웠다. 여자가 휘청거리며 사내의 가슴에 덥석 안겨 왔다. 아, 이러지 마세요. 남의 영업장에서 이러시면 서로가 불편합니다. 오늘만 날이 아니고 내일도 있고 모레도 있으니까요. 댁이 부천 어디쯤 된다고 하셨던가요? 제가 댁까지 모셔다드리겠습니다. 사내가 여자의 가방과 두루마리 교지를 챙겨 들었다. 계산대에 돈을 지불하고 여자를 부축해 계단을 내려갔다. 아저씨, 저 오늘 집에 안 갈래요. 아저씨랑 같이 있고 싶어요. 무슨 소리세요? 취하셨어요. 오늘은 이만 돌아가시구요. 훗날 만나면 되지 않습니까? 아, 그래 주실래요? 아, 내가 왜 이러지. 여자가 정신을 차리려는 듯 게슴츠레한 눈을 치켜뜨며 가방을 열어 금박으로 명시된 명함을 꺼내 사내에게 건넸다. 오늘 행복했어요. 다음번엔 오늘보다 더 나은 행복을 주세요. 가벼운 묵례로 인사를 대신한 여자가 또각또각 걸음을 옮겨 걷기 시작했다.

혼자가 된 사내가 조금씩 조금씩 멀어져 가는 여자의 뒷모습을 보며 담배를 피워 물었다. 영혼처럼 다가와 준 예기치 않은 현실에 사내의 마음이 혼란스러웠다. 네온등 아래 기대서 담배를 피우던 사내가 뒷주머니에 손을 넣어 방금 전 여자가 건네준 금박 명함을 꺼내 들여다보고 있었다. 신주희, 신주희, 신주희! 오래 부르고 싶은 이름이었다. 지갑을 열어 중간쯤 빈칸에 여자의 명함을 깊숙이 찔러 넣었다. 묵시의 밤 하나둘 아파트의 창들이 어두워지며 밤이 이슥해져 가건만 영 잠을 이룰 수가 없었다. 온통 신주희 생각뿐이었다. 지금쯤 어쩌면 그녀도 나처럼 밤을 뒤척일지도 모른다는 생각을 했다.

근로자의 건강과 일상의 희로애락 삶의 질을 높인다는 노동시간 단축 차원적인 정부 5일제 근무 시책이 시행되면서 일주일 중 이틀을 쉴 수 있는 자유시간의 여유가 생겼다. 교육자인 그녀 주희도 지금은 한가한 시간을 보내고 있을 터였다. 허망한 꿈이 아니었으면 하는 기대감 속에 다이얼을 돌렸다. 두 번의 신호 끝에 착신이 걸렸다. 뛸 듯이 기뻤다. 여보세요? 누구신가요? 가늘고 여린 주희의 목소리였다. 아, 네. 안녕하세요. 일주일 전 노래방에서… 아, 네네. 몰라뵈어 죄송합니다. 제가 그날 빈속에 술이 좀 실수하지 않았나요? 한 주 내내 민망스러운 생각뿐이었어요. 이해해 주신 듯해서 고마웠어요. 오늘 저녁 시간 있으세요? 커피 한 잔 하고 싶은데요. 커피요? 아, 제가 시간을 만들면 대략 6시 이후가 될 것 같은데요. 그 시간대도 괜찮으시다면 가능해요. 편리대로 그렇게 하시되 분명한 시간은 7시로 정하지요. 네네. 그럼 그 시간에 윈윈 카페에서 뵙도록 하죠.

비가 내리고 있었다. 우산을 받쳐 들고 땅거미 져 어두워지는 밤길을 나섰다. 발걸음은 가벼웠고 비는 세찼다. 쏟아지는 아스팔트 빗물 위에 상가의 불빛들이 아롱져 아른거렸다. 약속 시간 7시가 가까워지고 있었다. 저만치서 성큼성큼 잰걸음으로 빗속을 뚫고 걸음을 재촉할 것 같은 그녀의 모습이 상상되어 기다려 함께 카페로 들어가고 싶었다. 조바심이 나게 가슴이 달음질을 치고 있었다. 지금의 감정은 마치 대학을 졸업하고 사회인이 되기 위한 대기업 첫 입사 채용 면접 때 생전 처음 입어보는 어색한 양복에 인사 면접관 앞에 차렷 자세로 얼음이 되었던 그 긴장감과 조금은 다를 바가 없었다. 일주일 전 노래방 첫 인연 땐 헐렁한 추리닝 차림이었지만 오늘은 돌아서 있으면 그녀가 못 알아볼 만큼 캐주얼하게 옷을 입었다. 빛이 바랜 청바지에 흰 와이셔츠를 입고 소매는 반소매로 접어 걷어 올렸다. 물소 버클의 밤색 혁대를 찼다. 보기 좋게 자란 머리는 밤송이처럼 치켜세워 조금 더 젊은 스타일을 연출시켰다. 청바지에 걸맞는 밤색 반 단화를 신었다. 춤이 깊지 않은 청바지 뒷주머니에 녹황색 가죽 긴 지갑을 찔러 넣었다.

거리의 주점가엔 일찍이 초저녁 술이 오른 혀 꼬부라진 꾼들의 해롱거리는 웃음소리가 반쯤 열린 문틈 사이를 비집고 밖으로 유출되고 있었다. 행복한 휴일 그들만의 진풍경이었다. 건널목의 신호 체계가 바뀌자 멈춰 섰던 인파가 한꺼번에 건널목을 건너고 있었다. 저 인파 속에 분명 주희도 있을 것이었다. 시계를 보았다. 약속 시간 5분 전이었다. 영감은 거짓말을 하지 않았다. 주희 씨가 걸어오고 있었다. 고개를 들어 카페의 간판을 찾는 것 같았다. 두리번거리는 그녀를 향해 신주희 씨 여깁니다. 여기 자신이 서 있음을 알렸다.

어머 벌써 나오셨네요? 안녕하세요? 별일 없으셨죠? 곧 주말 아이들 시험이 있어서 이것저것 좀 바빠서 약속 시간을 지킬 수 있을까 했는데 정확히 맞추었네요. 우선 저녁부터 먹죠. 그럴까요? 이곳 지리 잘 아시면 맛집 하나 추천하시죠? 저도 이쪽은 처음이라 잘 몰라요. 육식 좋아하세요? 아니오. 저는 채식주의자예요. 고기는 별로예요. 그쪽은요? 아, 네. 저는 잡식성이라 육식 채식 안 가립니다. 쥐약만 빼놓고는요. 하하하~ 그럼 채선당으로 모실까요? 저 모퉁이를 돌아서면 제법 규모가 큰 채선당이 있어요. 회사의 이미지 때문에 규율이 엄격한 식당이지요. 신선은 물론 정갈하고 분위기 또한 최선을 다한 모양새여서 늘 손님이 만원이에요. 자, 가시지요.

둘이 빗속을 걷는 행복한 시간이지만 순간 사내의 가슴에 불현듯 와닿는 것이 있었다. 너 아니면 안 돼. 세상의 모든 걸 다 주어도 아깝지 않을 만큼 내 모든 걸 다 주어 사랑했던 아내, 지금은 내 마음에서 떼어내고 싶은 미운 아내지만 지금의 날 용서할 수 없는 현실을 알고나 있을까? 처절하게 끝날 미움이기 전에 측은함이 앞섰다. 그러나 이제는 그 험악한 사랑에 되돌릴 수 없는 어쩔 수 없는 분홍빛 시간이 지금 이렇게 흐르고 있으니 아내에게 용서를 빌고 싶었다.

외모로 갈등하는 여자

　진영은 성적 테크닉에 있어 꽤 능동적이고 탄력이 있는 기교의 여자였다. 여자는 사내가 이끄는 대로 몸을 맡겼다. 흥분의 도가니에서 헤어날 수 없는 그녀는 동면에서 깨어 교미하는 뱀처럼 꿈틀거리며 야릇한 괴성을 지르고 있었다. 열화와 같은 한바탕 탕아의 시간이 흐르고 초연의 밤이 끝났어도 그녀는 침대 위에 알몸으로 누워 미동도 없이 눈을 감은 채 흥분으로 경직된 긴장을 풀고 있었다.
　그녀는 투박하고 못생긴 여자였다. 전형적 원근 뿌리식물인 못생긴 고구마형의 얼굴이었다. 검고 그을린 듯한 못생긴 얼굴 때문에 평생 한이 될 스트레스에 시달리며 살아가야 할 운명이었다. 자신을 빚어 만든 어머니와 아버지가 원망스러웠다. 기왕 빚을 송

편이면 예쁘고 곱상하게 빚어야 보기 좋은 떡이 먹기도 좋다고 안 했던가? 못생긴 얼굴을 비추어 주는 거울이 싫었다. 못생긴 얼굴이 부끄러워 남들 앞에 당당히 나설 수 없는 자신이 원망스러워 남몰래 서럽게 운 날이 여러 날이었다.

그러나 노냥 언제까지나 자신의 외모만을 원망하며 두문불출할 수는 없었다. 생각을 바꾸니 빼꼼히 길이 열리고 있었다. 긍정의 날개가 나비처럼 훨훨 날고 있었다. 거울 앞에 앉아 있는 시간이 길어졌다. 못생긴 얼굴을 조금이나마 커버하려면 농도 짙은 화장발만이 최선인 듯싶었다. 속과 겉이 다른 야누스의 눈이 될 수밖에 없었다. 그런 그녀가 내 여자가 되기까지에는 우여곡절이 많았다. 사내는 지금 전처의 이야기를 하고 있는 중이었다. 허우대 좋은 한 남자의 아내로 살기에는 아까우리만치 하나에서 열까지 흠잡을 데 없는 아름다운 여자, 그가 내 아내였다. 지금처럼 인형을 뽑아내듯 성형술이 능한 시대의 사람도 아니었다. 오롯이 자연 그대로 양부모의 피로 맺어 태어난 절색 미인인 것이다. 생긴 것만큼이나 도도한 깍쟁이였다. 진심인지 가식인지 속마음을 알 수가 없었다. 그런저런 쓸데없는 위선을 떨면서도 돈 없고 멋없는 남편만큼은 끔찍하게 챙기고 다독이는 심플한 여자였다.

처가는 부자였다. 그래도 넉넉지 못한 딸에게 미운털이 박혔던가 그 내막은 알 수 없어도 십 원 한 장 딸을 위해 돈을 건네거나 아무런 도움을 주지 않았다. 딸도 부모의 진정성을 알고 있는 터라 손을 내밀어 구차함을 요구치 않았다. 그러던 아내가 어느 날부터 성격이 모질어져 갔다. 예전의 아내가 아니었다. 과대망상증

같은 무모함을 보였고, 나태했으며, 격노해져 가는 팽팽하게 조여진 기타의 1번줄처럼 강한 심술을 부리기 시작했다. 정신분열이 오는 증상 같았다.

처가에 알려야 했다. 일이 안 되려면 엎친 데 덮친다는 격으로 처가의 사업이 부도 일각에 집안이 온통 수세미가 되다시피 어수선한 시기였으므로 자식이지만 여기까지 생각이 미칠 단계가 아니었던가? 당분간 아무런 소식이 없었다. 남처럼 대하는 처가에 기댈 수만은 없어 가장으로서의 책임은 내가 져야 했다. 서울에 유일한 청량리 정신병원에 아내를 입원시켰다. 이미 오래전부터 미미한 증상이 내재하여 큰 병으로 병을 키워왔다며 안타까워하는 원장이 끝내 혀를 찼다. 난감했다. 하늘이 무너지는 듯했다. 일순간에 모든 희망이 무너지고 있었다.

어느 날 다급한 전보 한 통이 집으로 날아들었다. 정신병원에 갇힌 아내가 치마를 찢어 긴 줄을 꼬아 만들어 들창문에 목을 매 절명했다는 전갈이었다. 기가 막혀 슬프지도 않았다. 손발이 부르르 떨려 몸조차 충격에 경직이 되어 움직일 수가 없었다. 사내는 뻣뻣이 선 채 꺼억꺼억거리며 소리 내어 울고 있었다. 여자의 아버지는 불법 고리대금 업자로 깡패들을 앞세워 불법 금전 대리업을 하고 있었다. 1,000원을 대출해 주고 만 원을 받아내는 도깨비 수법으로 가난한 서민들의 주머니를 터는 악덕 고리대금 업자였다. 제때에 이자가 안 들어오면 찾아가 기물을 집어던지고 겁박을 줘 오금을 저리게 했다. 때로는 폭력도 마다하지 않는 그야말로 피도 눈물도 없는 만행을 저지르며 돈을 긁어모았다.

어느 추운 겨울밤 금고가 있는 사무실에 뜬금없이 불이 났다. 불이 얼마나 과했을까? 금괴가 다 녹아 일그러져 버렸고, 수억의 돈다발이 잿더미가 되어 푸석거렸다. 신은 악인을 가만두지 않는 법이다. 남의 눈에 눈물 나게 하면 내 눈에선 피눈물이 난다는 악행의 말로를 그는 몸소 체험으로 터득한 것이다. 그 악행이 딸에게 마저 전이되어 몹쓸 병마에 시달리다 스스로 목을 매는 비극까지 초래한 것이 아닐까 하는 비근한 생각까지 이르게 된 것이다. 목을 매 저세상 사람이 된 아내의 슬픔을 잊기까지는 긴 삼 년의 시간이 소요되었다. 평생을 산들 그 비련을 잊을 수야 없을 테지만 견딜 만한 시간이 되기까지는 많은 시차의 시간이 약이 된 것이다.

고구마의 얼굴 오 여사를 알게 된 건 우연의 일치였다. 초여름이 눈앞인 6월 어느 날 친구와의 약속이 있어 길을 나섰다. 하늘은 금세 한 줄기 소나기래도 쏟으려나 먹빛 하늘을 드리우고 마른번개가 번쩍거리고 있었다. 차를 몰고 갈까 하다가 오랜만에 만나면 술이라도 한 잔 하게 될까 싶어 도보를 택한 것이다. 이럴 줄 알았으면 우산이래도 챙겨올걸! 그 소리가 끝나기도 전에 후두둑후두둑 굵은 빗낫이 쏟아지기 시작했다. 우선 급한 대로 눈앞에 보이는 지하 다방으로 뛰어들었다.

다방 문을 열었다. 찌든 니코틴 담배 냄새가 역한 곰팡내가 훅 끼쳐왔다. 어서 오세요. 3번 기타줄 소리 '쏠' 음의 탱글탱글한 음성의 여자가 해맑게 웃으며 사내를 반겼다. 처음 뵙는 분이시네요? 아닌데요. 저 여기 몇 번 왔는데요. 그럼 저 아시겠어요? 아뇨, 처음 뵙는데요. 그것 보세요. 제가 여기 가게 차린 지가 2년이 조금 못 되긴 하지만 손님 한 분 한 분 다 기억하거든요. 그런데 손님은 처음 뵙는 분인걸요. 오호 역시 눈썰미가 대단하시군요. 저 여기 처음입니다. 그것도 갑자기 비가 쏟아지길래 엉겁결에 뛰어 들어온 그야말로 참 천둥에 개 뛰어들 듯 어거지 손님입니다. 그게 그렇게 되나? 우하하하~ 어머 내 정신 좀 봐. 처음 오신 손님과 농담 따먹기를 하고 있네. 차는 무엇으로 드릴까요? 날씨도 우중충하니 피가 되고 살이 되는 노른자 띄운 쌍화차나 한 잔! 아가씨 것도 하나 더! 네, 알겠습니다.

　마담이 차를 끓이는 사이 배달 나간 아가씨가 빈 찻잔을 카운터에 밀어놓고 아이구~ 다리야! 하면서 몸을 집어 던지듯 궁둥이를 날려 소파에 주저앉는다. 한눈을 팔던 사내가 놀라며 뭐야? 어머! 손님이 계셨네. 죄송해요. 아무도 안 계신 줄 알고 천덕을 부렸네요. 죄송합니다. 아이, 괜찮아요. 부끄러워 말아요. 마담이 쌍화차 두 잔을 들고나오며 왜 그리 방정맞냐? 애가 조심성 없이! 죄송해요. 언니 아무도 안 계신 줄 알고… 사람이 있으나 없으나 사람이 조심성이 있어야지. 더구나 처녀가 경망스러워 보이잖니? 언니, 다신 안 그럴게요. 조심해! 네. 저 손님도 없는데 아가씨도 한 잔 하시지. 내가 살 테니까. 감사합니다. 말하기가 무섭게 아가씨가 커피를 타고 있었다. 차를 들어 내미는 여자의 곱고 통통한 하얀 손에 만져보고 싶은 충동이 생겼다. 야한 화장기 얼굴의 여자는 못생긴 고구마 그 여자였다. 여러 번의 성형 끝에 더는 고칠 수 없는 최상의 얼굴로 변모한 그녀였다. 그 누구도 그 비밀의 얼굴을 알 수 있는 사람은 없었다. 엷은 핑크의 루즈를 발랐다. 기본 화장의 얼굴이 사내의 눈에 매력으로 다가왔다. 여자를 멀리 한 지도 여러 해였다. 슬슬 본능이 살아나고 있었다. 긴 머리를 들어 올려 귀티를 내고 있었다. 우아하고 지고지순한 모습은 그녀의 심성까지 드러내는 듯 환한 얼굴이 대변하고 있었다.

사내는 첫눈에 그 여자에게 빠져들었다. 손님, 차 식는데요? 아, 네. 잠시 생각에 넋이 나간 사내가 깜짝 놀라며 차를 들었다. 눈치가 백단인 마담이 물었다. 뭐 불안한 일 있으세요? 내가 그래 보입니까? 아니면 됐구요. 호호호~ 차가 알맞게 식었네요. 여자가 차 숟갈을 들어 사내의 가라앉은 차를 저어준다. 사내의 귓전에 이명이 울렸다. 작은 충격이라도 받은 걸까? 고양이 앞의 쥐처럼 사내가 마담 앞에 쩔쩔매고 있었다. 진심이 묻어나는 사내의 감정의식이 진땀을 흘리고 있는 것이다. 비가 와서 그런가 손님이 뜸하네요. 비 탓도 있지만 요즈음 거리마다 커피 자판기가 설치되는 바람에 그 영향도 크죠. 굳이 다방에 안 들어오려고 해요. 돈의 격차도 있고 자판기 커피 맛도 괜찮거든요. 물장사하는 저희들에겐 치명적이지요. 이 생활도 머지않아 접어야 할 종말이 눈에 보여요.

생뚱맞게 여자가 물어왔다. 자택은 가까우세요? 하시는 일은? 어머나! 내가 별걸 다 묻네. 말씀이 없으시니까 분위기상 이런저런 걸 묻는데 오해는 없으셨으면 합니다. 죄송합니다. 저도 이 일을 시작한 지 2년도 채 안 됐지만 별별 손님들이 다 있던걸요. 귀찮을 정도로 말을 걸어 오거나 찐한 농으로 불쾌지수를 올리는 손님이 있는가 하면 커피 한 잔 시켜 마시고 몇 시간씩 앉아서 엽차

심부름만 시키는 분이 있는가 하면 자기 사무실인 양 탁자에 업무 보는 이도 있어요. 이상한 눈초리로 술집 작부인 양 쳐다보며 자기 친구인 양 너너 하는 모욕을 주지 않나? 이 짓도 못해먹을 직업이드라구요. 그런데 손님은 영 말씀이 없으셔서 조용하고 차분해 좋으네요. 술은 좀 하시나요? 아, 네. 즐기는 건 아니지만 기본 주량은 됩니다. 기본이라면 얼마나? 기분에 따라서. 그러는 마담은 술 잘하십니까? 네, 손님처럼 가볍게 대작할 정도는 됩니다. 언제 기회가 되면 술 한 잔 나누실까요? 그래 주시면 환영입니다. 사양치 않겠습니다. 미소로 답한 그녀가 환하게 웃었다. 흐트러진 옷매무새를 고치며 사내가 일어섰다. 벌써 가시게요? 아, 네. 사전에 친구와 약속한 미팅이 있어 서둘러 가야 합니다. 조만간 또 뵙겠습니다. 계산을 마친 사내가 가볍게 마담에게 묵례를 하고 가파른 계단을 뛰어올랐다.

초여름 소나기의 습한 바람이 얼굴을 간지럽혔다. 빗낫은 가늘어져 있었다. 등 뒤에서 누군가 부르는 것 같아 뒤를 돌아다보았다. 마담이었다. 제 우산이에요. 가지고 가세요. 비 맞으면 안 돼잖아요? 더구나 황사비라. 아이구~ 마음 써주셔 감사합니다. 다음에 뵐 때 우산 반납하겠습니다. 건널목 파란 신호등이 켜졌다. 사내가 성큼성큼 비에 젖어 번들거리는 횡단보도를 건너고 있었다. 우산 속 사내는 마담을 생각하며 걸었다. 마담과 자신을 결합시켜 보았다. 일이 잘 되면 한 쌍의 부부가 될 성싶다. 사내의 심장이 마구 뛰고 있었다. 놓칠 수 없는 여자임을 각오하며 빗길을 걸었다.

첫눈에 내 영혼을
걷우어 간 여자

흰색 울 바지를 입은 여자! 광란의 호색 스파크가 달린 청재킷을 걸치고 겉멋이 한껏 든 미인형의 여자였다. 선정적인 빨간색 슬럽을 신고 말총머리에 눈썹이 긴 미모의 아가씨가 뭔가를 찾는 듯 두리번거리며 희고 긴 목을 도리질 치고 있을 때 사내가 비스듬히 뉘었던 몸을 일으키며 여기입니다! 라며 여자에게 제스처를 취했다. 안녕하세요. 그간 별일 없으셨구요? 이례적인 인사가 끝난 뒤 여자가 사내와 마주 보며 앉았다. 약속 시간이 늦을까봐 서둘러 왔는데 많이 늦지는 않았지요? 5분 전입니다. 여유 있게 오셨어요. 사내가 부드러운 목소리로 여자를 안심시키고 있었다. 오늘 날씨도 쾌청하고 바람마저 조용한 토요일에 아름다운 분을 마주하고 보니 큰 선물을 주신 듯 행복합니다. 참 아름다우세요. 우선 차를 시키죠. 차는 무엇으로 하실까요? 저는 카페인이 별로여서 오렌지로 하겠어요. 선생님은요? 저는 오로지 커피입니다.

여자는 어린이집을 운영하는 어린이집 유치원 원장이었다. 대학에서 유아교육과를 전공하고 졸업을 한 뒤 규모가 큰 타 원에서 보조교사로 실전 수업을 정식으로 4년을 숙지한 베테랑으로 지금의 어린이집을 운영한 건 얼마 안 된 3년 차였다. 나름대로의 특별한 맞춤교육으로 창의적 교육관계가 입소문을 타면서 상당한 숫자의 원생을 지도하고 있는 역량 있는 엘리트였다. 학원 운영은 잘 되십니까? 힘드시지요? 유아교육도 만만치가 않아요. 극성 어머니들의 훈시 또한 별나고요. 인내가 많이 요구되는 직업이에요. 최선을 다하지 않으면 운영에 차질이 생길 뿐더러 아이들을 교사하는 선생님들까지도 저 이상으로 스트레스를 받는 통에 이 일 오래 하다가는 돌아버릴 것 같다는 농담 같은 푸념이 지배적이지요. 아이들도 아이지만 불만을 표출하는 선생님들의 고충을 나 몰라라 할 수 없어 수시로 제가 하소연하듯 많은 격려를 하는 편이에요.

그래도 전공하신 학과의 일을 하고 계시니까 행복한 마음은 부인할 수 없으시죠? 그건 그래요. 일단 꿈을 이루었으니까요. 돈도 벌고 평생의 직장인 셈이니까요. 그게 제 자신을 다독이는 유일한 위안이에요. 어! 벌써 시간이 이렇게 됐나? 정오가 넘었네요. 식사하러 가실까요? 미락원으로 모시겠습니다. 이곳 3층에 꽤 잘하는 경양식집이 있어요. 자주는 못 오지만 가끔 생각나면 오는 집인데 분위기, 맛, 서비스 삼박자를 고루 갖춘 명문으로 한 번 와본 사람이면 다시 오고 싶어지는 그런 집입니다. 수제 돈가스나 야채를 곁들인 파스타 맛이 파스타의 본고장인 이탈리아 명가 못지않은 노하우를 가지고 미식가들의 입맛을 사로잡는 입소문이 무성한 레스토랑이지요. 먹어봐야 맛을 알겠지만 기대가 되네요. 자기 사업의 열띤 광고처럼 진지하게 남의 식당을 해명하는 선생님의 열띤 토론이 더 멋있어 뵈는데요. 아, 제가 지금 남의 식당을 과대 광고하고 있는 겁니까? 문제와 이의가 제기되면 명백한 과분이고 주책인데 아앗! 실수! 재미있으시네요. 둘은 마주 보며 하얀 이를 드러내 웃으며 계단을 오르고 있었다. 와~ 분위기가 식욕을 돋우네요. 음악도 은은해 좋고 손님도 알맞게 계시네요.

잠시 후 돈가스와 레스토랑의 대표 메뉴인 파스타가 나왔다. 와인도 주문했다. 자, 행복하고 즐거운 마음으로 맛있게 식사하시지요. 적당한 포만감은 두 사람을 행복하게 했다. 후식으로 음료를 나누며 새해를 맞아 제가 장난삼아 금년 운세점을 보았거든요. 믿을 건 아니지만 역술인의 운세풀이로는 동해에 해가 떠오르듯 실로 한 해의 운세가 대길하여 어느 것 하나 흐트러짐 없이 만사기 형통하니 하고자 하는 일마다 운수대통할 일이요, 운명이 뒤바뀌는 행운에 귀인을 만날 것이라고 했거든요. 뚝배기보다 장맛이라고 나쁜 점괘보다는 얼마나 부드럽습니까? 믿거나 말거나였는데 그래도 기분은 괜찮더라고요. 그런데 이렇게 오늘 같은 날 귀한 분을 마주하게 되니 점괘가 그럴듯합니다. 찾아가서 복채 좀 더 프르센트해야 할 것 같아요. 이 정도면 딱 소리 나게 맞은 것 아닙니까? 이렇게 행복한 날이 올 줄 정말 몰랐어요. 좋은 인연이 되어 주십시오. 사내가 역술을 빙자해 솔직함을 그리고 대담함을 농담조로 대신하고 있었다.

너무 이른 고백이나 다름없는 자신의 감정을 드러내 표출하고 있었다. 두 사람은 벌써 두 바퀴째 근린공원을 도보하고 있었다. 벤치에 앉아 잠시 쉴까요? 사내가 제의하자 여자가 따라 앉았다. 가을이 벌써 익어가느라 색을 띤 단풍들이 바람에 일렁이며 한 잎 두 잎 떨어지고 옹골차게 들어찬 잣송이가 여기저기 떨어져 한 해를 마무리 지어갈 채비를 서두르고 있었다.

사내가 슬며시 여자의 손을 잡았다. 저항하지 않는 여자의 부드러운 손이 힘주어 사내의 손과 합쳐졌다. 따뜻했다. 감미로웠다. 세상을 다 가진 듯 행복감이 밀려왔다. 사랑하고 싶어요. 저두요. 걷던 길을 멈춘 사내가 몸을 돌려 여자를 가볍게 안았다. 너무나 쉽고 빠르게 두 번의 만남에서 찾아온 속도전이었다. 기다렸다는 듯 여자가 사내의 가슴에 얼굴을 묻었다. 두 연인의 뜨거운 가슴에 연분홍빛 장미가 피어나고 있었다. 고마워요. 내 여자친구가 되어 주어서. 네. 내 사랑을 받아주어 고맙다구요. 혼미한 감정에 도취하여 사내의 속삭임을 듣지 못한 여자가 아, 네. 너무나 행복한 시간이네요. 여자가 말끝을 흐리며 사내의 팔을 힘주어 매달렸다. 이런 느낌 처음이에요. 사내가 여자의 어깨를 감싸 안았다. 여자도 사내 쪽으로 머리를 기울여 애정 표현을 했다.

여자가 한동안 기울였던 머리를 반듯이 세우며 어느새 어두워진 밤하늘을 올려다보며 속삭이듯 말했다. 저 밤하늘을 좀 올려다 보세요. 오늘따라 유난히 많은 별들이 반짝이는 것 같아요. 그러네요. 마치 우리 두 사람의 사랑을 축복하는 의미가 아닐까요? 분명히 우리 두 사람의 만남을 축복하는 강렬한 퍼포먼스의 빛일 거예요. 시대를 초월한 촌스러운 아날로그 시대의 젊은이들의 연애담 속에 오고 갔던 대표적인 사례의 촌극 같아 어색하긴 했지만 사랑의 감정으로 현실을 반영한 진실만을 생각할 땐 둘만의 가슴에는 영원히 남을 첫 만남의 해피데이였으니 아련한 감정으로 가슴에 고이 담아둘 사랑의 메시지였다. 은밀한 흥분된 자아도취가 만들어낸 즉흥의 넌센스였지만 저거는 엄마별 저거는 아빠별 가을이 깊어 가는 넓은 마루에 멍석을 깔고 누워 하늘을 올려다보며 별을 헤이던 어린 유년의 시절을 어른인 두 사람이 표절하고 있는 것이었다. 발상적 전환이 사내보다는 한 수 위일 것 같은 그녀가 한참 만에 입을 열었다.

선생님, 시 좋아하세요? 또 하나의 신파극이 연출되는 순간이었다. 세상이 두렵지 않은 십 대가 아닌 중년을 바라보는 그들이었지만 세상 돌아가는 오늘의 이야기보다는 과거로 돌아가 지나간 세월을 붙잡듯 감정을 클로즈업시켜 행복을 유도하려는 의미로 보면 좋았다. 사내에게는 아닌 밤중에 홍두깨 같은 질문이었다. 시라니? 시에 시 자도 해석이 어려운 일 년이면 책 한 권도 안 읽는 사내에게 이런 질문은 차라리 고문이었다. 사내가 철퇴를 맞은 듯 허둥거렸다. 좋아하는 시 한 편 들려줄 수 있느냐고 반문하면 이건 예기치 않은 큰 사고와 같은 것이었다.

시, 시요? 학창 시절 멋으로 몇 권 봐온 게 전부라서 아는 게 솔직히 없습니다. 나중에 맞는 매보다 먼저 맞는 매가 낫다고 입막음이자 탈출로였다. 제가 공연한 질문을 드렸나요? 부끄럽군요. 영림 씨는 시 좋아하세요? 한참 감수성이 예민했던 여고 시절 시인이 되고 싶은 게 제 꿈이었어요. 교내 시 경연에서 장원도 여러 번 했고요. 장래가 촉망된다는 선생님의 조언에 문학소녀의 꿈이 전부였던 여고 시절이 있었어요. 지금도 자주는 아니지만 어쩌다 서점에 들러 시집을 사곤 하지요. 시는 영원한 존재의 피조물이에요. 숨길 수 없는 인간의 마음을 책 속에 묻어 가두는 산증인이에요. 시를 사랑해요. 영원히 그럴 거예요. 아름답잖아요? 대학을 진학하면서도 시에 대한 저의 열정은 매우 고무적이었고 능동적이었어요. 저에게 시는 생명 같은 것이었고 제 삶의 일부였어요. 그간 써온 시가 날로 쌓여갔고 다듬고 고쳐 시집을 내려고 했죠.

그러나 운명인지 파국인지 몇 년을 써온 내 고통의 시들이 어느 날 한 줌의 재가 되어버렸죠. 집에 불이 크게 났던 거였어요. 그 충격에 기절해 타버린 잿더미 시 위에 쓰러져 정신을 잃었지요. 불타 버린 시들을 다시 불러내 새 종이 위에 나열하고 싶었어요. 꿈일 뿐이었어요. 신이 아닌들 그 주옥같은 수많은 글들을 어찌 상상으로 불러내겠어요. 시는 순간의 아이디어나 다름없는 살아있는 생물 같은 것이어서 아깝고 억울하고 분해서 많은 날들을 울면서 견뎌야 했어요. 이제는 시를 쓰지 않아요. 어지럽고 험한 난세의 세상을 그려내고 싶지 않아요. 시를 쓰기엔 감정도 무뎌졌고, 시상의 초점이 흐려졌어요. 여자의 눈가가 촉촉해졌다. 가슴 아픈 지난날이 있었네요. 위로할게요. 사내가 여자를 안았다. 사내가 얼른 화제를 돌렸다. 주말엔 차를 몰아 교외로 나갈까요? 제의는 좋지만 지금으로써는 섣불리 그러자고 약속할 수가 없네요. 집안에 대소사가 일정이 잡혀서 선약은 안 되겠네요. 어쩔 수 없지요. 내일도 해는 뜨니까 다음을 약속할 수밖에. 사내가 멀쑥해졌다.

둘 사이에 우리라는 말이 자주 쓰였다. 우리는 아주 가까운 친근감을 주는 보편적인 용어다. 우리라는 말을 함부로 쓰면 어쩌면 남녀 간에는 오해의 소지가 다분할 뿐더러 껄끄러운 이미지로 치부되어 다툼의 여지가 될 수도 있어 분위기를 보아가며 가려야 할 일상적 말의 하나이다. 우리라니? 누구더러 우리래? 별꼴이 반쪽이라며 눈알을 부라리는 현장을 많은 사람들은 경험했을 것이다. 우리의 만남이 또 언제일까요? 사내가 재촉하듯 안타까워했다. 한 주 후가 될 것 같아요. 전화드리겠어요. 그때까지 건강하시구요. 영림 씨도요. 만남의 시간이 길어진 두 사람의 뒷모습이 쓸쓸해 보였다.

오 마이 갓! 미세스 김

여자는 다른 여자와 달라 평범하지 않았다. 과거 여자의 생활 패턴이 생각과 행동을 바꿔버린 듯했다. 모든 게 경제적으로 부유한 남자를 만난 덕이었다. 가난한 가정환경 때문에 남들은 다 가는 학교생활을 하지 못해 늘 마음에 못이 박힌 채 처녀 시절을 보낸 여자였다. 결혼 이후 그녀는 어려서 못다 해 한이 된 공부를 하게 된다. 남편의 적극적인 후원과 뒷받침, 본인의 열성적인 의지가 검정고시를 거치고 무난히 대학까지 마칠 수가 있었다. 지구를 돌며 세계 일주의 꿈도 실현했다. 맺고 끊음이 확고한 다혈질의 여자는 후학을 한다는 의미로 크고 작은 사회의 작은 밀알이 되고자 각종 후원단체나 봉사 일원으로 사회인으로서의 한몫을 차지했다.

여자가 기가 세고 다혈질에 여장부여서 그랬을까? 팔자가 센 까닭일까? 아내라면 껌벅 죽고 매사에 적극적이던 남편이 눈 내리는 대관령을 넘다가 눈길에 미끄러져 수십 길 낭떠러지에 산악귀신이 되고부터 여자에게 불행이 닥치기 시작했다. 한 번 둑을 넘친 물살은 모든 걸 집어삼켜 휩쓸어 가듯 용서라는 것이 없었다. 아들의 죽음에 충격을 받은 고혈압 환자인 그의 부친이 쓰러져 목숨은 건졌으나 사지를 못 쓰는 반신불수의 몸으로 1년을 버티지 못하고 유명을 달리했다. 선천성 지병으로 평생을 약으로 버티던 시어머니마저 영감의 뒤를 따라가니 이제 말뚝처럼 외톨이가 된 자신뿐임을 생각하니 정신이 아득하고 하늘이 노래졌다. 4년 남편과의 결혼생활은 하루하루가 행복했고, 실낙원이었다.

그러나 금실은 끔찍했지만 그들 사이엔 아이가 없었다. 몇 차례 유산으로 남편이 바라는 아이가 없었으니 그 상처는 늘 자신을 죄인으로 몰고 갔다. 남편도 남편이지만 손자를 기다렸을 시부모를 생각하면 얼굴을 들 수 없고 오금이 저려 민낯을 상면키가 부끄러웠다. 밤잠을 설치며 고민에 빠졌다. 이제 시집을 떠나야 할 결론을 가리고자 하는 심각한 고민이었다. 연사흘을 고민한 결론은 남편 없는 시댁을 떠나기로 했다. 믿을 곳이 없고 머물 곳이 없으니 모든 것이 칠흑처럼 어두운 생각뿐이었다.
이 없으면 잇몸으로, 죽기 아니면 살기라는 오기가 생겨났다. 생각을 바꿔야 닥쳐올 처연의 벽을 넘어설 것이었다. 시집을 나오면서 시아주버니로부터 넉넉한 여윳돈을 손에 쥘 수 있었다. 형수님이 가시는 길 슬프고 가슴 아프지만 이곳을 떠나면 방 한 칸이래도 마련할 수 있어야 하지 않느냐며 흐느끼며 건네준 돈이었다.

기거할 안식처를 찾는 게 최우선이었다. 늦은 점심을 때우기 위해 컵라면을 사려고 슈퍼를 찾았다. 가게 미닫이 유리문에 점포 세놓습니다, 라는 문구의 종이 한 장이 바람에 펄럭거렸다. 주인을 찾아 오밀조밀 묻고 또 물었다. 월세도 적절했고 하루 매상도 혼자 할 수 있는 장사치고는 그냥저냥 밥을 먹을 수는 있겠다 싶었다. 솔깃한 여자의 말을 반만 믿기로 하고 내가 하겠다는 의사 표시를 했다. 남아 있는 물건도 싼값에 떠안기로 했다. 첫째 방이 둘씩이나 여유마저 있어 따로 방을 구할 일은 없었다. 가게 주인보다도 내가 더 서둘렀다. 내일이래도 비워줄 수 있다고 했다. 일이 잘 풀리는 것 같아 일단은 기분부터가 산뜻해 좋았다. 이렇게 인연이 되어 작은 미니슈퍼 주인이 된 지도 어언 3년째! 혼자 산다는 이유로 과부슈퍼로 소문이 났다. 가게 앞 공터에 파라솔을 치고 평상을 만들어 막걸리나 소주 손님을 위한 설치물이었다. 가게일이 능숙해지자 이런저런 수완이 생기기 시작했다. 여름이면 그늘에 수박과 참외를 팔았고 팥빙수 기계를 사 팥빙수를 만들어 팔았다. 겨울이면 화덕에 솥을 걸어 김이 모락모락 나는 찐빵을 가마솥에 쪄 팔았다. 평상 위에 장기판과 바둑판을 준비해 비치했다. 한겨울엔 멍석을 깔아 술 내기 윷판도 벌려 놓았다. 인심을 얻기 위해 잘 안 팔려 먼지를 뒤집어쓴 사탕과 과자를 아이들에게 공짜로 나누어 주었다. 한정된 동네 장사여서 궁리를 하지 않으면 파리만 날릴 게 뻔했다. 남이 보기에 밉상이 아닌 미인 축에 속하므로 가꾸고 차려 쌈박한 이미지를 주어야 했기에 잦은 머리 손질과 얼굴 마사지까지 소홀지 않았다.

여자와 접시는 닦아야 빛이 나듯 방치하던 자신을 돌아본 결과 어제와는 다른 여자가 되어버렸다. 사내들의 시선이 여자에게 조심스럽게 쏠려왔다. 저 여편네 요즘 뭔가 수상하다며 수군대는 밀담이 귀에 들어왔다. 전혀 개의치 않았다. 여자 셋이 모이면 접시가 날아다니듯 할 일 없는 여편네들의 들쑥날쑥한 잡소리에 귀 기울일 일도 아니었다. 홀연한 내 인생에 남은 끼어들 수 없는 금단의 영역임을 극구 부인하는 여자였다.

어느 날 낚시 가방을 둘러맨 사내가 슈퍼에 들어섰다. 컵라면 하나 먹으려는데 더운물이 있느냐고 했다. 물이 없으면 봉지라면에 계란 풀어 끓여주면 더 좋구요, 라면서 여자를 빤히 올려다보고 있었다. 낯도 절도 모르는 처음 보는 사내가 빤히 얼굴을 주시하자 민망스러운 여자가 고개를 숙여 잠시만 기다려 달라며 주방으로 사라졌다. 사내가 두리번거리며 가게 안을 살폈다. 라면을 끓여 쟁반에 받쳐 든 여자가 평상을 가리키며 저 평상으로 가셔서 편하게 드시지요. 김치가 시어졌네요. 라면에 신김치 그거 찰떡궁합입니다. 그나저나 처음 뵙는 분 같은데 예전 슈퍼 아주머니는 아니시죠? 아, 네. 제가 이 가게를 인수한 지 이제 3년째인데 예전 아주머니를 찾는 걸 보면 이 집이 구면은 아닌가 보죠? 아, 예전에 밤낚시를 왔다가 라면과 소주를 사러 온 적이 있어서요. 이목구비가 뚜렷하니 꽤 미인이십니다. 사내가 라면을 휘저으며 느물거렸다. 소주 한 병 주시겠습니까? 소주 한 병을 주문한 사내는 뒤돌아가는 여자의 뒤태를 흠모하는 눈길을 주고 있었다. 사내의 눈빛이 반짝였다. 홀아비 주제에 할 일 없이 외지로 돌며 태공으로 세월을 보내며 여자를 멀리해 색정이 그리운 그가 가뭄에 단비처럼 눈에 들어온 미인을 만났으니 그 욕심이 현실을 비켜 갈 수는 없었다. 더구나 이런 한가한 변두리 시골구석에서 보기 드문 미인이 숨어 과자 부스러기나 팔고 있으니 구제하고 싶은 마음이 굴뚝 같았다.

그가 여자를 다시 불렀다. 한 이삼일 민박할 집이 있느냐고 물었다. 글쎄요, 라며 여자가 말끝을 흐렸다. 민박할 집이 없으면 자는 건 텐트에서 잘 수도 있지만 아주머니께서 식사는 좀 해줄 수 있겠느냐고 물어왔다. 밥장사는 안 한다고 잘라 말했다. 그러지 마시고 넉넉잡고 2~3일 정도 밥 좀 해주시죠? 라면만 먹을 수는 없고 편리 한 번 봐주십시오. 밥값은 후하게 드리겠습니다. 딱 이삼일만 좀! 사내는 애원하듯 나름의 흉계를 꾸며가고 있었다. 흉계의 손길임을 눈치 못 챈 여자가 잠시 생각에 잠겼다. 외지인일망정 내 집을 찾아온 뜨내기손님의 간절함을 뿌리칠 수가 없었다.

긴 날도 아닌 이삼일만 신세를 지자는데 어차피 그것도 돈을 받으니 장사가 아닌가? 계략적 사내의 사정이 여자에게 먹혀들었다. 꼭 사흘만입니다. 못을 박으며 허락하고 말았다. 이미 물은 엎질러져 버렸다. 사내는 속으로 쾌재를 불렀다. 남편이 없는 과부라는 직감을 처음부터 꿰뚫은 그였다. 두드리고 보채면 열릴 것이었다. 남편 없는 허전한 수많은 젊은 밤을 홀로 견딘 외로운 여자였다. 작은 연막과 자극에도 쉽게 기울어질 여지가 다분한 급발진 차량의 엔진 같은 위험에 처한 여자였다.

피 냄새를 맡은 하이에나 같은 사내는 저 여자는 이미 내 여자라는 표적을 찍어 가슴에 담았다. 여차하면 여자와 집과 가게의 바깥양반이 될 수 있는 절호임을 어찌 간구치 않으랴? 못 말리는 사내였다. 그야말로 상황이 가재 잡고 도랑 치고 마당 쓸고 동전 줍는 두 마리의 토끼를 잡는 행운의 길이 열린 것이다. 그럼 오늘 저녁부터 식사 부탁드리겠습니다. 찬은 신경 쓰지 않으셔도 됩니다. 시큼한 김치 하나면 됩니다. 방랑객이 되어 입맛을 찾으면 그건 사치이지요. 그럼 이따 저녁에 뵙겠습니다. 라면과 소주 한 병을 비운 그가 낚시 가방을 둘러메고 사라졌다. 사내가 사라진 후 여자의 생각이 다시 분분해졌다. 딱 잡아뗄 걸 공연한 승낙을 했나 싶었다. 돈을 받아야 할 밥상이니 반찬을 소홀히 할 수는 없었다. 더구나 신경이 쓰이는 건 쏘아보던 사내의 눈초리였다.

오후 5시가 넘자 가게에서 쓰는 일반전화가 울렸다. 여보세요? 슈퍼 아주머니세요? 밥 먹기로 한 사람입니다. 지금 가면 저녁 먹을 수가 있는지요? 네, 오세요. 준비하겠습니다. 다재기 양념을 만들어 고등어 생선찜을 하고 된장찌개를 끓였다. 김자반과 멸치볶음 계란후라이 반숙을 상에 올렸다. 검정콩을 두어 밥을 지었다. 구수한 숭늉도 마련할 참이었다. 그때 사내가 들어섰다. 아주머니, 밥 먹으러 왔습니다. 사내의 저녁상을 밖의 평상으로 내갈 수가 없었다. 자신이 기거하는 안방에 밥상을 들이밀었다. 방이 어수선해서 여자가 민망스러워했다. 아이구~ 별말씀 다 하십니다. 밥숟갈을 든 사내가 여자의 방을 훑어보며 아이구~ 이거 상차림이 잔칫상 같습니다. 신경을 많이 쓰셨네요. 잘 먹겠습니다. 사내가 고개를 주억거리며 수저를 된장찌개에 넣었다. 역시 아주머니는 외모도 아름다우시지만 된장찌개 맛도 일품입니다. 참 오랜만에 느껴보는 행복한 맛입니다.

칭찬은 고래도 춤을 추게 한다는 역설을 보아 가식이나마 사내의 만족한 저녁 식단 칭찬에 여자의 기분이 나쁠 리 없었다. 여자는 주방에서 사내가 밥상 물리기를 기다리고 있었다. 구수한 숭늉이 무쇠솥 바닥에서 갈색 색깔을 내며 끓고 있었다. 여자의 귀가 방 안을 살피고 있었다. 달그락거리는 빈 밥그릇의 수저 소리로 보아 식사가 끝난 듯했다. 얼른 숭늉을 대접에 담아 쟁반에 받쳐 들었다. 맛있게 드셨는지요? 아, 네. 아주머니의 음식 솜씨에 간만에 포식했습니다. 숭늉 드시지요. 아이구~ 번거롭게 숭늉까지! 왕년에 어머님께서 해주시던 무쇠솥 숭늉 참 수십 년 만에 마셔 봅니다. 시골 고향 집 어머님 집에 온 기분입니다. 이렇게 내가 인복이 많으니… 사내가 말끝을 흐렸다. 여자에게 그 어떤 감명과 희나리를 주기 위한 러이러이 차차차 러브를 향한 그의 애교적 추파의 한마디였다. 여자가 물린 밥상을 들고나왔다.

밥상을 물린 사내가 뻔뻔해지고 있었다. 식사가 끝났으니 얼른 방에서 나와야 할 그가 비스듬히 제 집 안방처럼 벽에 기대어 어딘가에 전화를 해대고 있었다. 저 남자 왜 저래? 먹었으면 얼른 일어나 나올 일이지 누가래도 오면 내 입장이 뭐가 되라고? 그렇다고 사내에게 무안을 주어 계면쩍은 얼굴로 밖으로 나오게 강제할 수는 없었다. 초조해지는 마음에 입장이 난처해지고 있었다.

그 이튿날 저녁 사내는 늦은 시간에 저녁을 먹으러 왔다. 밤

10시에 한일전 축구 경기를 핑계로 일부러 시간을 늦추어 밥때를 찾은 것이다. 축구 중계를 핑계로 늦은 시간까지 여자의 방에 머물고 싶은 사내의 숨은 계략이었다. 사내는 여자를 안심시키기 위해 45분씩 전후반 전이니까 한 시간 이삼십 분이면 끝날 거라는 미리 암시적 시간까지 여자에게 알렸다. 이제 곧 시작할 겁니다. 불편하시더래도 좀 이해 좀 부탁드리겠습니다. 워낙 제가 축구광이라서 이 시간을 놓치고 싶지가 않네요.

여자가 쭈뼛거리며 난처한 입장 표명을 연출하지만 사내는 아랑곳하지 않았다. 그래, 내일이면 갈 사람이었다. 여자가 여유를 찾고 있었다. 내버려 두자는 심산이었다. 그때 사내가 가방을 뒤져 뭔가를 꺼내고 있었다. 풋고추와 상추, 삼겹살이었다. 축구를 보면서 먹으려고 오면서 사 온 건데 술 한 잔 마시게 좀 구워주시면 어떨까요? 수고비는 별도 지불해 드리겠습니다. 이 남자 이러다가 여기 눌어붙는 거 아냐? 여자가 겁이 덜컥 났다. 오만가지 생각을 하면서 상추를 씻고 불판에 삼겹살을 올렸다. 저 손님, 이거 다 구울까요? 그럼여, 그럼여, 저 혼자만 먹겠습니까? 같이 드셔야지. 저는 사양할게요. 유지방을 좋아하지 않아서. 그래도 내일은 제가 여길 떠나니까 이별주 삼아 저와 가볍게 한 잔 하시지요? 저 아주머니, 너무 그러지 마시고 얼른 이리 앉으시지요? 너무 그러시면 제 손이 부끄럽습니다. 그럼 호의상 딱 한 잔만 받겠습니다. 여자가 쑥스러워 두 손을 부비며 사내 앞에 앉았다. 자, 받으시지요. 이 얼마나 화기애애합니까? 저 나쁜 사람 아닙니다. 선량하게 봐주세요. 사내가 게슴츠레 실눈을 뜨고 있었다. 얼굴에 가면을 쓴 늑대의 능글이었다. 나는 초원의 청소부 하이에나! 한 번 내 눈의 초점에 걸려든 표적은 살아남을 수가 없어. 잔인하고 포악스러우니까! 지금 사내의 속심이 그랬다.

축구는 전후반을 마친 3 : 2 한국 축구가 지고 있었다. 그사이 한 잔만 받겠다던 여자의 단호했던 한마디는 전당포에 맡겨졌던 가 둘 사이 벌써 몇 순배의 술잔이 오고 가 빈 소주병이 세 개나 됐다. 여자의 얼굴이 연분홍빛이 되어 붉게 홍조를 띠고 있었다. 3 : 2로 깨지다니! 실컷 보고도 열방망이가 치미네! 에이, 술맛 떨어져. 아쉬운 듯 사내가 짜증을 내며 남은 삼겹살을 마저 불판에 얹으며 아주머니, 여기 소주 한 병 더 주세요. 여자가 비실대며 일어서려다 휘청이며 허리를 꺾었다. 취하셨군요? 제가 더는 권하지 않겠습니다. 일단 어디서 몸을 좀 뉘시지요. 저 혼자 마저 마시고 일어나겠습니다. 휘둘리는 몸을 겨우 지탱하며 가게로 나온 여자가 의자에 몸을 맡겼다. 사내가 나오기를 기다려야 했다. 그러다가 여자가 의자에서 잠이 들어버렸다. 취기가 오른 사내가 나오다가 의자에서 잠이 든 여자를 보고는 아연실색하며 아이구~ 아주머니, 여기서 이러시면 하며 여자를 흔들어 깨웠다. 반응이 없자 사내는 덥석 여자를 안아 먹고 난 술상 머리 곁에 여자를 뉘었다. 그리고 스스로 가게에 불을 끄고 방으로 들어와 담배를 피우며 네 활개를 펴고 널브러진 여자를 내려다보고 있었다.

인연이라는 것이

　우주의 만물이 저마다의 성격을 갖듯 인간도 예외는 아니어서 자연과 닮지 않으면 생활패턴에 기묘한 기복이 생길 수가 있음을 우리는 일상에서 느끼고 경험하며 살아간다. 외모도 성격도 생각도 개성도 다른 사람이 타인 낯선 이의 시선을 사로잡는다는 것은 능력이 아니고서는 불가능한 일이다. 본능이란 인간의 본질을 이르는 말이다. 누가 가르치거나 배우지 않아도 스스로 알아서 행하게 되는 영장류로서의 DNA 날 선 촉매는 조물주가 인간에게만 부여한 최고의 선물임을 알아야 할 일이다. 똑같은 군상에 똑같은 능력을 부여받았지만, 개연성에 문제가 있으므로 100% 주어진 능력을 다 소진할 수 없는 게 인간의 한계다. 억척 기벽으로 그 한계의 장벽을 넘은 자만이 성공의 열반에 이른 불가항력의 인간 처세술을 구사한 특정인으로 추앙의 대상이 된다.

여기에는 성공이라는 이름으로 부와 명성과 권세가 따르게 된다. 우연이든 필연이든 그 어떤 인연으로든 남녀가 운명처럼 만나 짝을 이루는 연애에도 능력과 기술의 차이에 따라 예스냐, 노오냐의 결정권이 좌우된다. 매사가 능동적이어야 하다 보니 인생을 털털하게 아무렇게 살 일이 아님을 상기하게 된다. 삶에 있어 굳이 내 인생만을 고집하며 살 일은 아니다. 남의 사생활도 모방하며 내 것으로 만들어 새로운 삶을 살아가는 것도 하나의 지혜다. 늘 생각하고 체험하는 인생이 필요한 것이다. 특히 장가 못 가 안달이 나 노총각으로 늙어가는 이들에게는 굳이 처세술이라는 별것도 아닌 것의 의리를 나는 굳이 강변하고 싶다.

미운털이 박힌 천하에 잡놈! 세간에 입소문이 파다한 소위 암컷 사냥꾼이라는 별명을 가진 사내! 그는 열 번 찍어 안 넘어가는 나무는 없다는 신념을 가진 사내로 한 번 눈여겨봐 둔 여자는 하늘이 무너져도 피해 가면서라도 그여 내 여자로 만든다는 신념이 과대한 성과의 하나 때문에 열이면 열, 백이면 백 성공하는 것이다.

남녀 간 사이에는 언제나 무지개다리 오작교가 놓여져 있다는 걸 심리에 둘 일이다. 안 되면 되게 하라는 신념의 표적이 관심 밖이어서 해도 안 되는 것이다. 왜 연애는 어렵다고 생각하는지 묻고 또 묻고 되묻고 싶다. 연애 박사인 사내는 하나의 방법을 고수하는 외골수 처세술을 쓴다. 눈여겨봐 둔 여자와 시간이 만들어지면 그는 언제나 낭만과 음악과 조명이 있는 분위기 좋은 레스토랑을 이용했다. 그게 그의 연애 기법 처세술의 전부였다. 조용한 음악과 빛은 인간에게 특히 연인에겐 따뜻한 안정감과 평안으로 뇌를 자극해 사랑의 감정을 일으킨다. 호사스러움과 맛있는 음식, 속삭이는 두 사람의 대화가 분위기 속에 합성이 된다고 보면 엔도르핀이라는 행복한 물질이 감수성을 유발하기 때문이다.

첫 단추를 잘 꾀어야 하듯 일단 첫 만남 자체부터가 연애의 1단계라고 보면 된다. 1단계의 성공은 80% 진도라고 보면 된다. 사내는 이 점을 낚시의 밑밥으로 쓰는 것이다. 이미 심적으로 뿅 간 여자 앞에 달콤한 달변으로 전두엽에 혼선을 주게 되면 감성적 본능이 들끓어 오르면서 상대에게 호감과 탐욕, 욕망이 생겨나므로 쉽게 빠져들게 되는 것이다. 붉은 포도주가 담긴 글라스를 키스하며 어때요? 이 집 분위기 마음에 드시나요? 네, 괜찮네요. 편안하고 아늑해요. 메뉴도 좋구요. 이 집 파스타 맛이 절묘해요. 비우 스테이크도 일품이고요. 여기 샴페인도 한 병요. 사내가 여자에게 냅킨을 건넸다. 사내도 무릎 위에 냅킨을 올렸다. 포크와 나이프를 들어 여자가 먹기 좋게 고기를 잘게 썰어 서비스했다.

여자가 몸 둘 바를 몰라 하며 쩔쩔매고 있었다. 자, 드시지요? 그러면서 와인도 한 잔 따랐다. 글라스에 와인이 방울방울 기포를 떠올렸다. 마치 우주를 유영하는 별빛 같았다. 조명발이 내려앉은 글라스는 온통 채색으로 빛이 났다. 여자가 포크 손잡이를 빙빙 돌려 늘어지는 국수 가닥을 한 입 거리로 돌돌 말아 입에 넣고 인중을 실룩이며 맛있게 씹고 있었다. 사내가 허기진 듯 접시를 비웠다. 포만감을 느낀 여자가 살짝 물러나며 글라스의 와인을 마저 비웠다. 핸드백을 열어 꼬맹이 미니 거울을 꺼내든 여자가 냅킨으로 입 주위를 닦았다. 냅킨에 붉은 루즈가 묻어났다. 무릎을 덮었던 랩을 걷어 탁자에 얹으며 사내가 말했다. 식사가 마음에 드셨습니까? 네, 좋아요. 모처럼 맛있는 영양식을 먹었네요. 분위기도 나이스였고 추억에 남을 그런 밤이 될 것 같아서 아주 만족합니다. 아, 그러십니까? 다행이네요. 걱정스러웠는데. 하나 마나 한 사내의 야설이었다. 두 사람이 서로를 바라보며 아낌없는 미소를 주고받았다.

그들은 호숫가 둘레길을 천천히 데이트 코스로 잡아 느린 걸음으로 걷고 있었다. 살랑이는 강변의 밤바람이 긴 머리 여자의 머리카락을 날려 얼굴을 간지럽히고 있었다. 사내가 슬며시 여자의 손을 잡았다. 여자가 가만히 있었다. 뿌리치거나 부끄러워하지 않았다. 사내가 다시 손깍지를 끼어 좀 더 힘 있게 잡았다. 시야가 어두워질수록 강변을 따라 걷는 연인의 숫자가 하나둘 하나둘 늘어났다. 손깍지를 낀 그녀의 따뜻한 온기가 사내의 전신에 전율을 가져왔다. 필시 그녀도 사내와 다르지 않은 애정을 느끼고 있을 터였다. 이 순간 이대로 이 밤이 멈추었으면 싶었다. 눈치 없이 무기력하게 딸깍거리며 시간 속으로 달아나는 초침 소리가 야속했다.
그때 여자가 시계를 들여다보며 내일 출근을 위해서 오늘은 이만 돌아가야겠어요. 시간이 너무 길었네요. 그 소리가 끝나자 사내가 부르르 몸을 떨었다. 사내가 왈칵 여자를 끌어안았다. 여자는 저항하지 않았다. 그리고 스스로 사내의 허리를 감싸 안았다. 여자가 뜨거운 입김을 뱉으며 속삭였다. 오늘 행복했어요. 첫 데이트에 이런 행복감을 느낄 줄은 정말 몰랐어요. 둘은 대로변에 서서 빈 택시를 기다리면서도 오랜 연인처럼 팔을 벌려 서로의 허리를 감싸 안았다. 빈 택시를 세웠다. 여자를 먼저 태우고 사내도 올라탔다. 집 근처까지 오늘 호위무사가 되어 줄게요. 사내가 따뜻한 여자의 손을 두 손으로 감싸 쥐었다. 택시기사가 은근하게 눈을 치켜뜨며 백미러 너머로 그들 둘을 넘겨다보고 있었다.

사내는 한때 셰프의 길을 가겠다며 레스토랑에서 시다바리로 꿈을 키운 전력이 있었다. 요리계의 거장으로 일류가 되겠다는 야망에 최고의 맛을 내는 특별한 소스 개발의 비법을 남모르게 터득해낸 숨은 고수의 기질을 숨기고 있었다. 그 비법은 지금도 자신만이 가지고 있는 비밀의 보고지만 언젠가는 자신의 가게를 가지고 그 행복한 맛을 식도락가들에게 서비스할 기회를 엿보고 있는 사내였다. 감추어진 그 맛을 여자에게 선물해 깜짝 놀라게 하고 싶었다. 왠지 이 여자에게만은 솔직해지고 싶었다. 한 번으로 끝낼 그럴 수 없는 여자였다.

선물하고 싶은 게 있어요. 다음 데이트는 우리 집에서 해요. 순백의 원피스를 입고 은색 힐을 신은 그녀가 문 앞에 서 있었다. 천사가 방금 내려온 듯 단아하고 매력적이었다. 딩동딩동! 그녀임을 직감한 사내가 앞치마를 벗으며 주방을 나서 거실을 지나 현관문을 열었다. 백의의 천사인 양 로맨틱한 여자가 하얀 이로 미소 짓고 서 있었다. 사내가 가볍게 안으며 그의 등을 토닥였다. 고마워요. 와줘서. 뭘요? 비음이 섞인 여자의 목소리가 애교스러웠다. 이리 앉으시지요? 로맨틱한 디자인의 이탈리아식 식탁 한가운데 세 가지의 생화가 싱그러움을 자랑하며 화병에 꽂혀 있었다. 모두가 그녀를 위한 꾸밈이었다. 창 너머 테라스에는 어린 단풍나무 한 그루가 가을을 갈아입느라 울긋불긋 단장하고 가녀린 잎새는 하늘거리며 떨고 있었다. 그 옆으로 노란 국화와 수국, 남색 쑥부쟁이 꽃잎이 바람에 흔들리고 있었다.

노릇노릇 잘 튀겨진 사내 표 돈가스 위에 얇은 초콜릿색 소스가 끼얹어지고 새콤한 오렌지즙이 뿌려졌다. 이 요리의 마지막 손질이었다. 샴페인도 한 병 준비되어 있었다. 양상추샐러드가 한 접시 놓인 간단한 식탁이었다. 샴페인을 따라 입가심부터 했다. 맛있게 드시고 저만의 소스에 평가도 해주시면 좋겠고요. 번거롭지 않게 미리 잘라놓은 돈가스에 포크를 들어 여자가 한 입을 베어 물었다. 그녀의 안색이 미소를 머금으며 어머! 처음 느끼는 별난 맛이에요. 와~ 완벽해요. 감히 제 입맛으로는여. 인정해주는 겁니까? 세상에 이런 맛이 또 있을까 싶어요. 사내의 기분이 100% 업 되었다. 가게 내시면 대박 나겠는데요. 서두르세요. 너무 과대평가하는 거 아닙니까? 종이비행기는 태우지 마십시오. 어지럽습니다. 아니에요. 아니에요. 대단한 맛이에요. 태어나 처음 느끼는 미각으로는 정말 찬란한 맛이에요. 진실한 평가라면 더없는 기쁨이고요. 노력하고 고심한 보람이 있네요.

 처음 만남부터 싫지 않았던 남자가 요리 실력마저 일품이다 보니 그가 더 돋보이고 존경스러워졌다. 우연히 마주한 이 사람이 한평생을 같이 할 사람이었으면 하는 욕심이 생겼다. 여자의 진정한 바램이었다. 이제는 혼자 외로워하지 않아도 될 동행인이 생긴 듯해 행복한 마음이었다. 긴 잠 속에 빠져 행복한 꿈을 오래오래 꾸고 싶었다.

말이 예뻐 사랑이지
이건 순 일회용 여자

　목화의 한 토막! 말이 예뻐 사랑이지 이건 순 일회용 여자! 난봉이 나르샤! 휙~ 하면 천 리! 입만 열었다 하면 뻥! 세상을 긍정으로 보지 않는 천하의 잡것! 치마만 둘렀다 하면 이런 여자도 마다치 않는 모조리 주워 먹는 이놈은 여자에 기가리가 든 병적인 변태다. 에미 애비가 무식하다 보니 자신들은 그럴지언정 자식놈 만큼은 제 이름자 하나 못 쓸 문맹자는 만들지 말아야 할 것을! 그나마도 겨우겨우 밥 세 끼 먹여 아는 게 그저 먹고 싸는 게 다였다. 그런데 굼벵이도 구르는 재주가 있듯 아는 건 없어도 주둥이 하나는 알로 까져 그야말로 말발이 청산유수였다.
　6.25 사변 인민군 따발총 따다다다~ 그놈 주둥이 기술에 안 넘어가는 년 있으면 나와 보라고 해? 그래 굳세어라! 금순아! 네

이년! 네년이 아무리 날구 뛰어도 이 손 안에 있소이다. 건방 떨지 마라. 이 두더지 같은 년아! 내가 네년 안 따먹고는 저승에 못 가지. 안 그러냐? 이 씨불씨불 저 잡녀래 녀석! 주둥이 놀리는 거 봐라. 이 나라 정치판에 어떤 놈처럼 아주 시건방지고 거침이 없구나. 아이구~ 신령님 염라대왕님 저런 거 왜 안 잡아가십니까? 잡아다가 그냥 생가죽을 벗겨 거시길 화덕에 노릇노릇 구워 기름장에 찍어서 아우 백세주나 한 잔! 차마 다음 이야기는 더 못하겠고 사람 같지 않은 건 아예 댕강 싹을 잘라야 후환이 없거늘 안 그러우? 허 서방! 네미 붙을. 그렇구 말구! 저놈 새끼, 언제 내가 한 번 소주 한 병 먹여놓고 지근지근 조져 버릴 겨. 아유, 성님, 왜 이러세요? 뭐가? 왜 때리시냐고요? 심심해서 팬다. 이 기급을 하다 되질 잡자식아! 네놈이 바람난 동네 수캐여? 아무 데나 다리 박아 동네 기지배들 시집도 가기 전에 다 아작을 내면 그 계집애 데려다 사는 놈은 다 네가 먹고 버린 찌끄래기 데리고 사는 거 아냐? 이쁜이 수술이나 하게 만들고 말이야! 요런 새끼는 이렇게 꼬집어 뜯어야 에엥 아야야야~

어느 날 모 아무개 포수가 총 한 자루를 둘러메고 뒷동산으로 사냥질을 나갔겠다 엽사인 그가 떵야~ 총 한 방으로 두 마리의 토끼를 잡았걸랑. 예가 총질은 다녀도 눈이 안 좋아. 사팔뜨기야! 옆으로 보걸랑. 똑바로 보아도 잡을까 말까인데 오늘은 한 방으로 토끼 두 마릴 잡은 거야. 그 즉시 내가 총질 분석에 들어갔어. 이건 일대 사건이다. 늘 헛방질로 빈 총질만 하던 놈이 토끼를 두 마리씩이나. 총알이 미쳤나? 눈깔이 중심으로 돌아왔나? 아니야. 그게 아니야. 뭔가가 잘못됐어. 옳거니! 답 나왔다! 땅~ 소리와 동시에 자식 낳으려고 허걱거리던 암토끼 수토끼 부부가 꾹 소리를 내며 함께 구르다가 직통으로 맞아 빨간 눈을 뒤집어 까며 이별의 섹스를 한 거야. 맞지! 딩동댕~

오늘도 여자의 뒤태에 눈독을 들여 한 건 올린 사내가 여자를 데리고 된장찌개 백반집을 찾았다. 슬슬 공갈이 빼질러 나오고 있었다. 주머니가 거덜이 나 돈이 없어 불고기는 못 사준다는 말은 못하고 난 식성이 서민적이라 구수한 된장찌개 외에 더 당기는 음식은 없다고 얼버무리며 오늘은 아무렇게나 때우고 다음엔 근사한 데 가서 와인도 까고 서양 요리도 먹어보자면서 환심을 돌렸다. 으바리 같은 년! 100% 뻥이야! 이년아! 네 몸뚱어리가 백반값밖에 안 나가냐? 떼를 써야 맛난 걸 얻어먹지! 이 계집애 아주 싸구려 천하에 등신이네! 호랑이 아가리에 날고기 얼른 된장찌개 둘러업고 내빼 이년아!

사내는 언제나 빈털터리였다. 여자의 공적 환심을 사기 위해 밥은 사지만 싸구려 백반 외에 더 이상 호기를 부릴 여유가 없는 사내였다. 백반 살 돈도 딸랑딸랑일 땐 분식집을 찾아 김밥 한 줄 아니면 떡볶이 한 그릇으로 시장기를 메웠다. 사내는 게으르고 나태해 일을 즐기지 않았다. 라면으로 세 끼를 살면서도 일을 하지 않았다. 한참 혈기 왕성한 30대여서 끓어오르는 성욕만큼은 참을 수가 없었다. 욕망에만 눈이 어두웠다.

요즘 들어 그는 주로 혼자 사는 외로운 과부를 타깃으로 삼아 꼬드겼다. 외롭고 쓸쓸한 사람에게는 그들이 원하는 다양한 그 무엇들이 있어 쉽게 감동하고 동요되는데 혼자 사는 여자들의 약점을 노린 것이다. 사내는 그 약점을 교묘히 이용하는 것이다. 건실한 30대 사내와 마주 앉은 연상의 여자! 싸구려 우거지 된장국에 밥을 말아 먹을망정 마음은 한없이 흐뭇했고 행복한 기분마저 들었다. 감추고 가뒀던 자신의 성욕을 해결해 줄 젊은 사내가 그녀 앞에 버티고 있어서다. 한 남자의 아내로 일찍이 시작한 결혼생활 행복 자체 하나만을 가슴에 담아 잘 살아보자 했건만 인생살이는 그리 호락호락하지 않아서 비바람에 흐트러진 잡초 같은 삶을 살다 혼자가 된 지난날 팔자가, 더럽고 역겨웠던 남편마저 세상을 뜨고 동그마니 혼자 남겨져 갖은 세파에 휘둘려 살아온 여자 본능인 사랑의 감성마저 깡그리 잃어버린 지 오래된 여자였다.

꺼져가는 불씨에 휘발유를 부어 불꽃을 되살린 건 다름 아닌 된장국을 산 사내였다. 사내의 말 한마디 한마디가 믿음직스러웠다. 아이스크림이 녹듯 달콤한 그의 말에 더 따뜻한 정을 느끼는 여자였다. 놈의 감언이설에 여자는 사내의 종이 되듯 말 잘 듣는 하녀가 되어갔다. 연애에 빠져 눈이 뒤집힌 여자가 사내 대신 돈을 쓰기 시작했다. 고급 술집을 데리고 다녔고 양복을 해 입히고 제 서방인 양 떠받들었다. 호박이 넝쿨째 굴러온 이게 무슨 일이야? 사내의 지갑에 용돈도 빵빵하게 넣어주었다.

오로지 돈만 벌겠다는 일념 하나로 억척을 부려 꽤 많은 액수의 돈을 저축해 놓았다. 남편이 가고 나서 자신의 몫이 되어 돌아온 여윳돈도 있는 터라 알토란 같은 과부였다. 사내에게 있어 여자는 귀인이요 구세주였다. 여자는 육신의 탐욕을 위해 돈으로 사내의 마음을 사 자기 성적 소유물로 사내를 유린하고 싶었다. 여차하면 평생의 동반자까지도 세심히 마음에 담았다. 사내가 딴생각하고 있었다. 하룻저녁 늑대의 밥처럼 풋사랑의 제물로 끝을 낼 것이 아니라 이 여자를 평생의 동반자로 정식으로 가정을 꾸린다면 얼마나 좋을까 하는 생각을 하고 있었다. 5,000원짜리 백반 한 그릇으로 인생이 뒤집힐 이런 극적인 인연은 진정 하늘의 재량이었다. 무일푼인 사내의 입장으로서는 어느 것 하나 내세울 것 없어 끝까지 모른 척 자신을 고수하고 있었다.

오늘도 구린내 나는 청국장을 시켜놓고 사내가 구겨진 신문을 뒤적거리며 자기도 가만히 보면 꽤 서민적이야? 서민의 입맛으로 만족하는 걸 보면 나와 식성이 쎔쎔이야. 잘 만난 거 같아. 그렇게 생각하세요? 촌닭으로 호의호식을 모르고 기구하게 살았다고나 할까? 이 나이가 되도록 기름진 음식과는 거리가 멀게 살아왔다며 다음엔 청국장을 사달라고 졸라댔다. 이렇게 해서 일부러 청국장 전문점을 찾아온 것이었다. 내가 이렇게 털털하니까 부담도 덜고 건강도 챙기고 효자 애인이 아니냐며 사내가 넋두리를 까고 있었다. 두어 번 헛기침을 한 사내가 여자 앞에 바싹 얼굴을 들이밀며 언제까지 혼자 사실 거예요? 조금이래도 젊고 팔팔할 때 재가하시지? 그러는 오빠는 왜 안 가고 홀아비로 사시는데? 아, 나야 뭐… 사내가 머리를 긁었다. 결혼 생각은 있는 거예요? 상대가 생기면 생각해 볼 수도 있죠.

사내가 말끝에 과감하게 한마디를 내뱉었다. 내가 프러포즈하면 받아줄 의향 있어요? 내가 좀 연상인 것 같은데 그게 무슨 상관이에요. 사랑하는 사이면 그건 장애물이 될 수 없어요. 사랑은 국경도 초월하니까요. 우리 결혼합시다! 지금 당장! 대답은 어렵구요. 하루 여유를 주세요. 생각할게요. 밤잠을 설쳐 고심한 여자가 답을 냈다. 나이를 먹어가며 혼자 산다는 건 후일 마음의 장애가 될 소지가 다분함을 생각했다. 늦게나마 짝을 찾아 남은 여생을 산다는 건 인간적 참 윤리라는 생각이 앞섰다. 그래 이 사람을 선택하자! 나는 지금 이 남자를 사랑하고 있어. 그녀가 수화기를 들었다. 얼굴이 달아오르고 가슴이 뛰었다. 사내에게 신호가 가고 있었다.

막장파의 리허설

　술 먹는 버릇도 그 집안의 내력인가 보다. 술 때문에 패가망신하고 여자의 아버지도 결국은 술로 단명했다. 하나밖에 없는 손위 오빠도 못 말리는 주정꾼이었다. 술로 인해 모든 걸 들어먹고 반거지가 된 집구석 사정을 번연히 알면서도 정신을 못 차리고 오늘도 술에 젖어 흔들고 해갈을 하는 큰 자식 때문에 그의 어머니는 늘 가슴을 치며 남몰래 격한 애상을 겪으며 탄식을 했다. 어쩌면 그 애비에 그 자식인지 가슴을 찢으며 긴 한숨을 쉰다.
　소나기 쏟아지는 여름날 밤이었다. 오늘도 곤드레가 되어 빗속을 헤치고 고주망태가 된 오빠가 대문턱을 넘어서다가 앞으로 급수백이를 치며 땅바닥에 머리를 꼬라박았다. 죽은 듯 미동이 없었다. 그 후 병원생활 반년 만에 식물인간으로 누워 있다가 이승을 떠났다. 기가 찼지만 화가 났다. 불쌍하지도 않았다. 자업자득인 셈이었다. 한 서린 어머니의 통곡만이 애갈할 뿐 모든 건 해프닝처럼 끝이 난 상황이었다. 제명에 못 죽고 일찍 갔다는 슬픔 하나 외에는 동정의 여지가 필요치 않았다. 차라리 자신 외 사람들에게 말 못할 고통과 신의를 저버릴 바에야 잘 죽었다는 시원스러운 대답이 위안일 수도 있었다.

　열아홉 처녀로 그녀가 도회지로 온 건 지겹던 삶의 틀에서 벗어난 홀가분함보다는 술로 죽은 아버지와 오빠의 망상을 잊기 위한 하나의 도피였는지도 몰랐다. 추억거리라고는 어느 것 하나도 내세울 수 없는 번뇌만으로 가득 찬 이곳이 정말 싫었다. 그야말로 어느 날 갑자기 개나리 봇다리 하나 들고 무작정 서울행 열차에 몸을 실어 첫발을 내디딘 곳이 영등포 독립산업이라는 밀가루 공장이었다. 겨우 고등학교를 졸업하고 어머니 밑에서 가사나 거들던 새내기가 낯선 외지에서의 서울생활은 어느 것 하나 녹녹지 않아 정신적으로나 육체적으로 많이 힘이 들었다.
　한 군데에 적응이 어려워 그동안 여러 곳에 이직을 옮겨 다니며 독하게 돈을 모았다. 고향에 혼자 있을 불쌍한 엄마조차 잊을 정도로 현실에만 치우친 고립된 생활에 파묻힌 결과였다. 현실이 촉박하다 보니까 자신이 여자라는 선입견마저 잊은 듯 가꾸고 보듬어야 할 사치마저 잊고 살았다.
　취미가 없고 낙이 없으니 외로움은 극에 달했다. 무력은 고독을 불러왔고 그 고독의 실마리가 내 안에서 성토를 하고 있었다. 모든 걸 잊기 위해서는 술이 필요해. 이명의 마귀가 지친 심신을 유혹하고 있었다. 술 때문에 풍비박산이 난 집안이었다. 술로 인한 참사를 못 견뎌 고향을 떠난 것도 나였다. 그런데 나더러 술을 마시라구? 미쳤어? 그가 쳇 콧방귀를 뀌며 예쁜 입을 삐죽거렸다. 아무도 없는 빈방에서 허공에 대고 지껄여 보는 되작거림이었다. 그런 그가 전구에 불이 들어오듯 시험 삼아 한 번쯤은 괜찮겠지! 술이 고통을 잊게 한다고? 그럴 수도 있겠지. 정신 감정에 불합리화를 유도할 수 있는 것이 알코올의 성분이니까. 한 번만! 한 번만! 딱 한 번만 취해보자! 그녀의 참혹한 결기가 무너지는 순간이었다.

얼굴이 달아오르며 정신이 혼미해져 갔다. 귀에서 왁왁 소리가 났다. 어지러움이 자신을 편안하게 뉘었다. 모든 걸 잊은 그가 잠이 들었다. 아침에 잠이 깬 그가 머리를 흔들었다. 띵한 머리가 메스꺼움을 불러왔지만 모처럼 만에 달게 잔 잠이 신기하기만 했다. 술이 수면제 역할을 한다는 걸 실제 경험으로 알게 된 것이다. 과음만 안 한다면 꽤 괜찮은 성분이 알코올임을 알게 된 것이다. 그간 직장생활을 하면서 한 달에 한 번 있는 회식 자리를 마다하고 핑계를 대며 이탈했다. 징그러울 만큼 그 술 냄새가 싫었던 까닭이었다. 여자는 회식 자리에서 그전처럼 뀌다 놓은 보릿자루는 되지 말자고 했다. 지글거리며 익어가는 불판 위 삼겹살도 거들떠보지도 않던 그녀가 상추쌈에 소주를 마셨다. 웬일이야? 소주 공장 사장님이 다 웃으시겠네! 그래, 먹어! 누구든지 다 먹는 음식이야. 도만 넘지 않으면 더러는 삶에 있어 촉진제가 되기도 하는 게 술이거든. 그래, 많이는 아니더라도 기본은 먹자. 여자는 동료애의 조언을 절실히 느끼며 술을 받아마셨다. 얼굴이 달아오르고 머리가 욱신거렸다. 말이 어눌해지고 혀가 말렸다. 속이 울렁거리고 땅바닥이 물렁물렁한 듯 울리 불리였다. 몸이 휘청거리며 세상이 쳇바퀴처럼 빙빙 돌았다. 게슴츠레 눈이 감기고 헛웃음이 나왔다. 말이 많아지고 배짱이 생겨 해롱거렸다. 여자가 첫술에 얻어낸 톡톡한 결과를 경험한 것이다.

  술이 이런 거였어? 아버지와 오빠를 조금씩 이해하기 시작했다. 과음만 안 하면 기호식품으로써는 괜찮은 서민의 위안주라 생각되었다. 알코올의 독은 암 같은 존재였다. 술은 사람의 기분을 공중에 띄우는 두둥실 풍선효과가 있었다. 어지간한 애주가라면 한마음으로 읽어낼 수 있는 알코올의 특이성을 잘 알 것이었다. 기분이 좋아 한 잔! 피곤해서 한 잔! 속상해서 한 잔! 습관이 된 여자의 주량이 해가 갈수록 늘어갔다. 뒤늦게 배운 도둑질이 밤 가는 줄 모른다고 조심성을 염두에 두고 한 잔 두 잔 마신 술이 대엿으로 늘어 목노에 들어서면 두세 병은 나발을 불어야 직성이 풀렸다. 얼큰한 취기로 비틀거리다 추한 행동도 하지 않았다. 술의 도수가 높아야 술다운 술을 마셨다고 할 만큼 점점 독주를 선호하는 경향이 생겨났다. 여자에게 있어 이젠 술자리가 그의 안식처였고 일상이었다.

  휴일이면 여자는 또래의 동료들과 자주 어울렸다. 그들의 모임엔 의례 술과 고기가 합석했다. 아침 밥상 저녁상에 반주로 즐길 만큼 꾼이 되어갔다. 어느 날 1, 2, 3차까지 거치며 마신 술이 떡이 되어 길바닥에 누워 잠이 들어버렸다. 생각 밖의 돌이킬 수 없는 치욕의 사건이 발생한 것이다. 그것도 두 놈에게 굴욕을 유린당한 것이다. 스물다섯 해를 지켜온 소중한 몸을 술로 인해 자신도 모르게 유린당한 그 억울함을 어느 누구에게 하소연할 처지도 아니었다. 더욱 처절할 만큼 몸부림치게 만든 건 그 당시가 아닌 2개월 후 임신의 이상징후가 보이면서였다. 가해자가 어느 놈인지도 모른 채 아비 없는 자식을 낳을 생각을 하니 손가락 사이로 얼굴을 가려 하늘을 올려다보기가 부끄러웠다.

배 위에 손을 얹고 두 눈을 감았다. 뜨거운 눈물이 하염없이 흘러내렸다. 아버지도 오빠도 나도 이렇게 술 때문에 결단이 나는구나. 미친년! 너 같은 건 죽어! 죽어! 죽어! 그녀가 커튼이 내려진 벽에 머리를 짓찧고 있었다. 이미 엎질러진 물이 마른 땅을 적시며 물을 먹어가듯 자신의 몸에서 자라고 있는 불행한 씨앗을 두고 볼 수는 없었다. 정체성 없는 핏덩이를 얼른 내 몸에서 긁어 없애고 싶었다. 낙태를 결심한 그가 산부인과를 찾았다. 결국 내 아름다운 날들이 이렇게 돌이킬 수 없는 허망으로 끝이 나는구나. 머리통이 우~ 하고 울었다. 그녀가 진저리를 치고 있었다.

글썽이는 눈물에 아스팔트의 바닥이 봄볕의 아지랑이처럼 아롱거리며 모자이크를 그려내고 있었다. 엄연히 따지면 아이를 긁어냈으니 좋은 말로 하면 해산 어머니였다. 미역국을 먹어야 했다. 불행의 끝이었을망정 그 옆에 엄마가 있었더라면 미운 딸자식이지만 찝찔한 미역국이나마 한 그릇 끓여주었을 것을! 그녀는 미역국 대신 집에 오는 길에 소주 두 병과 얼큰 라면을 사 검정봉지에 담아 씨적거리며 걸었다. 뻐근한 아랫도리로 분비물이 흘러내려 사타구니가 미끈거렸다. 또 한 번 치욕에 몸을 떨었다. 뼈저린 능욕의 린치를 당하고도 그는 변하려 하지 않았다. 자포자기 심정인 양 자신을 추스르려 하지 않는 기색이었다. 누군가가 그녀의 아픈 가슴을 다독여 삐뚤어져 가는 현실을 바로 잡아주어야 했다. 스스로 발을 빼기에는 너무 기운 그의 네모난 상처였다. 술이 취하면 인사불성이 되어 아무 남자에게나 추파를 던지는 위험천만한 수위까지 왔다. 강간보다 더한 끔찍한 일이 일어날 수도 있는 상황이었다. 이런 여자의 약점을 알아버린 사내들이 유혹의 손길을 뻗어왔다. 판단을 기억에서 지운 여자는 그들의 제의를 거절하지 않았다.

그런데 그 여자에겐 신통한 것이 하나 있었다. 대물림을 한 탓이었을까? 유전 탓일까? 곤약구가 되도록 늦은 시간까지 마셔대도 자고 나면 숙취가 남지 않는 신체적으로 알코올 분해력이 대단한 체질의 여자여서 한 번도 직장에 지각을 하거나 결근을 하지 않았다. 사명감 하나는 타의 모범이 되는 여자였다. 그러는 여자에게 어느 날 말로는 입에 담을 수 없는 민망하고 수치스러운 일이 벌어졌다. 세 명의 사내와 술이 떡이 되게 퍼마신 토요일 저녁이었다. 몇 차례의 순배를 돌며 이 술 저 술 짬뽕으로 마신 술이 여자를 미치게 했던가? 술을 같이 마신 세 명의 사내가 하의가 벗겨진 여자를 담벼락에 세운 채 서로 번갈아 가며 소위 벽치기 성행위를 하고 있었다. 여자는 죽은 듯이 고개를 외로 꼰 채 신음을 흘리며 이제는 술이 쫄면 아무에게나 몸을 맡기는 정신분열 증세까지 나타나는 것 같았다.

신은 있었다. 아무도 손 잡아주지 않는 그녀에게 어느 날 우연하게 남자 하나가 생겼다. 그날따라 속이 쓰리고 느글거려 매운 라면 국물이래도 훌훌 마시고 싶었다. 컵라면에 뜨거운 물을 부어 라면이 불기를 기다리느라 가게 앞 파라솔 탁자에 앉아 있었다. 조금 전 가게 안에서 보았던 사내가 우유와 빵 하나를 들고나와 테이블에 걸터앉으며 크게 한숨을 쉬고 있었다. 여자가 라면 뚜껑을 열어 라면을 휘휘 저으며 빵 드시는데 뜨거운 라면 국물 좀 컵에다 따라 드릴까요? 아, 아닙니다. 우유 마시면 되죠. 생각해 주셔서 감사합니다. 사내가 여자를 쳐다보며 씽긋 미소를 남겼다. 치아가 고루 가지런한 사내는 미남이었다.

사내가 우유를 한 모금 마시고는 아침 해장부터 라면을 드시는 걸 보니 어제저녁 과음하신 분 같습니다. 그렇게 보이세요? 제대로 보셨네요. 친구들과 어울리다 보니. 그게 젊은 날의 로망 아닙니까? 그런 추억은 평생 갑니다. 여자가 사내를 올려다보며 입을 열었다. 지금 간식 드시는 거예요? 아침밥 대용이에요. 아, 네. 혼자 있다 보니 귀찮은 것도 많고 대충 그냥 때우는 겁니다. 사는 게 저랑 별반 다르지 않은 것 같네요. 내일도 이 시간대에 여기 나오시나요? 글쎄요. 저녁 술 모임이 있으면 나올 수도 있겠죠. 왜 그러시는데요? 자판기 모닝커피 한 잔 사드리고 싶어서요. 어머, 정말이세요? 300원짜리 커피. 농담 아닙니다. 상대가 누구든 첫 만남에 대화를 하게 되는 건 하나에 인연일 수가 있거든요. 그럴까요? 처음이라서. 내일 일부로라도 나오세요. 기다릴게요. 속풀이 라면을 비운 여자가 바람맞히는 건 아니겠지요? 라며 파라솔을 나온 여자가 작은 묵례를 하고 슬리퍼를 질질 끌며 일어나 걸었다.

걷다 여자가 힐끔 슈퍼 앞 파라솔을 바라보았다. 사내가 그대로 앉아 있었다. 순수가 묻어나는 남자였다. 나는 이미 만신창이가 된 창녀도 안 하는 별난 짓거리의 성행위로 평생을 부끄러워하며 살아도 씻을 수 없는 짐승만도 못한 짓거리의 오명을 저지른 여자였다. 그 남자는 나에 대한 그 아무것도 모르는 남자였다. 나의 치졸한 양심을 덮으면 평생을 산다 해도 이곳을 떠나 살면 그만일 것이었다. 하늘의 징벌을 감수한다면 망설일 게 없었다. 그러나 인간은 도와 예, 그리고 양심이라는 인격체다. 내 삶의 안위를 위해서 양심을 팔며 부도덕한 삶에 안주할 때 그 죄책감에 내가 행복할 수가 있을까? 아니었다. 조금 전 사내의 입에서 흘린 로망! 그 로망으로 살아가기에는 죄인으로서의 면목이 서질 않았다. 일백 년 일천 년을 빌고 빌어 사죄한들 씻을 수 없는 더러운 죄악! 무덤까지 혼자 가지고 가야 할 무거운 짐인 것을 여자는 알고 있었다.

여자가 하트를 그리고 있었다. 그 남자에게 보낸 연민이었다. 여자가 두 눈을 지그시 감았다. 아버지가 보이고 오빠가 보였다. 엄마가 이 없는 잇몸을 보이며 웃고 있었다. 엄마, 아버지, 그리고 오빠! 지지리도 못난 이년을 용서해 주세요. 두 줄기 눈물이 하얀 볼을 타고 흘러내렸다. 여자가 천천히 약국을 향해 걸어가고 있었다. 태양이 그의 등을 어루만지고 있었다.

헤픈 여자

　이런 염병을 할 일이 있나? 뭔 놈에 팔자가 생전에 자식이라고는 꼬락서니도 못 보게 생겼으니 참나 더러워서 어디 살겠나? 노심초시 팔자타령에 애꿎은 소주나 들이붓고 한탄만 하던 차 늦복이 터졌나? 삼신할미가 돌아보았나? 어느 날 애가 덜컥 들어서 마누라 배가 점점 오봉산이 되어 불러왔다. 히쭈구리하던 상판대기는 간곳없고 매일매일 싱글벙글 유쾌 상쾌 통쾌! 그러다가 산달이 되자 딸을 낳았다. 그러나 어찌 이리 못났다냐? 생겨 먹기가 설삶은 말 대가리처럼 중구난방! 참 못두 생겼다.
　기왕이면 다홍치마 찌르르르 흐드러지게 좀 내놓을 일이지. 이불 속에서 침을 잘못 놨나? 이게 무슨 일이야 그래? 아내는 못난 딸을 원망했다. 미움이 거세진 아비는 천륜을 뒤로하고 딸에게 글

공부마저 시키지 않았다. 가이갸 뒷다리도 모르는 까막눈 눈뜬 맹인을 만들었다. 어미의 속은 늘 부글거렸다. 잘나나 못나나 내 자신인 걸 으찌 그리 천덕꾸러기 남의 자식 보듯 내남보살인지 그 이유 하나로 서방이 미워 죽을 지경이었다.

어느덧 세월이 가고 시집 보낼 과년한 딸이 되자 그래도 사위는 얻어 장인 소리는 듣고 싶었던가? 쉰 보리 개떡 치우듯이 한 달에 보름밖에 못 보는 애꾸눈 사위와 인연을 맺어주었다. 못생긴 딸년보다 애꾸 사위가 백 번 낫구먼. 멀쩡한 두 눈은 한 달을 30일로 보지만 내 사위는 한쪽 눈으로 보니 한 달을 15일밖에 못 보니 그게 하나 흠이지 세월을 절반으로 잘라 먹으니 오래는 살겠다. 명이래도 길어야지. 못생겼어도 내 딸년이니 잘 데리고 살아. 네, 장인어른! 저것이 날 더러 하루는, 아부지! 왜 그랴? 우리 집은 왜 이리 가난할까? 아부지 능력이 고것뿐인가? 팔자가 고것뿐인가?

도대체 왜 그날이 그날이야. 때에끼 이년! 어린 년이 애비 엿 먹이는 겨? 아, 이년아! 그걸 알면 이년아, 내가 이렇게 사냐? 한 바퀴 돌린 기가 막힌 아이디어라도 있는감? 아부지, 내가 하자는 대로 할 텨? 난 여지껏 네깟 년 믿어본 적이 없다. 믿으면 뭘 해? 뭔가 보여야 하는데 보이는 게 묏자리밖에 안 보이니. 일단 서울 올라갈 차비만 마련해 줘봐. 믿어도 되냐? 에혜, 아부지가 딸을 못 믿으면 어떡해?

때는 바야흐로 1980년대 새벽종이 울렸네, 새 아침이 밝았네.

우리 모두 일어나 새마을을 가꾸어 초가지붕이 헐리고 슬레이트 양철지붕이 지붕 뚜껑을 덮으며 새마을운동이 한참이다. 고속도로가 생기고 산업 발전의 근간인 산업공단이 여기저기 생겨났다. 시골의 젊은이들이 무더기로 일자리를 찾아 서울로 인천으로 몰려들었다. 말 대가리 못난이도 이런 정보를 얻어들은 것이다. 인력이 부족해 애를 먹는 공단은 아무나 미성년자가 아니면 이유 없이 받아들여 공원으로 채용했다.

한참 순수성 강하고 이성에 호기심 많은 나이 때여서 같은 부서의 사내와 눈이 맞았다. 애꾸라는 오명으로 늘 여자 기근에 아쉬운 마음의 그에게 첫사랑인 말 대가리 여자는 물 좋은 인어요 공주로 보며 눈꺼풀이 뒤집어졌다. 일단 목마름부터 해결해야 했다. 일이 끝나고 밤이 되면 둘은 언제나 불이 났다. 심연에 빠진 듯 마련한 남녀 간의 관계에 혼을 빼앗긴 말 대가리 여자, 성도착증에 빠진 듯이 한 남자에 만족지 않았다. 상대가 오지 않으면 자신이 나서 역전타를 날려 그녀 성욕을 채웠다.

이 여자에게는 남이 모르는 특별한 게 하나 있었다. 어느 남자이건 첫 대면에도 낯을 가리지 않았다. 그런 뻔뻔함이 있었기에 몸을 함부로 난타질하고 있는 것이다. 첫사랑 남자 애꾸 사내는 자신의 애인이 그런 추잡스러운 여자임을 전혀 모르고 있었다. 첫사랑 몸을 준 여자의 감동에 사로잡혀 열심히 벌어 살림이래도 차릴 심산이었다.

어느 날 여자가 정신을 차리듯 갑자기 머리에 와닿는 것이 있었다. 여러 사람을 상대해도 임신이 되지 않는 자신을 이상하게 생각했다. 날 잡아 산부인과에라도 가서 진위 여부를 알아야 할 것 같았다. 검사를 마친 여자가 결과를 기다리고 있었다. 원장이 결과지를 들여다보며 환자분께서는 선천적으로 애를 가질 수 없는 몸이십니다. 결과를 얻기 위해서는 장시간 꾸준한 치료로 좋은 결과를 얻을 수도 있지만 그렇지 않을 경우도 있다는 걸 말씀드리고 싶네요. 자식을 잉태해야 할 여자의 몸으로서 여자 구실을 못한다니 이건 일대 쇼크나 다름없는 화형식이었다.

여자가 넋을 놓고 주저앉았다. 뒤늦은 후회라도 느끼는 것일까? 둔탁한 머리가 이제야 피돌기를 서둘러 동력을 얻은 듯했다. 사방에서 어두움이 몰려들면서 자신을 에워싸며 질타의 손가락질을 찔러대고 있었다. 아버지를 졸라 차비를 얻어 못사는 집안을 일으켜 보겠다는 야심 찬 일념 하나가 물설고 낯선 서울의 도심에 못난이를 밀어 올렸건만 그는 사내를 알고부터 자신의 결기를 잊은 채 색에 빠져 무모한 서울살이를 하고 있는 것이다.

언제까지라도 너는 내 여자임을 믿는 애꾸눈 사내가 오늘 밤은 모든 걸 털어놓고 허심탄회하게 고백 아닌 고백을 털어놓을 심산으로 맥주 몇 병과 건포도, 마른오징어 안주, 땅콩을 사 들고 여자를 찾았다. 여자는 저녁 화장을 지우고 있었다. 그의 화장이 없는 민낯이 벌거벗은 듯 드러났다. 화장비누의 냄새가 아직 가시지 않은 그의 촉촉한 볼에 가벼운 키스를 했다. 여자가 두 팔을 벌려 사내를 안았다. 한동안 말 없는 포옹이 시간을 끌었다. 사내의 가슴에 얼굴을 묻은 여자가 무언가를 생각하는 것 같았다.

잠시 후 여자의 어깨가 흔들렸다. 참회의 눈물일까? 양심에서 우러난 가책의 눈물일까? 알 수는 없지만 아마도 어쩌면 처음과 똑같은 차별 없는 사랑을 주는 사내에게 감사하고 고마워하며 뿌리는 눈물 같았다. 미도야, 우리 결혼하자. 살림 차리자고. 가진 건 없지만 너 하나 위해서 헌신하고 사랑해 줄 능력은 어떤 누구 못지않아. 너 고생시키지 않을게. 여자가 더 벅차게 가슴을 조여 왔다. 한마디 말도 없이 뜨거운 포옹으로 진정한 사내의 한마디에 응. 답할 뿐이었다.

오늘은 내 인생에 가장 멋지고 행복한 날이야. 너 미도에게 사랑을 고백하는 날이어서. 내가 널 사랑하는 만큼 너도 날 사랑할 수 있겠니? 나는 너에게 아무것도 원하지 않아. 다만 원하는 게 하나 있다면 사랑 하나뿐! 내 나이 열다섯 살 때부터 돈 버는 데 인생을 걸었어. 집안이 몹시 가난했거든. 어머니 아버지를 호강시켜 드리고 싶었어. 일찍 철이 들었던 거였어. 너와 내가 거처할 아늑한 둥지도 엊그제 잔금을 치르고 준비해 놓았어. 너만 OK 하면 내일이래도 우린 보금자리로 돌아갈 수가 있는 거야. 오늘 이 순간을 위해 축하주 아닌 고백주 한 잔 해야지. 눈물 닦고 날 똑바로 봐. 내가 누구인가를!

그들만의 시간이 오래 지속되었다. 자기야, 얼굴에 홍조를 띤 여자가 드디어 입을 열었다. 나 별 볼일 없는 이기적이고 가면을 쓴 여자야. 내 인생에 그 어떤 용서할 수 없는 허무맹랑한 과거가 있더래도 용서할 수 있을까? 여자가 위험천만한 발언을 입에 발리고 있었다. 설마 어제의 감춘 일들을 대고 진상 까발리기야 할까? 술이 오른 여자의 한마디 한마디가 위태로워졌다. 미도야, 과거가 뭐 중요해? 현실이 중요한 거야. 과거 없는 인생은 어디에도 없어. 아무리 죽을죄를 지었다 해도 뉘우치고 참회하면 용서가 되는 거야. 말하고 싶은 것이 뭔가는 모르지만 알고 싶지도 않고 듣고 싶지도 않아. 죄의식 갖지 말고 현실에 적응하면 그게 현명한 인생이야. 내일 나하고 시골에 가자. 시골은 왜? 내가 이도의 신랑감입니다. 장인어른 장모님, 절 받으십시오. 인사드리고 미도 네가 집 떠나며 돈 벌어 서울로 모신다고 자신하며 서울로 도망하다시피 왔다며? 설마 그런 걸 미끼로 부모님을 속인 것은 아닐 것이고 이제 네가 오래전에 약속한 그 언약을 실천할 때야. 네 식구 정도 편하게 살 수 있는 넉넉한 평수의 집이니까 불편함은 없을 거야. 내가 두 분 모실게. 시골살이로 평생을 늙으신 분들이 우리 말을 신용할지는 모르지만 미도와 내가 한마음이 되어 설득하면 감화하실지도 모르잖아?

  나도 어머니 아버지 두 분 돌아가시고 정 나눠 오고 갈 피붙이 하나 변변치 못한 외로운 사람이야. 가족애를 느끼며 살고 싶어. 말을 마친 사내가 일어나 창문을 열어젖혔다. 밖은 칠흑같이 어두웠다. 시원한 밤바람이 얼얼한 술기운을 차갑게 걷어갔다. 한동안 창문에 기대선 채 사내는 잊고 지냈던 고향의 풍경을 밤하늘에 그려내고 있었다.

열 번 찍어 넘어간 여자

　사내가 이 여자에게 마음을 두고 공을 들이고 몰입한 시간은 길고 지루한 강산이 한 번 변하는 장장 10년이라는 기간이 소요됐다. 이 긴 시간을 어렵게 어렵게 이어준 건 스마트폰의 힘이 컸고, 그 긴 세월 전화번호를 바꾸지 않고 오래 간직했던 원인을 생각한 사내는 그녀도 어느 정도는 마음속에 사내를 의연하게 담아 두었던 것이 아닐까 하는 마음이었다.
　몇 달 아니 일 년이 넘어 전화를 걸어도 그녀는 전화를 거절치 않고 받았다. 마음에 연민을 갖고 자주 마주할 때 동기간 같은 마음도 들었다. 목소리가 청명했고 얼굴이 흰 TV 탤런트 한 사람과 쌍둥이라 할 만큼 닮은 꼴 미인이었다. 공원에서 만나고 손을 잡고 데이트도 했다. 서로가 살 내음을 맡을 수 있는 찐한 포옹도 있었다.

　한여름 무더위가 기승을 부리는 7월 중순 어느 날 데이트에서 여자가 노골적으로 사내를 유혹했다. 눈앞에는 모텔이 있었다. 그 여자가 사내를 그 모텔로 유인하고자 눈빛을 반짝이며 이끌었다. 사내는 여자가 무안치 않게 휘둘려 응수했다. 무슨 뜻인지 알겠는데 오늘은 자제하고 내가 정식으로 데이트 신청할게. 그때 우리 모텔에 가자. 마음에 준비가 안 돼 있어. 철없는 10대 아이들처럼 성급하게 서두를 필요는 없잖아? 우린 성인이야. 서로가 서로를 원할 때 그때로 오늘을 연기하자.
　그가 내 팔에 기대며 팔짱을 끼며 해변이나 한 바퀴 돌자며 걷기를 종용했다. 그날 늦은 데이트를 끝으로 우리는 한동안 전화 통화도 없이 타인이 되어 직장생활에만 전념했다. 일찍이 과부가 된 그녀도 초등생 딸 하나와 중학생 아들 남매를 둔 엄마의 입장에서 무슨 일이고 해서라도 벌어야 하는 입장이었다. 잘 지내고 있지? 토요일 오후였다. 한동안 전화도 못하고 요즘 일이 바빠 전화할 새도 없어. 옥선도 바빠? 매일 야간하고 피곤해 죽겠다며 엄살을 떨었다. 아직 팽팽한 젊은 여자가 기운 내, 기운! 언제 만날까? 맛있는 거 사주고 싶은데. 달콤한 연애나 사랑 이야기로 오랜만의 전화 통화에 애정이 묻어나와야 하거늘 사내와 여자는 유부남 유부녀였다. 지겨운 생활패턴적인 일상적인 노동 이야기보다는 품위와 지적인 이야기에 가십까지 곁들여 지루하지 않은 통화여야 하는데 통화만으로 겨우 안부나 묻는 이례적 대화에 멀미가 일었다.

그 여자는 과부지만 사내는 어엿이 마누라가 있는 걸 알고 있는 여자였다. 전화를 하고 싶어도 내 입장이 곤란해질까봐 망설여진다고 했다. 충동을 억제할 줄 아는 배려 또한 깊은 여자였다. 둘이 마음 놓고 만날 수 있는 한가한 시간이라면 여름휴가뿐이었다. 그 여자의 휴가일과 사내의 휴가일을 동일시하게 맞추기로 했다.

오랜만에 저녁 식사 자리에 마주 앉았다. 그동안 더 예뻐진 것 같아. 나 말고 딴 놈이 더 잘 거둬 먹여서 그런 거 아냐? 이실직고해! 애인 생겼지? 애인은 없어도 유혹은 늘 있었지. 사내들이란 하나같이 여자만 보면 그저 어떻게 해보려고. 내가 천치간? 믿어도 되는 소리야? 절개가 굳은 성춘향이 같은 여자가 어쩐 일로 나에겐 걸려든 거야? 그건 솔직히 자기의 끈질긴 인내력에 감화되어 닫았던 문을 연 것이었어. 그 긴 세월 10년을 끈질기게 보채며 날 잊어주지 않은 그 마음이 너무나 가상했어. 아내가 있는 남자와 남모르게 연애한다는 건 윤리를 따져볼 일이지만 한 여자를 위한 한 남자의 지극한 사랑의 고리에 내가 스스로 올인한 거야. 그러다 보니까 자기가 점점 좋아지더라. 내 눈에 콩깍지가 씌어졌나봐.

이제는 우리 아이들도 자기랑 나 사이를 알아. 중학교 3학년짜리 아들이 뭐라는지 알아? 엄마, 그 아저씨 언제부터 아는 사이야? 유부남 아니야? 나중에 머리끄덩이 쥐어뜯길 일을 하지 말라며 나는 우리 엄마만 믿는다고 하던걸. 내가 오히려 아들더러 좋은 아저씨야. 친구로 지내는 거야. 물론 엄마처럼 혼자 사는 외로운 아저씨구, 라며 거짓말까지 했다며 철없는 아이에게 구두로 몰매 맞고 어미는 숨기고 거짓말을 했구나 생각하니 얼마나 아이에게 미안하던지 쥐구멍에라도 들어가고 싶은 심정이었다고 했다.

그나저나 무슨 사람이 그렇게 끈질기고 넉살이 좋아? 내가 처음엔 연일 튕겼잖아? 내가 생각해도 자기가 별로였고 그러다 말겠지. 그게 사내들의 공통된 찌분덕거림이니까. 늘 그렇게 생각해 왔어. 지성이면 감천이라는 말처럼 나도 그래. 당차고 딱딱한 여자이면서 자기에게 넘어간 걸 생각하면 신통해. 그게 아마도 사랑의 마력 그런 것이었나봐. 강한 쇠가 부러진다는 사실도 오늘날 자기와의 연애 속에 알게 되었고, 언제까지 날 기억하며 사랑해 줄 거야? 너만 변하지 않는다면. 그 여자가 머리 위에 두 손을 얹어 하트를 그렸다. 물론 환한 얼굴로 웃으면서.

소음과 분진이 이는 열악한 공장에서 노동하기에는 인물로 보아 아까운 여자였다. 그때 그 여자의 나이 서른이 안 된 스물아홉이었다. 어쩌다 보니 이른 나이에 중매가 들어와서 하기 싫은 결혼을 부모의 강요로 가긴 갔지만 서방 놈이 싸가지가 없어 예쁜 얼굴에 홀려 데려가긴 했으나 마누라로 인정을 안 하듯 식모 취급을 해서 문전박대나 별반 다르지 않은 시집살이를 겪었다. 이기적인 성격에 즐기는 게 술이었다. 급기야 간암으로 죽음에 임박하자 참회라도 하는 것일까? 가는 한 줄기 눈물을 흘리며 여자에게 미안하다는 한마디를 남기며 죽더란다. 얼마나 원수 같았으면 슬픈 감정보다는 눈물 한 방울 나오지 않더라고 했다.

호랑이 같은 시어머니가 독한 년이라며 눈을 모루 뜨고 째려보며 눈을 흘기더란다. 제 자식의 흉허물을 알 리 없는 시노모의 광기였다. 속눈썹이 길고 서글서글한 그녀의 눈을 바라다보고 있으면 무한히 빠져들고 싶은 욕망이 생겨났다. 무아지경의 시간이 흐를망정 지루하지 않았다. 꽃은 힐끗 쳐다보고 지나칠 수 있었지만 그 여자를 보고서는 훌쩍 지나칠 수 없는 사람을 이끄는 그의 매력에 혼이 나가지 않을 수 없었다. 나는 헛발질을 하듯 오늘 뭐 먹고 싶은 것 없어? 쌈짓돈 좀 쓰고 싶은데. 뭘 사줄 건데? 자기가 먹고 싶은 그 무엇이래도. 방금 나더러 자기라구 그랬어? 그랬지. 왜 쑥스러워? 아니면 촌스러워? 자기라고 하니까 왠지 오싹해지네. 아, 나는 그냥 허물없이 지내자는 의미도 있고, 가깝게 또는 이무로운 사이 같은 마음에서 부부간에 흔히 오가는 용어를 떠올렸을 뿐이야. 왜 그래? 나쁜 소리는 아니잖아? 친근감 그리고 가까운 사이의 존경어 같아 써먹어 봤는데 소름 끼치면 취소할 수도 있어. 그건 아니구. 어느 때 자기 소리가 대화 속에 끼어들 정도로 우리 사이가 깊어졌나 해서 그 소리에 깜짝 놀랐어. 내가 좋아하고 사랑하는 사람이니까 그렇게 부르고 싶은 거야. 그 도도했던 여자의 기개를 그여 꺾은 나로서는 과한 욕심일까? 그 여자의 마음과 생각까지도 몽땅 지배하고 싶었다. 말 잘 듣는 순한 양, 나의 로봇이 되어 주길 희망하고 있었다. 이제는 내 사랑을 몸으로 느끼게 해줄 때가 되었다.

여자는 말 잘 듣는 고양이가 되어갔다. 쫀득쫀득한 젤리에서 순하고 부드러운 순두부가 되어갔다. 도도한 척 새침한 척 안 하던 전화도 수시로 해왔다. 이젠 나보다도 그녀가 더 적극적이었다. 여자는 완전한 나의 포로였다. 이제 사랑의 칼자루는 내가 쥐었다. 여자는 도마 위에 올려진 한 토막의 생선이었다. 여자가 상기된 얼굴로 말했다. 오랜 세월 날 기억하고 잊지 않아 줘 이런 행복한 순간을 맞게 해줘 고맙다며 눈가가 촉촉해졌다. 그녀가 내 가슴에 안겨 왔다. 이제 광대놀이와 술래잡기는 끝이 난 것 같았다. 그렇다. 이제 열정을 불태울 둘만의 숨 가쁜 불놀이가 시작될 것이다.

괴짜녀의 사생활

　아무리 절개가 굳고 의자가 강한 일편단심 대꼬챙이 청상과부로 들쑤썩거리고 물고 뜯고 잡아 비틀어 흔들고 찍으면 이성 앞에 안 넘어가는 여자는 없더라. 평생을 처녀로 늙기를 각오하고 과도기 혼기를 놓쳐도 눈 하나 깜짝이지 않고 남자를 멀리 한 그 여자의 나이는 40 고개를 겨우 넘긴 중년에 이른 여자였다. 한참 성의 절정을 느낄 수 있다는 나이 때였다.
　여자는 덩치가 컸다. 그래서일까? 힘이 장사였다. 평생에 감기 한 번을 안 앓아본 건강 체질에 타고난 부지런함 때문에 일 많은 시골의 농사꾼 아내감으로는 최적의 여자였다. 뭐든지 달게 많이 먹을 것처럼 걸대는 컸지만 여자는 소량의 음식을 먹는 소식가였다. 어쩌면 여자로서의 미용상 과식으로 부대해질 자신의 육신을 걱정해 소식을 고집하는지도 모를 일이었다.
　육식도 즐기지 않는 식성이었다. 그야말로 채식주의자였다. 덩치답지 않게 그녀의 목소리는 가냘프고 애잔했다. 수줍은 열아홉 순이의 목소리였다. 꿀물이 흐르는 미성을 가진 여자였다. 그 호소력 있는 매력적인 목소리에 아니꼽게 비음이라도 섞어 구연한다면 수놈 열에 아홉 놈은 묵사발이 되어 녹아내릴 것이었다.

　엄격한 부모 밑에서 자란 그녀는 여고 시절 성인이 되는 나이 때부터 부모님으로부터 외출마저 금지시키는 바람에 사내아이들과 어울려 열화와 같은 행복했어야 할 날들을 우리에 갇힌 은둔으로 발랄하고 아름다운 그 시간들을 무의미하게 보내며 처녀로 늙어간 여자였다. 한창 위험할 나이 부모로서 자식을 사랑하는 마음에 족쇄를 채운 건 백번 이해가 가지만 세상을 열어가는 한 인생을 속박하며 자유를 짓밟은 건 아무리 부모지만 용서가 쉽지 않은 잔혹행위였다. 부모로서 한 일이 아니었고 사랑하는 딸의 일평생을 스스로가 아버지라는 이름으로 딸을 망가트린 장본인이었다.
　이 여자 중3 열여섯 나이 때였다. 이 나이 때면 꿈과 희망이 하늘의 별만큼이나 무진장인 나이다. 하면 될 것 같고 뒤는 보지 않고 앞만 보는 철딱서니의 부푼 희망이 절절한 시기임을 너나 할 것 없이 경험하며 성인이 된 것처럼 개그맨이 되고 싶어 무단가출을 한 적이 있었다. 아는 이 하나 없는 낯선 서울 바닥에 어린 소녀를 받아줄 사람은 아무도 없었다. 자칫하면 꿈을 찾아온 서울이 덫과 수렁이 될 수도 있는 별천지의 서울임을 그녀는 알지 못했다. 연사흘을 쫄쫄 굶으며 남의 집 담벼락 틈새에서 잠을 잤다.

큰일 났다 싶게 정신이 번쩍 들었다. 포부도 당당히 의기양양했던 발걸음 가볍던 서울의 꿈은 해프닝으로 끝이 났고 그녀는 노발대발 성난 아버지 앞에 죄인이 되어 사지를 떠는 불안한 나날을 겪어야 했다.

뜻이 있는 곳에 길이 있다고 하지만 마음만 가지고는 뜻을 못 이루는 게 세상의 이치였다. 소도 언덕이 있어야 머리를 비비드라고 그런 계통에 있는 지인을 알거나 인편의 소개가 아니면 절대 그 길에 들어설 수 없는 그야말로 빽이 요원하던 시대였고, 지금처럼 모집공고나 공개 오디션이 흔한 시대도 아니어서 마음만 설레일 뿐 인맥이 없으면 불가능의 시대였음을 인정할 일이었다.

인맥과 돈이 있어도 그걸 미끼로 사기를 치는 일이 비일비재했다. 그야말로 몸 뺏기고 돈 뺏기고 남은 건 눈물과 회한뿐인 뜬구름과 같은 연예인의 길! 낙타가 바늘구멍을 통과하는 것만큼이나 어렵다는 그 길을 여자는 동경했음을 먼 훗날 술회했다. 눈 감으면 코 베어 간다는 야박한 서울! 그 서울에서 자신의 꿈이 무산된 아쉬움을 평생의 한으로 묻어두었다고 했다. 자신의 끼를 폭발할 수 없는 여자는 가끔 동네 할머니들이나 아이들을 모아 기상천외한 익살로 육갑을 떨고 말재간을 부리며 어른과 아이들을 웃겨 즐겁게 했다. 나름의 자가 공연을 끝내고 집으로 돌아오면 그녀는 가벼운 작은 행복을 느끼기도 했다. 여러 세인과 공유하는 일체적 정신을 현실화하고 싶은 그녀였기에 치명적이라 할 만한 어려운 일이 닥쳐도 고무되거나 서둘지 않고 오히려 담담하고 침착했다. 그렇기에 그녀에게 실수라는 건 없었다. 그녀는 매우 유화

적이었다.

세월은 유수했다. 호랑이였던 아버지, 묵묵함으로 내심 속만 끓이던 엄마마저도 세월은 어쩔 수 없어서 세상과 인연을 끊으셨다. 무남독녀 외동이었던 그녀, 엄벌과 독선만이 전부였던 아버지, 언제나 내 편이 되어 주셨던 어머니도 없는 세상 앞에는 담담했던 통 큰 이해와 오지랖이 가관이던 그녀도 이제 나는 아무도 없는 혼자라는 현실 앞에서는 생의 낙오자인 양 천 길 나락의 절벽 앞에 무릎을 꿇어야 했다. 세상의 고아가 된 기분이었다.

남들도 다 가는 시집을 고집한 자신을 돌아보게 했다. 좋은 남자를 만나 가정을 꾸리고 아이를 낳아 평범한 엄마가 왜 되지 못했을까 자책을 하는 일이 잦아졌다. 생각에 변화가 온 것일까? 생각만으로는 세상을 살 수 없음을 알아갔다. 그러면서도 한 가닥 희망이 무너지는 것은 남자를 만나기에는 너무 늦은 나이가 걸림돌이 되었다. 누군가가 망설이는 그녀에게 희망을 주어야 했다. 기적이 아니라면 우연이라는 건 있을 수가 없었다. 우연이라는 수동적인 부적격에 영혼이라도 걸어야 할 판이었다. 내 인생은 내가 알아서 살아야 하는 것이 세상의 이치임을 인생 말년에 뒤늦게 알아차렸다.

생각이 급해지고 마음의 동요가 잃었다. 머리가 복잡하고 현기증이 났다. 신은 날 버리지 않을 거라는 예수쟁이가 아닌 그녀가 신을 들먹이며 넋두리를 해댔다. 생각이 분분한 여자가 술에 취해 잠시나마 자신의 혼란을 잊고자 했다. 정신이 혼미해진 알딸딸

한 여자가 눈을 지그시 감았다. 모처럼 만의 알코올이 자신을 흔들고 있음을 감지한 여자, 벽을 베개 삼아 비스듬히 기대 누웠다. 감긴 눈 속에 비일비재한 어제의 일들이 사진이 되어 빠르게 흘러지나갔다. 목울대가 일렁이며 뜨거운 눈물이 볼을 타고 흘러내렸다. 고독이 깊어지는 밤이면 이성이 그립기도 했다. 숨길 수 없는 건강한 여자의 본능의 표출이었다. 고요함이 주는 밤의 분수령이었다. 여자가 히죽 웃으며 노처녀가 겪는 히스테리라고 일축했다. 그러나 그것은 단순한 히스테리가 아닌 성숙한 여자의 몸이 사랑을 갈구하는 가혹한 비명 같은 것이었다.

어느 날이었다. 구하면 얻을 것이요 내가 널 희망하노니 그녀를 눈여겨보는 날카로운 매의 눈을 가진 사내가 있었다. 홀아비인 그는 공직에 몸담은 5급 공무원이었다. 성격은 괴팍했지만, 인간성 하나는 일품이었다. 인간관계에 인색지 않아 인맥도 상당했지만, 여복이 없는지 노력을 해도 신변을 위로해 줄 여자가 없었다. 그는 늘 자신의 처지를 비관하고 있었다.

그는 해가 뒤바뀌는 1년 중 마지막 달인 12월을 가장 잔인한 달로 여겼다. 또 한 해를 이렇게 무력하게 보내고 마는구나 하는 회한의 한숨 때문이었다. 재혼의 희망이 먹어가는 나이와 함께 황급히 사라진다는 조급성이 불러오는 자신만의 허탈함 때문이었다.

오늘은 뭔지 좋은 일이 있을 것 같은 예감 좋은 일요일이었다. 남자는 산 타기를 즐겼다. 여자도 같은 부류였다. 사내도 여자도 똑같은 시간에 똑같은 생각으로 등산화 끈을 졸라매고 있었다. 간

밤에 비를 뿌린 날씨는 화창했고 녹음이 짙은 아카시아의 5월은 싱그럽고 발랄했다. 어린 시절 학교에서 돌아오는 길 허기진 배를 채워주던 아카시아꽃이었다. 추억을 따 먹고자 발뒤꿈치를 들어 가지를 휘어보려 하지만 키가 닿질 않아 깡총거리고 있었다. 그때 누군가 뒤에서 아카시아 가지를 얕게 휘어주는 손이 있었다. 깜짝 놀란 여자가 뒤를 돌아다보았다.

낯 모르는 사내가 빙긋이 웃으며, 추억을 따시는가 봐요? 네, 어렸을 적 추억이 떠올라서 저를 멈춰 서게 하네요. 감사합니다. 시골 태생이신 분 같아요. 도회지와는 거리가 먼 낭만을 따시는 걸 보니. 실례지만 고향이 어디신지 물어도 되겠습니까? 춘향이의 고향 남원이에요. 아, 그러시군요. 선생님 고향은 어디세요? 18년간 유배생활을 했던 다산 정약용 선생과 서정시인 모란이 피기까지의 소설을 집필한 시인 김윤식 생가가 있는 강진 사람입니다. 우리 문화유산인 고려청자가 처음 만들어진 그 강진이 저의 고향입니다. 고향의 자랑과 서정까지 함께 소개해 주시네요. 살던 고장은 다르지만 같은 남쪽 고향 분을 만나니 오늘 일진 따봉입니다. 저도 이하 동문입니다. 금일 등산 코스는 어디까지? 저는 여기 처음 산행이에요. 저도 여기는 처음인데 소경이 소경을 만난 듯합니다. 어쨌던 인연입니다. 일단 가시죠. 앞 사람을 졸졸 따르다 보면 정상이 어디인지 알게 되겠지요. 자, 가시지요.

사내와 나란히 할 수가 없어 자꾸 뒤로 처졌다. 이때마다 앞서가던 길을 멈추고 사내가 여자를 기다려 줬다. 힘드세요? 경사가 가파르네요. 제가 좀 이끌어 드릴까요? 그래 주시겠어요. 사내가 손을 내밀어 여자의 손을 잡아 이끌었다. 마주 잡은 손이 체온으로 따뜻했다. 자, 조금만 더 힘을 내세요. 사람들이 머물러 있는 걸 보면 저곳이 정상인 것 같네요. 조금만 더 힘내세요. 네, 그럴게요. 지친 여자가 숨을 헐떡이며 사내에 의해 이끌려져 갔다. 드디어 정상이에요. 여자와 사내가 크게 심호흡을 하며 정상의 맑은 산소를 흡입했다. 눈 아래 저 멀리 희미하게 도시가 펼쳐져 있었다. 장엄한 푸른 솔밭이 위용을 드러내며 굴곡진 산하를 뒤덮어 광활함을 자랑했다. 굽어보는 정상의 나는 아주 작은 점 하나에 불과했다.

배낭은커녕 물 한 병도 챙겨오지 못한 두 사람이었다. 산비탈을 기어오르느라 땀을 흘려 목이 말랐다. 개그맨이 꿈이었던 넉살 좋은 여자가 낯 모르는 젊은 여자를 올려다보며 뜬금없는 소리로 여자를 웃겼다. 물 한 병 얻을 수 있을까요? 한 번 더 웃겨 드릴 수 있는데 그거는 물값으로 대신하구요. 대가를 바라는 건 인색을 의미하잖아요? 그냥 대가 없이 드릴 테니 마시세요. 저는 곧 하산해요. 즐거운 산행 되세요. 두 분이 일행이신가 본데 여기 컵도 하나 더 드릴게요. 아이구~ 이 웬수를 어찌 갚아야 할지. 또 한바탕 그 여자가 웃었다. 물 한 병을 가지고 처음 산행에서 만난 남녀가 입을 대고 나눠 마시기는 체면상 그랬다. 여자가 불쑥 내민 종이컵 하나가 체면 유지를 시킨 셈이었다. 얼떨결에 정상까지 올라왔지만 이럴 줄 알았으면 간단한 요깃거리와 음료라도 준비할 것을 맨몸으로 온 것이 후회되었다.

시장기가 몰려온 두 사람이었다. 내려갈 일이 걱정이었다. 하산길은 가파르고 잡풀들이 많아 조심하지 않으면 미끄러져 골절상을 입을 공산이 컸다. 사내가 연신 조심 조심을 연발했다. 겨우 산에서 내려와 도로에 이르자 군데군데 상춘객을 바라보고 장사하는 식당들이 손님을 기다리고 있었다. 점심 식사 같이 하시겠습니까? 아카시아가 이어준 특별한 인연인데 기분만 좋아서야 되겠습니까? 입도 즐거워야지요. 어려워 마시고 밥 먹읍시다. 불백에 소주를 한 병 시켜 반주를 했다. 수염이 석 자래도 먹어야 양반이라고 뱃가죽이 등에 붙었었는데 이제야 살 것 같습니다. 행복한 산행이었어요.

식당의 서비스로 제공되는 인스턴트 커피를 놓고 잠시 침묵이 흘렀다. 다리 아프지 않으세요? 이렇게 높은 산을 오르기는 처음이시라면서요? 저 선생님이 보시는 것처럼 약질이 아니에요. 아직 젊고 활력이 최고죠. 여서 다시 또 오르자고 해도 갈 용의가 있습니다. 자고 나면 아이고 소리가 날런지는 모르나 지금의 컨디션은 100%입니다. 여자가 엄지를 치켜세웠다. 또 그녀의 벼락 개그가 나왔다. 사내가 작심한 듯 여자에게 말을 걸어왔다. 전화번호라도 교환하면 안 될까요? 연락처가 알고 싶네요. 원하시면 가르쳐는 드리되 필요 이상의 통화는 사절입니다. 즉각 아웃이니까요. 걱정 마십시오. 노숙해지겠습니다.

사흘 후였다. 낯선 전화 한 통이 진동을 울리고 있었다. 얼른 그 남자임을 감지했다. 그러나 체면상 여자의 입장으로 호들갑을 떨며 전화를 반기는 건 좀 그래서 체통을 생각해 전화 주셔서 감사합니다만 누구신지요? 시치미를 떼고 능청을 부렸다. 아, 네. 안

넝하세요? 산에 같이 오른… 아, 네. 몰라봬서 죄송합니다. 한가하시면 차나 한 잔 같이 할까 해서요. 제 전화가 부담이 되시면 굳이 안 나오셔도 됩니다. 네, 나가겠어요. 장소는요? 아, 네네. 그럼 잠시 후에 뵙겠어요.

아침 10시의 다방은 조용하고 한가로웠다. 커피의 진한 향이 스멀스멀 올라오며 코끝을 자극하고 있었다. 사내가 자세를 고쳐 앉으며 무언가를 말하고 싶은 눈치였다. 상관 앞에 기립자세로 관등성명을 하명하는 졸병의 단호한 자세 그대로 단도직입적인 첫 마디를 쏟아냈다. 결혼은 하셨나요? 라며 돌직구를 날렸다.

여자가 흠칫했다. 과감하게 나오는 남자의 대고 진상적인 첫 물음에 적잖이 당황한 그녀였다. 아직 미혼이에요. 솔직히 제 사전에 결혼은 없다고 생각하며 살았으니까요. 여자는 솔직함을 일갈하고 있었다. 그러나 근래에 들어 나이를 따져보고 장래를 걱정하는 숨길 수 없는 사실만은 부인할 수 없는 그녀의 속심이었다. 적당히 행복할 수 있는 사람이면 일생을 맡기고 싶은 심정이었다. 제가 프러포즈하면 받아주시겠습니까? 과감한 사내의 막장 드라마의 한 소절 같은 장면이었다. 글쎄요… 생각해 볼 사안이라서. 지금 당장 답을 드리기는 그러네요. 며칠 전 첫 만남이 평생의 만남이면 좋겠습니다. 사내가 간절함을 호소하고 있었다. 여자에게 머리에서 쥐가 나도록 고민해야 할 숙제가 남겨졌다.

인생은 무한한 것이 아니었다. 나무도 고목이 되면 날아들던 새도 아니 온다고 했다. 이 기회를 놓치면 또 다른 기회가 올까 싶은 설렘의 불안이 두개골을 쪼개고 있었다. 고백을 받은 여자가 관심을 표명했다. 외모로 보아 첫인상이 괜찮아 보였다. 자상한 면이 있는가 하면 모난 사람도 아닌 것 같아 평점을 준다면 100점 만점에 70점! 믿음이 간다고나 할까? 모자라는 부분은 살아가면서 채우면 될 것이었다. 고백을 한 사내도 심적 고통은 컸던가 빈 공간 다방의 천정을 올려다보며 기민한 생각에 잠겼다. 천정에서 눈을 떼 자유로워진 사내가 갑자기 여자의 손을 덥석 잡아끌며 자신의 손을 포갰다. 그리고는 왼손으로 두 사람의 뜨거운 손등을 가볍게 토닥이고 있었다.

운명의 여자

　세상에 완벽은 없듯이 우리는 살면서 크고 작은 실수를 범하며 살아간다. 그러므로 미약한 정신이 이성을 잃었을 때 법보다는 주먹이 먼저라는 선입견을 내세워 평생을 두고두고 번민 속에 가슴 앓이하는 누를 범한다. 그뿐이랴? 본능 앞에 한없이 나약한 것이 또한 인간이다. 그것을 방종이라고 이름하지만, 끓어오르는 욕망의 불꽃 앞에 성숙한 인간미와 도덕적 해이를 외면치 못하면 자신의 인생과 한 가정을 이분화시키는 엄청난 난제를 야기하는 것이다. 신은 영원하듯 조물주는 풀도 인간도 동물도 모든 암수는 종족 보존을 위해 풀과 나무에는 씨앗을 주셨고, 인간과 동물에게는 새끼를 낳고 기르는 모성애를 부여했기에 그 자식이 또 자식을 낳아 영원히 인류를 번성케 하는 능력과 힘을 준 것이다.

당신은 평생에 몇 여자와 사랑해 보았는가? 연애도 기술이고 능력이고 재능의 일부다. 수컷은 암컷과 달리 야수적인 기질이 잠재한 속물이다. 하나의 예로 조선왕조 오백 년 이전부터 선조는 남녀칠세부동석이라는 엄한 일침으로 일곱 살 사내아이와 일곱 살 여자아이를 분리시키는 법 제도화를 만들어 엄하게 법령을 천명했다. 남자아이나 여자아이 모두 일곱 살 나이 때면 성적인 감정이 일어나는 시기로 보아 윤리의식의 시금석이 된 셈이다. 잘 나고 못나고를 떠나 합리화를 이루어 내는 것이 잠적 이성인 것이다.

조물주는 편견을 가지고 인간을 창조하지 않았다. 능력만을 주었을 뿐이다. 그 능력을 함부로 써서는 안 된다는 함구령은 없었다. 영리한 인간을 믿었기 때문이다. 기왕지사 태어난 인생이면 사는 동안 행복하면 얼마나 좋을까? 머리가 있으니 지혜를 얻어내야 했다. 그러나 실수하며 사는 게 인간이라서 '설마'라는 두 단어를 까먹은 여자의 운명은 떨어져 구르는 낙엽처럼 기구하기만 했다. 세 번의 결혼 실패로 벼랑에 몰린 삶을 포기한 여자! 그 여자가 네 번째 남자인 내게 걸려들었다.

그녀는 대학을 졸업하자마자 밥술이나 먹고산다는 부호의 아들과 눈이 맞아 2년여의 열애 끝에 정식 결혼으로 부부의 연을 맺었다. 깨가 쏟아지는 신혼에 일찍 남편을 보내고 수절하며 외로운 세월을 살아온 시어머니는 아들 내외의 금슬에 심술이 났다. 눈에 불을 켜고 아들과 며느리 사이를 미워하기 시작했다. 심지어 아들을 자기 방으로 불러 쓸데없는 이야기로 시간을 끌어 고단해 쓰러진 아들은 당신 방에서 재웠고 서로 가까이 있는 틈을 내어주질 않았다. 이런 망령스러운 어머니의 질투를 느낀 아들은 누구 편에 서야 할지 난감하기 짝이 없었다. 고부간의 갈등에 가식이나마 아들의 입장에서는 마누라보다는 낳아 키운 어머니 편이 되어야 했다. 그러나 그건 부모와 자식 간의 윤리의 문제일 뿐 병적인 어머니의 행동을 안 보려면 둘이 분가하는 일밖에는 답이 없었다. 그러나 어머니가 고집을 부리며 따라나선다면 원점일 뿐이었다. 어떤 때 아들은 마누라에게 눈을 찡끗해 신호를 주며 어머니 보라는 듯 마누라를 호통치기도 했다. 자신을 두둔하는 아들이 그렇게 고맙고 고소할 수 없었던 어머니는 더욱 기가 살아 며느리에 대한 미움의 강도가 점점 가관 일로로 치달음에 불을 끄려 했다가 휘발유를 부은 격이 되고 말았다.

밤이면 아들 며느리 방에서 자정이 넘도록 TV를 시청하며 사이를 벌려 놓으려 작정했고, 일부러 졸음이 쏟아진다며 팔베개로 잠이 들기도 했다. 며느리도 아들도 고민이 깊어 갔다. 시어머니에게 아내는 밉고 역한 며느리였고, 그 중간에 선 아들의 입장은 가물가물한 갈림길에 속만 끓일 뿐이었다. 좋지도 않은 일을 남에게 하소연하듯 발설할 수도 없어 그 답답함은 배가 되었다. 젊어서부터 히스테리가 있는 시어머니! 일찍이 남편 없이 젊은 날을 고독으로 일관하며 오로지 외동이 하나에 치우쳐 인생을 허비한 절박한 자식 사랑에 빠져 온 어머니! 너만은 절대 연애결혼은 안 돼. 아들이 성년이 되기 이전부터 노래를 부르듯 세뇌를 해온 어머니였다.

끝없는 어머니의 헌신에 아버지의 몫까지 독차지하며 불면 날 세라 애지중지 기른 기막힌 자식이어서 마마보이가 된 자식 입장으로서 두 사람의 사이를 이간질하는 어머니를 미워할 수만은 없었다. 혀가 마르고 닳도록 세뇌해 자식의 귀에 못을 박듯 엄한 훈시에도 제 마음대로 여자를 만나 자신의 의지를 여지없이 꺾어버린 아들의 현실을 배신으로 받아들인 어머니여서였다. 내가 저를 어떻게 키운 자식인데 감히 에미를 배신해. 망할 녀석!

그때부터 어머니는 달라진 자식의 불신을 혐오로 집착을 하기 시작했던 것이다. 그런 데다가 연륜이 깊은 관계로 노망기까지 이미 진행된 터라 그 여자로 인한 파장은 극에 달했다. 자식에게 이미 혐오를 둔 노망기 어머니에게 하늘이 무너진들 달라진 일은 없을 것이고, 이미 미운털이 박힌 며느리는 구제받는 길이 묘연해져 갔다.

어느 날 아들은 어머니에게 선을 보이기 위해 한 학과 친구라며 여자를 데리고 집에 온 적이 있었다. 느닷없이 아들이 여친을 데리고 집에 온 것에 회의를 품은 어머니는 그럴 수도 있겠지 하는 요즘 젊은이들의 과감한 행동을 이해하는 마음은 있었지만 한 구석 남은 찜찜함은 감출 수가 없었다. 척 보매 생김생김이 유해 보였고, 교양이 있어 보여 뉘 집 자손인지 딸자식 하나는 잘 길렀구나 하는 편애적인 마음은 진실이었다. 어느 누구와 인연이 되려는지는 모르나 별로 흠잡을 만한 아이는 아닌 것 같다는 느낌만 있었지 자식의 여자가 되리라고는 생각지 않은 어머니였다.

어느 날 아들은 한가한 틈을 타 어머니와 마주 앉았다. 엄마,

어제 같이 왔던 여자친구 엄마가 보기에 어떤 아이였어? 순수하고 착한 아이 같더라. 그 아이는 왜 들먹거리는데? 설마 너 그 아이와 정을 주는 사이는 아니겠지? 아들은 다짜고짜 사실은 엄마, 우리 결혼하고 싶은 사이야. 그래서 엄마에게 첫인사시킨 거야. 순간 어머니의 얼굴이 일그러지면서 흙빛이 된 채 졸도하는 이변이 일어났다. 아들의 느닷없는 폭탄 발언에 충격을 받은 어머니였다. 오늘 이런 현실이 올 것을 각오한 바였다. 이 순간에도 아들은 어려서부터 못이 박히게 어머니한테서 들어온 과거사 어머니의 한마디를 떠올렸다. 네 여자만큼은 무슨 일이 있어도 이 에미 마음에 들어야 하는 여자와만이 결혼할 수 있다고!

아들의 생각은 긍정적이었다. 자식 이기는 부모 없는 속담을 마음 한편에 응원군으로 두고 있었다. 정신을 차린 어머니가 자식을 질책하고 있었다. 세상에 이런 맹초가 있나? 이런 못난 놈을 과부의 몸으로 돈 처들여 대학물을 먹게 했으니 아이고~ 아이고~ 드디어 냉정했던 어머니의 눈에서 회한의 눈물이 흘러내리고 있었다. 눈물을 훔친 어머니가 단호한 한마디를 했다. 내일 그 아이를 데리고 오너라. 아들은 속으로 좋아라 하며 어머니의 결의에 이상 신호라도 온 듯하여 마음이 놓였다. 손수 물을 끓여 차를 준비하는 어머니가 여자에게 물었다. 친구 이상은 아니지? 여자가 아들의 얼굴을 힐끗 쳐다보고 있었다. 왜 말이 없어? 친구 이상은 아니지? 똑같은 말을 반복하며 어머니가 찻잔을 들었다. 아들이 말했다. 솔직히 말씀드려. 어머니, 죄송합니다. 아드님을 사랑하고 있어요. 결혼하게 해주세요. 아들과 여자가 어머니 앞에 무릎을 꿇고 결혼 승낙을 했지만 어머니는 완강했다.

　선을 넘었어. 이 선에서 멈춰줘. 됐다. 내 말은 이제 여기서 끝났다. 내 자식 여자만큼은 내 손으로 골라 결혼시킬 것이니 더 이상 선을 넘어서는 안 된다. 내 집에서 나가거라. 그리고 아들 너! 너에게는 이 아이가 소중한 사람일런지는 모르나 나는 절대 아니다. 싫어! 하늘이 무너져도 내 눈에 흙이 들어가기 전엔 절대 안 돼. 이 에미와 평생을 두고 약속하지 않았느냐? 네 여자는 이 에미가 선택할 것이라고. 그런데 감히 네가 멋대로 네 여자를 선택해? 약속은 약속이다. 나는 그 아이의 일거일동이 다 싫어.

　아들이 울먹이며 말문을 열었다. 어머니의 그 마음은 충분히 이해가 갑니다. 그러나 결혼은 평생에 한 번인 만큼 100년을 함께할 제 인생의 동반자를 만나는 중대한 사안이기도 합니다. 저도 이젠 어머니 품을 벗어난 성인입니다. 행동과 선택의 자유가 제게 있습니다. 결혼은 제가 하는 것이지 어머니가 하는 게 아니지 않습니까? 저는 이 여자 아니면 평생 결혼 안 하겠습니다. 헤아려 이해해 주시고 허락해 주세요. 어머니의 가슴을 아프게 한 이 불효가 간곡히 애원합니다. 허락해 주세요. 무슨 소리를 한들 과부 어머니의 옹색한 몽리는 요지부동이었다.

　여자와 아들이 씁쓸한 마음으로 밖으로 나왔다. 햇볕에 산산이 부서지는 봄바다를 바라보고 있던 여자가 인상 씨, 나에게 할 말이 있다고 하지 않았어? 그걸 내가 굳이 말해야겠어? 너도 같이 공감했잖아? 숨통이 막혀와. 진짜 진짜 고집불통 어머니야. 인상 씨, 내가 듣고 싶은 한마디는 그렇게 간단한 한마디가 아니야. 인상 씨가 화장실 간 사이 어머니가 대단한 한마디를 하시던걸. 이미 나에 대한 신상 조사로 나에 대한 과거까지 많이 알고 계시더라고. 첫사랑 실패에서부터 집안의 내력까지도 큰돈을 지불하며 흥신소에 의뢰해 뒷정리를 파악하신 거야. 인상 씨보다 내가 나이도 위라는 것까지 다 속속들이 읽고 계셨어. 인상 씨가 무슨 소리를 어머니에게 한들 뒤집힐 상황이 아니야. 여자의 가슴이 잉글로 달아오르고 머릿속은 온통 수세미처럼 뒤엉켜 수습할 수 없는 번민이 들끓고 있었다. 이제 사랑의 연극은 끝이 난 듯했다.

인상 씨, 내가 인상 씨를 사랑하지 않아서 이런 소리 하는 게 아니야. 죽을 만큼 사랑해. 그러나 사랑할 수 없는 그런 환경이 우리 사이를 가로막고 있어. 인상 씨, 굳이 어머니의 완고하신 마음을 꺾으려 들지 마. 피는 물보다 진한 것이야. 어머니가 원하는 아들이 되어 드려. 내가 인상 씨를 포기할게. 나에게 미련 갖지 말고 잊어줘. 내가 아닌 어머니 마음에 쏙 드는 그런 여자 만나서 행복하게 잘 살아. 우리의 사랑은 여기까지네. 그 말 한마디를 던진 여자가 뒤돌아서 그에게서 멀어져 갔다. 한 번 꼬인 팔자는 꼬이고 또 꼬여야만 했을까? 여자는 또 그렇게 혼자가 되었다. 여자의 뜨거운 눈물이 두 볼을 타고 흘러내렸다.

과부

　야무진 꿈이 많았던 여고 시절, 그녀는 대학 유아교육과를 나와 유치원 원장이 되는 게 꿈이었다. 천성이 착하고 마음이 슬기롭다 보니 아이들을 좋아했다. 차분한 성격으로 예와 도, 인성의 각별함은 부모님으로부터 물려받은 백 년의 유산이었다. 세상을 아름답게 볼 줄 알았다. 긍정을 내세우면 행복이 오는 이치도 터득했다. 달성 서씨 서슬 퍼런 양반가 가문의 무남독녀로 놓치면 날아갈세라, 쥐면 터질세라 금이야, 옥이야 어화둥둥~ 끔찍한 보살핌 속에 잔뼈가 굵은 여자였다.
　사랑은 언제 어디로부터 살며시 찾아오는 걸까? 그녀는 대학을 졸업하자마자 자신의 꿈인 유치원 선생을 자원했다. 이론으로만 풍성했던 논리를 실전의 경험으로 최고가 되려 하는 과정이었다. 하루하루가 즐겁고 행복했다. 제법 규모가 큰 유치원이어서 아이들을 건사할 교원도 여럿이었다. 남자 교사도 둘이나 있었다. 오로지 아이들에게만 빠져 있는 그녀에게 남자 교사 하나가 인상 좋은 모습으로 다가서며, 늘 보아오지만 굉장히 아이들에게 적극적이신 것 같아요. 좋은 선생님이세요. 저희들에게 모범이시네요. 존경합니다. 헌신적인 모습에 아이들도 무척 따르는 것 같던걸요. 이게 제 직업이잖아요? 당연한 일인데요 뭐. 선생님들 모두가 다 열성적이시구. 같은 공간에서 같은 직업의식을 공유하는 동료 입장으로 다가와 위로와 격려를 아끼지 않는 남자 선생의 선입견 의사가 고맙기만 했다. 그 한 번의 계기가 사랑의 시발점이 될 줄은 전혀 모르고 있었다.

어느 날 우연히 남자 선생과 늦은 퇴근을 하는 날이었다. 저만 늦었나 했더니 선생님도 늦으셨네요? 이것도 기회인데 저랑 저녁 식사 안 하실래요? 일본식 우동집인데 맛집으로 평이 좋던걸요. 저도 처음인데 가시죠. 우동 제가 쏘겠습니다. 네, 그럴게요. 별생각 없이 받아들인 일방적인 동의였다. 한 번의 우동집 동행이 사랑으로 이어질 줄은 몰랐다. 날과 달이 흐름에 몇 달이 물처럼 흐른 12월 어느 날, 거리엔 벌써 크리스마스 캐럴의 들뜬 분위기로 젊은이들의 걸음을 가볍게 붙잡고 있었다.

하얀 가루눈이 겨울을 재촉하는 저녁이었다. 커피를 시켜 마주 앉은 자리였다. 주희 씨와 한 공간에서 인연이 된 지도 벌써 두 해를 맞는 12월이네요. 그동안 많은 변화가 있었던 거 모르시죠? 그럴 만큼 보안을 유지하듯 철저한 쇼를 한 셈이니까요. 이 말은 제 이야기예요. 그간 주희 씨와는 상관없이 제 나름대로 주희 씨를 흠모하고 있었어요. 범죄자였었다고나 할까? 이건 제 솔직한 심정을 토로하는 겁니다. 은근히 주희 씨에게 관심을 가져왔어요. 오늘의 제 심정을 밝히기까지에는 여러 날을 고민하고 또 고민했어요. 사랑하고 싶어요. 아니 이미 사랑하고 있어요.

남자 선생이 마른침을 꼴깍 삼켰다. 여자는 침묵하고 있을 뿐 말없이 식어가는 커피를 홀짝거릴 뿐이었다. 그때 여자가 찻잔을 내려놓으며 우리가 짝을 찾아야 할 나이는 됐죠. 충분히 이해는 갑니다만 한 번도 제 결혼을 전제로 생각해 본 시간은 여지껏 없었어요. 모르는 생각을 일깨워 주셨네요. 제 머리가 복잡해질 것 같네요. 생각할 수 있는 여유를 주세요. 그렇게 긴 시간을 두고 고민하는 동안 여자도 남자를 알게 모르게 기민한 감정을 느껴왔음을 뒤늦게 알아차렸다. 그러지 않고서야 그가 하자는 대로 함께 따를 이유가 없었을 것이 아닌가? 남자의 느닷없는 고백으로부터 붉어진 사실에 내가 바보였었나 봐를 연상할 만큼 이상으로만 생각해 온 자신의 무개념적인 나태함이 부끄럽기까지 했다. 그제서야 삐뚤어진 먼 길을 돌아가다가 곧은 지름길에 들어선 기분이었다. 아, 그 남자가 날 사랑하고 있었구나.

그렇게 만난 첫사랑이 부부의 연을 맺게 된 건 강산이 푸르러 가는 5월 신혼이 시작된 것이다. 그때 두 사람의 나이가 25세였다. 공부만 했지 두 부부가 살림에는 문외한이어서 밥 한 번을 제대로 못하고, 설게 하거나 고두밥이 아니면 죽을 쒀 놓기 일쑤였다. 그 오죽지 않은 낮도깨비 같은 살림일망정 그들에게 그마저도 행복이었다.

그 사이 여자는 두 아이의 엄마가 되었다. 연년생이었다. 아이를 데리고 출근을 했다. 한 아이는 엄마 몫이었고, 또 하나는 남편의 몫으로 건사하며 복무했다. 행복한 일상이었다. 직업이 직업인만큼 큰 어려움도 없었다. 차려진 밥상에 숟가락 하나 더 얹는 격이었다. 어느 날 저녁상을 마주한 여자가 여보, 이제 우리도 행복처럼 소원하던 우리만의 유치원 설립을 서두를 때가 된 것 같은데 당신 어떻게 생각해? 글쎄… 언젠가는 해야 할 분명한 우리의 목표니까 기회가 되면 서두를 일이지. 왜 갑자기 그런 생각을? 그냥… 내 건물로 유치원 원장이 되고 싶구나? 그렇지? 응, 그간 여러 해 준비도 많이 해왔고 오래도록 그린 그림인 만큼 지금이 기회다! 서두르는 것도 무리는 아니지. 미리 장만해 둔 어린이집이 들어설 그 자리에 잡초만 무성한 것이 영 눈에 보기 싫으네.

야무진 꿈을 펼치던 어느 날이었다. 원장이 여자를 불렀다. 이 선생, 이젠 나도 이 일에서 손을 떼어야 할까봐. 나이도 있고 남은 여생을 생각 없이 편하게 살고 싶어서. 벌써부터 청산을 꿈꿔왔지만, 오랫동안 몸담아 온 일이고 보니 그게 그렇게 쉽지 않던걸. 얼마 전에 들은 이야기로 유치원 창립을 계획하고 있다고 들었는데 이 선생도 알다시피 우리 유치원이 전통이 깊어. 학부모들 간에 평판도 좋고 잘 알고 있는 터라 내 긴 이야기는 않겠네만 이 선생이 이 유치원을 인수해 운영하면 어떨까 해서. 신랑하고 상의해서 진위 여부를 알려줘.

여보, 당신 생각은 어때? 애들도 많고 명문으로 소문이 났으니 인수하면 손해 볼 일은 없지. 다만 문제는 인수금이 얼마냐에 달린 거지. 그거는 차후 의논하고 우리가 마련한 유치원 자리에는 아이들과 나 그리고 당신이 살 집을 지으면 어떨까 해. 응, 그것도 일리 있는 생각이네. 어쨌든 원장과 타협 후 생각해도 될 일이니까 지금 신경 쓸 것 없고 내일 원장 만나 쇠뿔도 단김에 뺀다고 결판을 보고 난 후 생각해 보자고.

원장이 안경 너머로 두 사람을 바라보며 흥정을 시작했다. 내가 필요로 하지 않는 것에는 값이 비쌀 수가 없지. 대지값과 건물 시공비만 받을게. 더 욕심은 없어. 대신 유치원의 전통만 이어줘. 그게 내 바램이야. 일은 일사천리로 진행되었다. 유치원 이름은 그대로였고, 원장 이름만 바뀌었다. 퇴색된 곳을 손질해 경관을 뒤바꿨다. 원장실도 변화가 있었다. 새로운 기분으로 새 주인이 되고 싶었다. 아이고~ 먹고살기 힘들다. 남편이 콧등을 긁으며 긴 하품을 했다. 당신 피곤한가봐? 대낮에 하품을 다 하고. 그럴 만도 하지. 벌써 며칠째 방방 뛰었으니. 다 우리를 위해서 하는 일이니 당신 참아요. 알았다. 이쁜 우리 마누라야.

세상에 둘이 아니면 못 살 것 같은 그 행복에 마의 그림자가 드리워진 건 그 이듬해 여름이었다. 느닷없이 한 통의 전화벨이 울렸다. 그날은 토요일이었다. 친구 아버지의 장례식에 조문을 갔다가 돌아오던 길이었다. 남편이 사고로 현장에서 사망했다는 충격의 전화였다. 그녀는 수화기를 든 채 그 자리에서 정신을 잃었다. 기가 막혀 눈물도 안 나왔다. 그저 머리통이 하얗게 비어 멍할 뿐이었다. 몸에 쥐가 나면서 오한이 와 몸을 덜덜 떨었다. 자신도 모르게 오줌을 지렸다. 손발에 마비 증상이 오기 시작했다. 때마침 동갑네 이웃 여자가 마실을 왔다가 그 광경을 목격해 119를 불러 병원으로 이송해 초기 진료를 받았다.

　이렇게 청천 하늘 아래 된서리를 맞은 여자! 내가 그 여자를 알게 되었을 때 남편은 이미 세상을 뜬 지 15년이 됐다고 했다. 평생을 몸담으리라 작심했던 유치원이 남의 손에 넘어간 것도 그 때였다. 세상이 원망스러워 아무것도 할 수 없었다. 꿈도 돈도 다 무용지물이었다. 미치지 않고 살아있는 것이 기적이었다. 은둔으로 자신을 집 안에 가두어 버렸다. 창문도 열지 않았다. 커튼을 드리워 밖의 세상을 차단시켰다. 그 와중에도 아이 챙기는 일만큼은 소홀치 않았다. 모성의 본능이었다. 못난 엄마의 소치에서도 아이들은 상관없이 무럭무럭 건강하게 커가고 있었다. 사춘기가 지나 성년이 돼가는 나이였다. 모든 걸 청산한, 가진 돈도 이젠 먹고 키우고 공부시키느라 바닥이 났다. 계급과 군번이 없는 무명용사와 같은 부득이한 엄마일 뿐이었다.

　벌써 여자의 나이 40 초반이 되었다. 생계가 급한 여자의 첫 돈벌이는 다방을 선택했다. 보증금 몇 백에 월세였다. 손수 커피를 끓이고 손님을 맞으며 마담 겸 레지가 되어 커피를 팔았다. 매일 오다시피 다방을 드나드는 단골 남자가 있었다. 조용히 그리고 말없이 커피를 마시며 조간신문을 뒤적거리다 훌쩍 가버리는 손님이었다. 마담을 불러 앉혀놓고 농을 하는 일도 없었다. 별난 손님도 다 있구나 생각하며 늘 반갑게 맞는 손님이었다. 대부분의 사람들이 다방 여자 하면 원색으로 보는 경향이 비일비재했다. 막되고 돌고 돌아 먹은 천박한 오해로 색안경을 쓰고 보며 더러 지각없는 손님은 반말을 지껄이며 하대하는 자존심 상하는 직업이 이 물장사임을 경험하며 알아가고 있었다.

비록 낯선 이방인들을 상대하지만 흐트러진 여자로는 살고 싶지 않았다. 자존심과 쓿개를 빼버려야 하는 직업이 물장사였다. 늘 손님에게 배꼽 인사로 90도 허리를 꺾어 손님을 맞았다. 손님은 왕이라기보다 내가 먹고살기 위한 수단이고 보니 더러는 능청도 부려보는 쇼맨십이 필요한 직업이기도 했다.

어느 날 소나기 쏟아지는 아침에 모닝커피를 마시러 그 남자가 뛰어 들어왔다. 들어서자마자 젖은 머리의 빗물을 털어내며 아, 빌어먹을! 아침부터 물벼락이라니! 참 날씨 심술 한번 짓궂다! 조금만 더 참아주질 못하고 비 맞은 생쥐를 만들어 버리네. 마담, 뭐 좀 닦을 것 좀 없을까요? 아 네, 수건 드릴게요. 한 번도 안 닦은 수건이에요. 쓰세요. 아, 쓰지도 않은 새 수건을 주시면… 어려워 마시고 쓰세요. 더구나 저희 집 단골손님이신데 늘 감사하고 있어요. 마담은 얼른 이동 난로를 켜 사내 옆에 놓아주며 가을비라 차가워요. 감기라도 드시면 안 되잖아요? 따뜻하게 머리도 말리시고 어설프게 젖은 옷도 말리시고요. 아, 이거 미안해서 어쩌나? 사내가 겸연쩍어하며 뒤통수를 긁었다. 차 드릴까요? 네, 쌍화차 둘 해요.

여유가 많은 아침이었다. 남자가 처음 가볍게 말문을 열었다. 장사 재미는 좀 보시나요? 들쑥날쑥해요. 한 달 매출이 다달이 옥

신각신 취객의 걸음걸이 같아요. 거리마다 자판기도 많아지고 가정이고 사무실이고 커피 들이는 문화가 대세이다 보니 굳이 다방에 오려고 하는 이들이 적을 거예요. 세상의 흐름이 그러니 어쩌겠어요. 안 되면 안 되는 대로 오늘 아니면 내일 팔면 된다고 하는 심정으로 태공이 낚시를 드리우고 세월을 낚듯 그런 심정이 아니면 애가 말라 이 장사 오래 못해요. 그렇겠네. 남편분께서는 무슨 일을 하고 계신지? 여자가 찻잔을 들었다. 저 혼자예요. 슬하에 자제는 둘입니다. 이제 다 성인이 됐으니까 신경 쓰지 않아도 될 나이고 제 앞가림이 문제지요. 고생 많이 하셨겠네요? 팔자거니 하며 살다 보니 그럭저럭 살아지던걸요. 아직 젊으신 나이인데 재가라도 하시지? 여자는 사내 말끝에 빙긋이 웃었다.

그러는 손님께선 무슨 일을 하세요? 아, 저요? 중소기업 평사원으로 집에서 재택근무를 해요. 혼자 몸이다 보니 이젠 재택근무에 길이 들어 편리성마저 든다는 느낌에 백수 같지만 즐겁게 집에서 근무합니다. 해서 시도 때도 없이 여기에 오는 것 아닙니까? 어머, 그러시구나! 여자는 고개를 들어 사내를 천천히 올려다보며 말했다. 왜 혼자 사세요? 결혼 안 하셨어요? 결혼이요? 글쎄요… 결혼은 안 했어도 연애는 했지요. 그 첫사랑 연애의 결말이 좋지 않았어요. 그때 그 마음의 상처로 인해 사람을 기피하고 살았죠. 그러다 보니 스스로 짝을 찾을 십 대도 아니고 연애할 나이가 지나다 보니 자존심도 있고 그게 잘 안 되던걸요. 벌써 나이가 마흔을 넘겼는데 이제 무슨 희망이 있겠어요? 지금이래도 상대가 나타나면 가실 의향은 있으시구요? 글쎄… 뭐 그건 그때 봐야겠지만 생각이 없는 건 아닙니다. 다만 상대가 없을 뿐이죠. 이런 얘길 해도 되려나? 마담 같은 착하고 매력적인 상대가 있다면 기꺼이! 사내가 감정 깊은 언질을 넌지시 여자에게 던지고 있었다. 돌직구에 센 큐피드를 날린 것이다. 이제 여자에게 다가갈 구실과 명분이 만들어진 것 같아 사내가 속으로 쾌재를 불렀다. 조금씩 조금씩 다가가면 될 일이었다.

자신의 광고 같은 한마디를 남긴 사내는 그 전보다 더 자주 찻집을 찾았다. 두 사람의 사이도 많이 가까워졌고 허물도 없어져 갔다. 때가 되면 자주 식사도 같이 하고 공원도 산책하는 여유로움도 보였다. 어느 날 남자가 직감적인 자신의 심정을 과감하게 털어놓았다. 나 당신이라는 여자 사랑하고 있는데 내 프러포즈 받아줄래요? 입에 바른 소리는 아니구 행복하게 해줄게요. 여자가 갑자기 두 손으로 얼굴을 감싸 쥐었다. 통통하고 하얀 여자 손등의 파란 핏줄이 고무줄처럼 뛰고 있었다. 사내가 다가서 여자의 두 어깨를 살며시 잡아 토닥거렸다. 내가 지금은 아무 말도 듣고 싶지 않아요. 생각은 자유고 결정은 당신 몫이에요. 기다릴게요. 당신이 결정하시면 당신의 두 자녀도 내가 먼저 만날 거예요. 먼저 두 아이를 이해시키는 것이 순서라고 봐요. 말의 필요성을 보아 자신의 안위보다는 타의 개연성을 더 중시하는 그의 사람 됨됨이가 보이는 듯해 여자의 마음이 더 흡족했다. 이런 남자라면 한 평생을 맡겨도 될 만한 믿음이 갔다.

15년 전에 저세상 사람이 된 애들 아빠의 생각을 불현듯 했다. 착한 그이가 날 위해 아껴두었던 사람이었나 하는 생각도 했다.

과연 아이들은 엄마의 갑작스러운 재가를 얼마나 이해해 줄까? 그 두려움이 가장 마음에 와닿았다. 두 아이와 엄마 그리고 두 아이에겐 가장 서먹하고 낯선 남자, 네 사람이 자리를 함께했다. 엄마가 먼저 아이들을 돌아보며, 그간 잘들 있었지? 회사는 잘 다니고? 엄마가 자주 돌아보지 못하고 소홀해서 미안해. 엄마도 엄마 인생을 살려니 별 소득도 없이 바쁘기만 하네. 이것이 지금의 엄마 인생이니 이해해 줘. 여기 이분 소개할게. 너희들에겐 좀 부끄러운 이야긴데 이분이랑 엄마가 새로운 인생을 약속했거든.

다만 우리 의사와는 다른 너희들의 소견을 먼저 우선해서 오늘 이 자리를 마련했어. 인사드려. 안녕하세요? 오, 고마워. 나 김인수라고 해. 우리가 인연이라면 가족이 될 수도 있겠지. 엄마를 행복하게 해줄 자신이 있거든. 너희들의 의견을 듣고 싶어. 엄마, 이제 우리도 성인이에요. 엄마 아직 젊고 활동적이세요. 두 분이 마음 정하셨다면 반대하지 않겠어요. 결혼하세요. 그리고 아저씨, 엄마와 결혼하시면 저희에겐 아저씨가 아버지가 되세요. 앞으로 좋은 아버지가 돼주시고 우리 엄마 사랑해 주세요. 아버지 가시고 우리 둘 키우고 가르치시느라 엄청 많이 울고 고생하신 분이세요. 저희들의 바램은 그것뿐입니다. 행복하세요. 엄마 사랑해요. 두 아이의 선처에 여자가 눈물을 흘리며 두 아이를 끌어안았다. 실로 오랜만의 모자 상봉이었다. 품 안에서 젖 빨던 너희들이 벌써 이렇게 어른스럽게 컸구나. 세상에 오늘같이 행복한 날이 또 있었을까 싶은 기쁨의 눈물이 양 볼을 타고 빗물처럼 흘러내렸다.

로또가 당첨된 여자

언니는 좋겠네! 형부의 코가 커서. 그래, 아주 뼈근해 죽겠다. 이년아! 이 말의 해석은 이해도가 다른 게 사람이어서 어떻게 꼭 집어 말할까? 나의 이해도로는 코는 남성의 성기인 소위 거시기로 통하는 남근을 상징하는 의미가 크다. 참 인간은 재미가 있으면서도 영리한 괴짜다. 오래전부터 농의 전설로 유명세를 탄 성적 비유의 모델일지어다. 흥이 있는 선조들도 양반입네 하면서도 농 따먹기로 할라치면 여자의 몸 신체 일부를 들먹거리며 성기를 주제로 양념처럼 섞어 우스갯소리로 즐겨왔다. 되지 못한 년이 궁둥이만 크다느니, 어쭙잖은 게 좆 대가리만 커가지곤, 하는 상소리를 남발하며 낄낄거리고 웃고 떠들었다. 한마디로 코가 크면 그것도 크다는 이야기다. 한낮 우스갯소리로 넘어갈 수도 있지만 꼭 그러지 않아도 될 엄연한 사실을 구라빨로 부인할 수만은 없음이다. 진짜야! 그래 별이 다섯 개! 이 자식 개소리는 콩으로 메주를 쏜다 해도 믿을 수가 없단 말이야. 야이 씨발놈아! 제발 좀 믿어! 내가 네깐 놈에게 구라쳐 돈 생길 일 있냐? 이 좆만아! 이렇게 싸우면서까지도 신체 일부를 끌어들여 싸우지 않는가? 참 인간은 사탕이요 재미난 물건이다. 생각도 다양하고 쌈박하며 럭셔리해 영장류라 했던가? 돈 떨어져, 커피 떨어져, 신발 떨어져, 애인마저 떨어져, 좆이나 다 떨어지면 난 뭘 먹고 살아? 좆이나 뱅뱅이다. 신체를 소재로 한 유머는 큰 웃음의 소재이기는 하나 도덕성 문제가 결여되는 지극히 가려야 할 언어 중 하나다.

신중하지 않으면 인격적 문제로까지 비화될 수 있는 장점도 있다. 밥 떠넣는 아가리 치고는 길다는 비아냥의 화살이 날아드니까 없는 것을 있는 것처럼 표출해 내는 것이 연출이다. 사람은 존엄의 근간을 놓고 볼 때 더러는 표현의 감정도 노골적일 수만은 없다는 게 문제다. 영화나 연극처럼 흥미를 위주로 하는 프로그램 내용에는 표현의 자유와 가식이 없으면 재미라는 흥미가 없다. 아슬아슬한 순간 공포의 흔들림 대립의 섬뜩함도 작가의 역량이 결여치 않으면 그저 평범의 순수물로 각광받을 수 없는 실패작이 되는 것이다. 웃음이 목마른 지친 이들에게 신체 일부의 비유는 유치하고 촌스럽고 찌질하지만 모처럼 만의 힐링 멘토가 될 수 있는 것이다.

화가 날 때 인간은 100마디에 90마디의 욕을 퍼부어 상대를 공격한다. 지금도 유행어라 할 만큼 화가 날 때 상대를 쏘아보며 흔하게 써먹는 욕지거리가 있다. 개새끼와 씨발놈이다. 남녀 공통으로 써먹는 욕설이라 보면 된다. 욕을 많이 먹어도 배가 부르지 않은 것이 특징이다. 욕한 자는 무식하고 더러운 놈이라는 오명을 뒤집어쓰게 마련이다. 다만 욕을 먹은 자는 신경이 예민해지고 씩씩거리며 두고 보자는 미련을 남긴 채 침을 퉤퉤 뱉거나 이를 응물고 투덜거리며 그 자리를 피하는 패잔의 분노를 삼키는 억울함이 있는 것이다. 지는 게 이기는 거라는 맞상대적인 참을 인(人)자가 그 중간에 있다. 길 가던 어느 두 개 잡놈이 잠바 소매를 걷어 올리며 길바닥에서 눈깔을 부라리며 드잡이하고 있다. 참 육갑도 여러 가지이다. 햇빛에 시커멓게 그을린 못생긴 두 놈이다. 낄낄거리며 마주 안 찌러 술 처먹다가 여야 정치 얘기로 소가지가 뒤틀린 것이다.

　매일 밥그릇 싸움에 일도 안 하는 새끼들! 월급은 네미 씨발 딱딱 주고 국민 세금이 뭐 똥 밑씻개 종잇장이냐? 그리고 빨치산 같은 이 뭐시기는 왜 못 잡아넣고 질질 끌려다니는 거야? 여당이 늘어나는 고무줄이야 뭐여? 때리지도 못하면서 욕만 디리 뒤에서 그러니까 가느다란 재명이 눈이 안경 속에서 생글거리잖아? 재명이가 나긴 난 인물이야. 야, 너 재명이한테 뇌물 먹었냐? 뭐야? 이 새끼가! 이렇게 해서 술상이 엎어지고 먹살이 잡혀 길바닥으로 나온 것이다. 한 놈 콧구멍에서는 피가 줄줄 흘러나오고 날아가던 비둘기가 코피 나는 놈 이마빡에 하얀 물찌똥을 찍 내갈기고 내빼며 하는 말이 이거나 먹어, 이 씨발놈아!

　그해 겨울 추위는 신경이 무뎌질 만큼 혹독하고 매웠다. 세상의 매스컴은 연일 겨울의 사고를 들춰내 대서특필했다. 동사 사고가 흔하게 보도되기도 했다. 동식물은 물론 인간에게 막대한 고통과 시련을 주던 악령 같은 겨울도 계절적 자연 앞에서는 한낱 종이호랑이였다. 동토도 얼어붙었던 대지는 봄의 전령으로부터 녹아내리고 온화한 땅의 기운은 노란 생명을 틔워 푸르름으로 피워올렸다. 겨우내 발가벗은 채 몸을 떨던 헐벗은 나뭇가지에도 물이 오르고 하나둘 방울방울 눈망울을 내밀어 자태를 드리우고 있었다. 병아리 주댕이 같은 개나리는 벌써 만개하고 산허리 비탈진 숲에는 연분홍 진달래가 지천이다.

흐드러지게 탐스러운 하얀 목련은 벌써 해가 지듯 하나둘 떨어져 제빛을 잃고 칙칙한 낙엽이 되어 굳어져 말라갔다. 한낮의 수온은 웃옷을 벗게 하지만 그래도 아직은 조석으로 한기를 느끼게 해 자칫 감기 환자가 되기 십상이다. 봄이 무색할 만큼 날렵한 원피스 차림으로 한껏 멋을 낸 올해 갓 스무 살 수현이가 다부지게 퍼진 엉덩이를 실룩이며 길을 재촉하고 있었다. 요즈음 산천을 넘어 미량골 방앗간 집 셋째 녀석과 이렁저렁하더니 눈이 맞아 팥방구리에 쥐 드나들듯 꾸역꾸역 눈치 없이 외출이 잦고 있었다. 작년에 여고를 졸업하고 어영부영 집에서 엄마 시중이나 들면서 건들거리는 신세이고 보니 병이 날 만큼 외로웠다. 그 외로움에 기름을 부은 것이 방앗간 집 셋째 녀석 명식이었다.

푸성귀를 다듬던 엄마가 시방도 공부 더 하고 잡냐? 아니어라. 어쩌냐? 우리 집 형편에 널 대학 보낼 능력은 안 되고 안타깝지만 어쩌냐? 그냥저냥 이 에미 밑에서 가사나 배우고 에미 일이나 거들다가 좋은 혼처가 생기면 시집이나 가려무나. 묵은 여우 꾀 듯 겨우 주저앉힌 딸이었다. 그렇게 고분고분하던 수현이가 또래의 사내에게 빠져 분별을 잊은 채 사랑 찾아 삼만리 매일 매일 할 딱 고개를 넘나드는 것이었다. 딸의 행동이 못마땅한 어미는 너 요즘 어딜 그리 바쁘게 다니냐? 친구네 개도 너 모양 대학을 못 가고 앉은뱅이가 된 겨? 어, 엄마, 개도 우리처럼 형편이 안 좋거든. 그래서 개랑 종일 수다 떨다 오는 겨? 왜 엄마? 걱정돼유? 엄마 딸 수현이가 헛짓거리나 안 하고 다니나 싶어 그러는 거지? 수현이는 누구 딸? 엄마 딸! 이제 됐지. 엄마! 그려 어린아이 사탕발림하듯 엄마의 이상한 눈빛을 대번에 안심시킨 거짓말에 수현은 속으로 웃음이 나왔다. 엄마에겐 참으로 미안한 거짓말이었다. 수현아, 너 요즘 더 많이 이뻐졌다. 연애라도 하는 겨? 이웃 세 이주머니가 푸성귀를 다듬으며 처녀티가 어엿한 수현을 보고 농을 하신 것이다. 너는 똑똑하고 찰지고 암팡져 어느 놈이 채갈른가 모르나 데려만 가는 놈은 복덩어리를 통째로 주워가는 횡재한 놈이여. 내일 일은 알 수 없으나 일단은 명식이를 장래 신랑감으로 점찍은 수현이었다. 명식이는 겁이 많았다. 찰거머리처럼 달라붙는 수현이가 무서웠다. 순정파라 할 만큼 온순한 성격의 명식은 수현과 동갑내기 청년이었다. 혈기 왕성한 과도기의 스무 살 청년이기에 서로를 원하는 감정만큼은 숨길 수가 없었다. 남의 눈을 피해 풀밭에 아지트를 만들었다. 그러고는 한 덩어리가 되어 끓어오르는 열정을 불태웠다. 그러나 그 순간은 황홀했지만, 그 이후가 문제였다. 만날 때마다 아랫도리의 고통이 이만저만이 아니었다. 문여리 같은 녀석의 거시기가 너무 엄청나 겨우 받아들이기는 했지만, 그때마다 비명을 지를 만큼의 고통을 감내해야 했다. 피스톤이 빠르게 가파를수록 수현은 숨쉬기조차 버거웠고 배 속 창자가 꼬이는 듯한 고통을 견디어 내야 했다. 아스라한 비명으로 그만그만을 소리치지만, 녀석은 귀를 막고 있었다. 붉은 욕정을 아직 토해내지 못했기에 최선을 다하는 중이었다. 뜨거운 한숨을 토해내며 녀석이 그녀의 배 위에서 몸을 일으켰다. 수현은 기절한 듯 한동안 꼼짝도 하지 않았다. 고통에서 벗어난 하초가 고춧가루를 뿌린 듯 욱신거리고 쓰라렸다. 둘의 관계가 이렇게 죽을 만큼 혹독할 줄은 몰랐다. 녀석이 한없이 무서워 보였다. 수현이 생각한 첫사랑의 로맨스는 달콤하고 야릇하고 오로라 같은 기쁨만이 넘치는 황홀함만을 생각했었다. 지독한 아픔에 아무런 오르가즘도 느끼지 못했다. 머릿속에 각인된 건 아픔뿐이었다. 머리에 번뇌가 일고 통증이 왔다. 첫사랑의 성적 된서리로 몸살을 앓았으니, 앞으로도 남자에 대한 두려움과 공포감은 그녀에게 있어 두고두고 열등의식으로 남을 것이었다.

다음날 아침이었다. 야가 야가 시방 시간이 몇 시인데 아직도 이불 속에 있다냐? 해가 한나절인데 얼른 일어나야! 수현이 몸을 뒤척였다. 도저히 일어날 수가 없었다. 생살이 찢어진 아랫도리 신경이 마비된 듯했고 방광이 터질 듯했다. 쇠꼬챙이로 찔러대는 듯 찌릿찌릿 감전이 오는 느낌도 있었다. 큰일 났다 싶어 겁이 덜컥 났다. 긴급히 병원을 다녀와야 할 것 같았다. 어마어마한 실수를 저질렀음을 그제야 깨달았다. 한참을 끙끙대다가 겨우 일어나 화장실을 가려 했으나 후벼파듯 아픈 하의가 쉽게 걸음을 옮겨주지 못했다.

　세상에 이런 고통을 당하면서 아이를 낳고 부부생활을 한단 말이야? 말도 안 돼! 이 세상 누구나가 다 그런 고통을 인내하며 부부생활을 즐기고 사는 줄 알고 있었다. 첫사랑 화원에 된서리를 맞고 나니 사랑이고 나발이고 정나미가 떨어졌다. 나에게 이런 고통을 준 그 녀석도 다시는 안 만나겠다고 했다. 사랑이라는 두 글자 자체를 내 인생에서 빼버리기로 작정했다. 자라 등 보고 놀란 가슴 솥뚜껑 보고 놀라는 격이었다. 신랑의 거시기가 빈약해 불만이 있는 여자라면 이런 파워 장땡인 사내를 냉큼 채 갈진대 따퉁롱런을 그냥 버리다니 얘가 얘가 미쳤어! 고진감래라고 견디며 길을 내면 평생을 껄떡 죽었다 살아나련만 아마도 산부인과 원장이 에그머니나! 세상에 이런 일이! 그러면서 잘 알려줄 게야. 그리고 부러워할 게야. 세상에 그런 횡재가 또 어디 있느냐며. 스무 살 수현이 어기적어기적 부끄러운 걸음으로 병원 산부인과로 가고 있었다.

내 안에 숨겨진 연인

　인연 그것은 만남의 출처다. 생각지도 않은 것에서부터 어느 날 갑자기 예고도 없이 찾아드는 것의 정체가 우연인 것을! 사내는 아내 몰래 오래도록 숨겨온 여자가 있었다. 인생 역경과 산전수전을 다 겪어온 여자라고 보기에는 그녀의 나이를 보아 하나의 루머에 지나지 않았다. 사내놈은 다 도둑놈이라고 할 만큼 여자들의 입장에서는 그럴싸한 항변으로 거부해야 할 위험천만한 존재임은 부인할 수 없다. 수컷 본능은 조물주의 솔직한 명령이다. 그저 받아들일 뿐인 것이다. 인류를 번성시키라는 특명을 하달받은 졸병이 상위 계급자의 명령을 하달받은 것이라고나 할까? 여기에 보너스로 얻은 것이 있다면 늑대의 기질과 탐욕을 하사한 것이다.
　아무리 여중이 뜨빵 같은 사내일망정 열 계집 마다치 않는 건 다산의 본질인 조물주가 부여한 DNA를 원망할 일이다. 그래서 사내는 서울, 부산, 대구, 인천 찍고, 해갈하며 애비 없는 자식을 산지사방에 모기약 뿌리듯 뿌리고 다니기에 가는 곳마다 사랑의 물결이 넘치는 것이다.

아버지의 감긴 눈을 뜨게 하기 위하여 공양미 300석에 제물이 되어 사납게 출렁이는 인당수 푸른 물에 뱃전에 서서 몸을 던진 고금의 효녀 심청이! 그 심청이 버금가는 21세기 현대판 심청이가 내 안에 꼭꼭 숨겨진 여인이다. 마누라는 물론이요 귀신도 모르는 사실을 어떻게 하나? 우리 만남은 빙글빙글 돌고, 이 여자의 품위와 인격은 애인인 내가 품질을 보증한다. 공정거래위원회에 고발한들 뭐 걸릴 게 있어야지. 매사고 맺고 끊고가 쌈박하니까 오죽하면 효녀 심청이를 끌어다 비교할까? 잘났어 정말! 아따! 얘도 뭘 좀 아네? 너 이름이 고두심이지? 회장님 댁 큰며느리! 요새는 뭘 하고 사냐? 그나저나 과부가 됐다며? 원 저런! 기급을 할 일이 있나? 나이 70이 넘어 외로운 집시가 됐으니 부귀와 영화는 뜬구름 같은 것! 황새는 날아가고 얼굴은 쪼글쪼글해지고 똥배가 너무 나왔어. 천사에 비유할 만큼 내가 죽자 살자 하는 이 여자를 만나게 된 건 500원짜리 동전 한 닢이 맺어준 인연!

어느 날 버스 안에서였다. 버스가 터지게 손님이 만원이었다. 버스에 올라탄 여자가 차비를 핸드백에서 꺼내다가 와르르 동전을 흘렸다. 바로 내 옆에 선 여자가 어쩔 줄 몰라 하며 얼굴이 빨개졌다. 나는 지체 없이 사람들 발을 비껴가며 쏟아진 동전을 주었다. 그중 하나 500원짜리가 또르르 굴러 운전석 앞쪽으로 굴러갔다. 자, 구루마요 구루마! 동전 주우러 갑니다. 따르릉~ 아따! 아줌마, 좀 비켜줘. 그여 500원을 쟁취! 여기요! 아줌마 땡중에게 공양미를 시주하듯 공손히 주운 동전을 두 손 벌려 받으려는 여자의 하얀 손바닥에 쫘르르르~ 고맙습니다. 고맙습니다. 정말 고맙습니다. 에이, 한 번만 하시지 세 번씩이나. 토큰이 없으면 현금으로 차비를 내던 전설 따라 삼천리 옛날 오래된 그 시절 이야기니 마누라 둘이 된 햇수가 벌써 답 나오잖아? 그렇다고 내가 살림살이 보태준 일도 없고 달라고 보채지도 않았어. 제가 벌어 저 먹고 나는 내가 벌어 나 먹고 오히려 홀쭉해진 내 빈 지갑에 용돈 찔러준 건 그녀였어. 어찌나 고마운지 그 염병할 느무 500원짜리 인연이 이다지도 깊을 줄은 진정 난 몰랐지. 그저 되는 놈은 호박 넝쿨에서도 수박이 매달리던걸.

빈자리가 나자 내 옆에 섰던 여자가 그 자리를 나에게 권했다. 아니에요. 앉으세요. 형님 먼저, 아우 먼저 하다가 내가 졌다. 삐거덕 정거장에 차가 정차하자 옆자리의 모르는 자식이 지그시 일어나더니 내려버렸다. 여자를 앉혔다. 아까는 고마웠어요. 누가 그 많은 사람들 틈을 비집고 굴러간 동전을 주워 주겠어요. 아, 그럼 자그마치 500원짜릴 포기할 수는 없잖아요? 여자가 가방을 열어 껌 하나 드릴까요? 라며 내 손에 껌을 건넸다. 재스민향이 구진한 버스 안의 공기를 뒤바꾸는 진한 향이었다. 목적지에 도달한 내가 일어서자, 여자도 따라 일어섰다. 여기서 내리세요? 네. 저도요. 버스 문이 닫히고 매연을 뭉텅이로 쏟아낸 버스가 굉음을 내며 사라졌다. 왠지 아무 일도 없었다는 듯 헤어지기가 그랬다. 저 바쁘지 않으면 차 한 잔 하시렵니까? 차요? 그녀가 얼른 대답을 못하고 망설였다. 네, 그럴게요. 대신 차는 제가 살게요. 아무튼 내가 사든 그쪽에서 사든 일단 가시죠. 신의 굽이 높지 않은 반히루를 신은 그녀의 또각또각 걷는 모습이 정겨웠다.

내 가슴에서 허세가 일고 있었다. 덥석 손이라도 잡고 싶은 위험한 허세 말이다. 들어서기가 무섭게 아가씨가 엽차 두 잔을 받쳐 들고 와 차 주문을 받았다. 뭐로 하실까요? 내가 선방을 쳤다. 커피요. 여기 커피 두 잔! 이야기가 길어졌다. 여자도 지루하지 않은 눈치였다. 뒤통수가 근질거렸다. 차 한 잔 시켜놓고 장시간을 속삭이며 눌어붙은 우리 쪽을 마담이 흘끔흘끔 돌아보고 있었다. 아가씨, 여기 커피 두 잔 더! 여자의 의견은 묻지도 않은 채 얼떨결에 두 잔을 시켜 버렸다. 죄송합니다. 사전의 말도 없이 제 마음대로 두 잔을 시켰네요. 안 드셔도 됩니다. 제가 가끔 깜박합니다. 나는 여자에게 유도 신문을 하고 있었다. 여자의 정체성을 캐기 위한 나름의 접선 반경을 저울질하듯 조아리는 중이었다. 여자는 간접적인 혼자임을 암시했다.

시간이 얼마나 갔던가? 해는 벌써 기울어 창가에 붉은 노을을 드리우고 있었다. 마냥 붙잡고 이야기로 시간을 매닥질하기가 미안스러웠다. 깊은 호흡을 했다. 그리고 한마디를 던졌다. 우리 친구 하면 안 될까요? 이건 어디까지나 제 일방적인 구애입니다. 오해 없었으면 싶구요. 선택의 몫은 그쪽입니다. 그쪽을 깜짝 놀라게 한 죄로 제가 저녁 사겠습니다. 여자가 얼굴을 들지 못하고 바짝 얼어 미동이 없었다. 두 사람은 다방을 나와 약전골목 코너에 오래전부터 탕류로 유명한 맛집으로 소문난 탕 전문점을 찾았다. 초저녁 손님은 손가락으로 꼽을 만큼 한산했다. 한참 직장인이 쏟아져 집으로 돌아갈 러시아워 시간대였다. 텅 빈 식탁을 중앙으로 마주 앉은 두 사람은 할 말을 잊은 듯 아까와는 달리 침묵이 흘렀다. 두 사람 모두 나름대로의 설레임의 고뇌가 가슴을 뛰게 했을 것이나 당연한 번뇌의 시간일지도 모르는 공간의 초조한 시간이 똑딱거리는 것 같았다.

　헛기침으로 여자를 일으킨 내가 의연하게 물었다. 영상물 좋아하세요? 영화광까지는 아니더라도 가끔 식상하고 우울할 때 일부러 극장을 찾아요. 영화 한 편을 보고 나면 몸과 마음이 홀가분한 기분에 삶의 큰 힐링이 되거든요. 요즈음 극장가는 애정물보다 폭력적이면서도 정의를 앞세운 투지에 중점을 둔 영화가 대세드라구요. 시대의 변천사에 따른 흐름의 하나로 구시대 구태의연에서 벗어나 정통성 있는 현대인의 삶을 각색한 조형물 같은 영상이 눈길을 끌어요. 또한 자유분방하게 적은 비용으로 독립영화를 제작하는 소형 영상물도 한몫하고요. 막장으로 가는 폭력이나 섹스, 마약을 소재로 한 범죄 영화도 심심치 않게 제작되어 천만 관객 운운하는 영화계의 각축 줄다리기 경쟁도 치열하고요. 실력 있는 영화인들이 많아 한국의 영화계 전망이 밝아 보여요. 와~ 평론도 멋지게 하시는 걸 보니 안 봐도 비디오! 영화광이시네? 혹시 음주하십니까? 친구들과 어울리면 한두 잔씩 해요. 더는 못 먹고요. 소주 한 병에 해물탕은 안주로 일품이었다.

저녁 식사를 마친 그들이 밖으로 나왔다. 비가 오고 있었다. 시야가 뿌연 가로등 불빛 아래 도로는 빗물로 번들거렸다. 방향은 다를 테지만 택시를 잡아타야 했다. 우산이 필요했다. 마트에서 우산 하나를 사 둘이 받혀 쓰고 빈 택시를 기다렸다. 나는 그녀에게 방향을 물었다. 일단 그녀의 집 앞까지 동행해 주고 되돌아오면 될 일이었다. 여자가 내리기 전 이렇게 말했다. 전 이제 여기서 내리면 돼요. 즐거운 시간 주셔서 감사드려요. 행복한 시간이었어요. 전화드릴게요. 안녕히 가세요. 여자가 우산을 펴며 고개를 숙여 묵례를 했다. 다음을 기약하며 그녀와 나는 허탈한 마음으로 헤어져야 했다. 나는 이런 우연을 시작으로 착한 여자와 몰래몰래 사실혼으로 사랑하는 사이가 된 것이다. 인연이란 이렇게 아름다운 행복도 가져다주더라.

불행의 늪

　자나 깨나 불조심! 개조심! 여자는 남자 조심! 꺼진 불은 볼 것 없다. 눈여겨보아야 할 나름의 이 유머가 있는 표어에도 또 다른 조심해야 할 것들이 너무 많은 세상이다. 섣부른 연애질로 패가망신하고 알거지가 되어 노숙자 신세로 소주병 주둥이나 빨고 있는 얼간이 인생들이 세상에 하나둘이간? 권태에 이골난 현대인들의 무기력이 유혹에 홀려 내 마누라 두고 남의 여편네에 눈독을 들인다. 본래 남의 떡이 커 보이고 맛이 있어 보이니까 변태가 불러온 책임감 없는 정신 나간 사내들이 벌이는 서바이벌 같은 것이다.
　직감이 남다른 게 여자들의 촉이다. 방심하며 알 길이 없지만 파고들면 드러나는 것이 인과관계의 사상 표출이다. 안 하던 짓을 하기 시작하면 그 뒤에는 뭔가가 있다. 여자들이여, 신랑 돈 잘 벌어 오라고 새벽 밥상 챙기는 것도 좋지만 서방의 동정을 살피는 변장술에도 생각을 기울여라! 사내는 거의 그놈이 그놈이고, 그 자식이 그놈이다. 아아, 잊으랴? 어찌 우리 이날을! 북녘의 귀신들이 천추의 한을 남기고 패잔이 되어 도주하던 붉은 야수 6.25 그 동족상잔의 비극을 미리나마 알았더라면 우리는 어머니와 아버지, 사랑하는 동기간과 이산은 아니었으련만.

이 정도면 이제 이해가 가냐? 이 무딘 마누라들아, 기차의 탈선을 막기 위해 미리 철도를 보수하듯 여자는 남자의 퇴로를 막을 줄 알아야 한다. 지나간 버스에 손을 흔드는 건 행맹이가 빠진 얼간이나 하는 짓이다. 새벽밥 먹여 서방 일 내보내고 살찐 배때기 북북 긁으며 해가 똥구멍을 치밀 때까지 흐드러져 씩씩거릴 게 아니라 관심 좀 가져 제발! 서방의 외도는 전적으로 마누라의 책임이다. 꾸미고 가꾸고 야살을 떨어 당신 아니면 난 못 살아! 이 정도가 되게 구워삶아. 내 손 안에 있소이다. 요놈아, 꼼짝 말아! 밧줄로 꽁꽁 단단히 묶어라! 알뜰살뜰 살림 잘하는 거 거기에만 매달릴 게 아니란 말이지. 그건 여차하면 네 인생 네가 갉아먹는 서방 발리는 자살행위여. 정신 차려 이년아! 이 때갈년아! 알뜰살뜰 살림 잘하고 애 펑펑, 그것도 아들만 낳아 이만하면 현모양처지. 자만은 금물이다. 뛰는 놈 위에 나는 년이 되라 이 말여. 비나이다. 비나이다. 칠성님께 비나이다. 치성을 드리려 장독대 위에 올린 정한수에도 티끌은 있는 것이다. 무엇을 어떻게 더 잘해야 남편에게 사랑을 받을까 보다는 여자의 능력 뒤에 남자가 여자에게 바라는 것이 무엇인가를 먼저 알아야 그게 현모양처라는 이름표를 달 자격이 있는 사람이다.

거리에 나가면 너보다 잘나고 깔쌈한 여자가 지천이다. 지금은 네 여자 내 여자 실종된 세상이라 믿고 내버려 뒀다가는 나가 이년아, 괜히 남의 집구석 자손이나 늘려주는 씨받이밖에 더 되겠어? 꽃이 피고 새가 우는 벌 나비 찾아드는 춘삼월에 이 꽃 저 꽃 새 꿀을 찾아 옮겨 날 듯 사내는 새로운 여자를 찾아 이정표 없는 여행을 즐긴다는 사실! 뭐 다 그렇다는 건 아니구. 대다수 수컷이 그렇다는 말씀! 아, 김연자가 뭐라고 하든? 여자는 꽃이랍니다. 혼자 두지 말아요. 늘 보아도 지루하지 않고 늘 보아도 싫지 않은 여자다운 여자! 그게 사내들의 로망임을. 그걸 알면 죽을 때까지 서방은 내 거여. 그러는 너는 잘하고 사냐? 아니니깐 그러지 말자는 거지. 이만큼 얘길 하면 저만큼 알아먹어야지. 나로 말할 것 같으면 말이 부부지 하숙생과 주인아주머니 사이 빌어 처먹기 딱인 한 많은 가정사 한 지붕 아래 동거인으로 이미 수년 전에 쪽이 난 허울뿐인 부부가 따로 없다.

언감생심 실수로 건드려 책임감으로 억지 춘향이가 된 떨떠름한 인연! 남자는 늘 마음속에 이런 감정을 품고 있었다. 언젠가는 헤어진다는 생각에 정은 물론 가정적 재량권이나 이권도 주지 않았다. 독선으로 여자를 무시해 온 세월이 벌써 여러 해다. 첫 만남에 아들 하나 얻은 게 전부다. 닿으면 터질 듯한 그 아리아리한 신혼에도 손잡고 데이트 한 번을 했을까? 맛집에 가 갈비 한 번을 뜯어봤을까? 천성이 빌어먹을 팔자였을까? 뭐든지 싫어 싫어! 다 싫대! 당겨 가던 정에 이런 씨발! 갈래야 갈 수 없는 구성 바가지

매정한 것이 정이다. 사랑 수치 0%에 정나미 100%! 이건 뭐 홀아비에 과부다. 잠자리도 따로따로, 대화도 단절된 지 오래다. 왜 사는지도 모를 만큼 서로가 소원한 사이다. 자식이 있어 못 버리고 인생이 불쌍해서 못 버렸다. 대화를 하면 큰소리가 나야 했다.

 소통이 필요치 않은 집구석이었다. 한 번 골탱이가 나면 그 여독이 열흘에서 스무날 며칠 몇 달이 갔다. 안 건드리고 모르는 척하는 것만이 그나마 평화였다. 서로가 서로를 간섭하지 않았다. 너는 너, 나는 나였다. 네 것 내 것은 철저했다. 그것이 습관이 되다 보니 하루하루의 삶이 편해 좋았다. 간섭과 참견이 없는 독립된 사내는 제가 하고 싶은 대로 세상을 살아간다. 어떤 이유에서든 암암리 그저 그렇게 간식거리로 어울리는 여자가 여럿이었다.

 그렇다고 돈을 써가며 환심을 사 만나는 년들은 아니었다. 서방이 찌질해서 화딱지가 나서 한 번 술 먹고 취해 얼떨결에 눈이 맞은 오입질에 재미가 나다 보니 갱년기가 오는 바람에 왠지 나도 모르게 쓸쓸하고 외로운 마음에서 구구한 변명도 가지각색이다. A, B, C, D로 줄 맞춰 날 못살게 구는 년들이 서방이 있는 년인지 색이 궁색한 과부년인지 그것까진 내 알 바가 아니어서 그저 그냥 하룻밤 풋사랑 롱타임 하나로 즐길 뿐 남의 인생 열람까지는 필요 이상이었다. 인생 다 그렇고 그런 것이지 뭐 표가 날까? 닳기는 할까? 한강에 배 지나가기지. 일사천리 부화가 걸릴 일 없으니 걱정할 일이 뭐라? 몰려드는 암고양이들 때문에 내가 아주 그냥!

 무더위가 한참인 7월 어느 날, 목이 말라 시원한 음료를 사러 슈퍼에 들어갔다가 인연이 된 여자! 어깨 없는 헐렁한 바람개비 같은 옷에 청바지를 뭉텅 잘라 민망할 만큼 핫팬츠로 아슬아슬하게 입은 미끈한 하얀 다리통의 여자! 사내는 너무나 목이 말라 스포츠 음료를 냉장고에서 꺼내자마자 캔 뚜껑을 열어 마시고 있는데 이년이 일부러 그랬나? 제 팔꿈치로 내 팔을 밀치고 가는 바람에 음료수가 쏟아지면서 바지 앞자락이 다 젖어 버렸다. 놀란 여자가 얼굴이 죽상이 되어 어쩔 줄 몰라 하며 진열된 냅킨을 집어 들고 문지르지만 닦아서 될 일이 아니었다.

더구나 거시기 앞자락이라 빡빡 문지를 수도 없어 시늉만 내고 있다. 얼음물에 적잖이 놀란 거시기는 번데기가 되어 쪼그라들고 걸음을 옮기는 대로 앞자락은 철떡거리고 너무 그렇게 쩔쩔매면서 미안해하지 마세요. 시원해서 좋은데요. 잠깐이면 마르겠지요. 사내가 다시 냉장고를 열어 새 음료를 꺼내려 하자 여자는 잠깐만요. 아저씨, 음료는 제가 살게요. 골라보세요. 열 개 백 개라도 사드릴게요. 정말 너무너무 죄송합니다. 사내가 여자의 허연 넓적다리를 곁눈질하며 아, 너무 그러실 필요 없다니까요. 공간이 비좁은 슈퍼에서 얼마든지 그럴 수 있는 일이에요. 미안해하지 마세요. 너무 그러시니까 제가 더 민망하네요.

그 여자와 사내가 슈퍼 앞 파라솔 의자에 마주 앉았다. 서글서글한 눈매 호감이 가는 미인형 얼굴이었다. 사내가 음료를 두어 번 벌떡거리고는 이 근처 가까운 데서 사세요? 저기 보이는 빌라촌이요. 빌라가 여름엔 많이 덥지요? 집 구조상 그런 것 같아요. 친구 따라 강남 가듯 청주에서 여기 온 지 이제 보름쯤 됐다고 했다. 아직 많이 낯선 곳이라고 했다. 여기 와서 제일 먼저 낯익힌 사람은 슈퍼 아주머니라고 했다. 직장 따라 오셨나요? 아니라고 했다. 대학 친구가 여기서 살아요. 서로 기대며 살자는 바람에 엉겹결에 왔어요. 직장은 있으신가요? 아직 친구가 여러모로 알아보는 중이에요. 요즈음 일자리 구하기가 쉽지 않잖아요? 경기가 들쑥날쑥 널뛰기 하고 있어 기업들 어려움이 크대요. 그래서 조기 퇴직이다, 인원 감축이다 인력을 줄이는 판인걸요. 실업자도 부지기수로 늘어나고 머리 복잡한 중년들이 쓸쓸함을 달래기 위해 술집으로 몰려든 바람에 술집들이 호황을 누린다고 들었어요. 우는 사람이 있으면 웃는 사람도 있다는 뜻이네요. 그렇죠. 하하하하~

백수인 이 여자를 구해 보자는 심사가 있었다. 제가 일자리 좀 알아봐 드릴까요? 기가 막히게 아다리가 된 기회 포착의 순간이다. 무슨 일을 원하시는지? 제가 이래 봬도 발이 넓은 사람입니다. 장담은 아니지만 최선을 다해 볼게요. 그 여자가 혹 하는 눈치였다. 어머, 이런 와중에 귀인을 만나네요. 귀인까지야 뭐. 연락처나 좀 주시면. 아네. 010-○○○○-○○○○ 뺨 맞을 일을 저지르고 오히려 빵을 얻을 일이 생기는가 싶어 여자는 속으로 사내에게 감사하는 마음이었다. 사내도 그녀의 폰에 자신의 번호를 입력시켰다. 이런 사연으로 인연이 된 여러 여자 중 자신의 마음을 사로잡고 있는 중심적인 여자가 이 여자였다. 여자는 지금 내 소개로 모 중소업체에서 경리부장으로 8년째 근무 중이다. 워낙 꼼꼼하고 일 처리가 분명해 회사 오너의 신임을 한 몸에 받은 엘리트 사원이다. 그 여자와 나의 관계 또한 깊어져 갔다.

제2부

첫사랑, 열아홉 순정

꿈 많은 아름다웠어야 할 그 시간들을 잊은 채
일찍이 삶의 대열에 얽매야 했던 나에게
발랄했던 시절의 아릿한 추억은 없다.

내 인생을 고발한다

제 고향은 강원도래요. 당신은 세상에 태어나 성인이 된 후 몇 명의 여자와 찐한 연애를 해보았는가? 소위 내가 하면 로맨스요, 남이 하면 불륜 찔러 박기식 묘한 사람들의 빈정거림의 대명사다. 못 먹는 감 찔러나 보겠다는 심통머리가 부리는 질투의 화살이다. 30년을 서방 없이 두 자식만을 바라보며 눈물겨운 인생을 살아온 비탈길 밭 감자바위 그녀! 두 남매의 역할이 끝난 여자에겐 못다한 사랑이 필요했다. 아이들이 올가미가 되어 오로지 하늘과 땅만을 내려다보며 젊은 청춘을 저당 잡혀 삶을 혹사했지만, 그 세월이 억울치 않았다. 성인이 된 두 아이의 모습만 봐도 행복한 마음이 줄달음질 쳤다.

할 일 없는 혼자 된 여자는 가끔 앞질러 간 남편이 그리움으로 사무쳐 왔다. 밤잠을 설치는 날이 빈번해졌다. 마음의 여우가 부리는 허세였다. 잡담으로 하루 해를 보내는 정자나무 그늘에 여자들과 주고받는 이야기 속에 끼어들지만, 저질인 서방 험담이나 성적 농담으로 깔깔거리는 게 대부분이었다. 세상 사는 재미가 무엇인가를 자꾸 찾게 된다.

고향 강원도를 떠나고 싶은 마음이 하루에도 몇 번씩 가슴을 두드리고 있었다. 어느 것 하나 불편치 않은 많은 인파 속에 묻혀 사람 냄새를 맡으며 살고 싶었다. 생각을 바꾸면 생활이 달라진다는 걸 알아차렸다. 무식하면 용감하기라도 해야 했다. 깡촌의 여자답지 않게 여자는 얼굴이 해사하고 생기가 넘쳤다. 금년 명절 쇠고 나면 갓 50이 되는 여자! 그 여자는 다방 마담의 친구였다. 마담, 저분은 처음 보는데 여기 일하러 온 사람이야? 아니라고 했다. 바쁠 때 가끔 와서 날 도와주는 고향 친구라고 했다. 친구분이면 이리 오시라구 해요. 둘이만 홀짝이고 있으려니 괜히 미안스럽게. 야, 진영아, 커피 한 잔 타가지고 이리 와서 앉아. 우리 집에 가끔 오시는 분이셔. 이리 앉아. 실례하겠습니다. 아, 네네. 앉으세요. 이분이 처음 보는 널 이것저것 물으시길래 내 친구라고 했더니 차 한 잔 사주고 싶다 해서 널 부른 거야. 괜찮지? 오오, 얘가 요즘 애들 출가시키고 혼자 많이 외로워해요. 그나마 서로 기대고 살던 애들마저 제 길을 보내고 나니 그 허전함이 불안으로 다가왔는가 몹시 우울해해요. 더구나 갱년기라 그 여파마저 배가 되어 세상 사는 재미가 하나도 없대나 뭐. 그러면서 마냥 처져 있어요. 단단히 마음의 병이 오셨네. 그런 마음의 병을 치유하는 약은 약국에도 없어요. 생각과 환경을 바꾸면 그게 바른 치유제예요. 가령 생각을 바꿔 남자친구를 만나 가볍게 연애를 한다던가, 잡념과 불안을 잊게 하는 어떤 일에 몰두하는 일 등 어쨌든 다 버리고 생각을 바꾸세요. 그게 마음의 병을 치유하는 지름길이에요. 길동무가 필요하면 제가 도와드릴게요. 의미심장한 사내의 기교가 한 방을 날리고 있었다.

어느 날 사내가 마담과 은밀한 대화를 나누고 있었다. 마담, 저 친구 나 좀 소개하면 안 될까? 사례는 내가 톡톡히 할 테니까. 내 평생의 배필로 맞을 생각이니까 은은하게 운 좀 띄워주지? 쉽지 않을 테지만 자꾸 옆에서 부추기면 사람의 마음은 예기치 않게 돌아서는 수가 있다. 쟤가 마음에 드시나봐? 내가 서너 살 위긴 하지만 늘 혼자 살자니 불편한 게 한두 가지가 아니야. 주제꼴도 남루하고 그저 사내에겐 여자가 있어야 빛이 나지. 어때? 중신아비 한 번 하시지? 그럴까요? 한 턱 크게 쏴야 합니다. 아, 걱정하들 마라. 마담과 나 사이의 약조에 변심이야 있겠는가? 내가 그리 쩨쩨한 사람은 아냐. 저 여인네만 내 품에 안겨줘봐. 자다가도 떡을 얻어먹을 일이 생길 테니. 저녁에 제가 잠자리에서 꼬셔볼게요. 큰 기대는 걸지 마세요. 되고 안 되고는 본인 의사니까.

그날 저녁 마담은 친구 진영을 불러 앉혔다. 너 나랑 화끈한 얘기 좀 하자. 너 요즘 외로워서 그러지? 무료하기도 하고 혼자라는 독백이 너를 정신적으로 속박하고 있는 거야. 아까 그 아저씨 말마따나 생각을 바꾸면 생활이 달라진다고 안 하든. 너 외롭지 않게 남자친구 하나 소개해 줄까? 괜찮은 남자 한 분이 있는데 나이는 너보다 세 살 위야. 재량권도 있는 사람이야. 허우대도 끌끌하고. 얘는, 그런 맞춤 신랑감이 대기하고 있냐? 내 인생 내가 알아서 살아. 신경 쓰지 마. 너나 잘하고 살아. 너나 나나 나이가 몇이니? 낼모레가 할머니다. 할머니고 시어머니고 만나게 해주면 연애할 생각은 있냐고? 그래 있다. 아유, 이 계집애 이거 금방내 얼굴에 화색이 도네.

아까 그 아저씨 혼자 몸이거든. 너에 대해 자꾸 묻는 거야. 서로 친구 했으면 좋겠다고 소개시켜 달라는 거 있지? 그 남자 어때? 겉딱지는 괜찮더라. 속마음은 어떤지 모르지만. 아까 내가 이야기한 대로니까 일단 OK 사인만 내려줘. 주선은 내가 할게. 너 그 사람하고 연애하면 손해 볼 일은 절대 없을 거야. 우리 집에 일수 찍으러 오는 아줌마가 잘 아는 남자더라고. 해서 내가 슬금슬금 그 남자의 신상을 아줌마로부터 전해 들었어. 여자 잘못 만나 실패한 것 외에는 어디 하나 나무랄 데가 없는 사람 자체가 신사라고 하더라고.

마담의 주선이 크게 한몫했다. 연인 사이로 발전하길 서로 원하는 두 사람의 의견이 일치했다. 늦깎이 과부와 홀아비의 열정은 불같이 뜨거웠다. 둘이 마주 보고 앉아 밥상머리 식사 때가 가장 행복하다고 했다. 여자는 사내에게 헌신적이었다. 봄이 오면 엷은 비췻빛 봄 내복을 사다 입혔다. 가을이 가고 을씨년스러운 초겨울이면 부드러운 재질의 융으로 된 내복을 구입했고, 겨울이 오면 춥게 다니지 말라며 털모자와 장갑, 목도리까지 사서 손수 내 목에 감아주고 장갑을 끼워주었다. 나일론 양말은 발이 시리다며 두꺼운 순면 양말을 다스로 사다 신겼다. 태어나 한 번도 이런 대접을 받아본 적 없는 사내는 호강에 겨운 듯 눈가가 촉촉해지기도 했다. 이건 축복이고 큰 사랑이었다. 이렇게 헌신적인 여자에게 사내가 해줄 수 있는 건 다정다감한 부드러움과 사랑뿐이었다.

어느 추운 겨울날 모래알 같은 싸라기눈과 바람이 얼굴을 때려 도저히 걷기가 불편했다. 지나가는 택시를 잡아탔다. 아차 하는 생각이 머리를 때렸다. 어제 이것저것 돈을 쓰다 보니 지갑에 남은 돈이 겨우 7,000원뿐이라는 걸 택시 안에서 느낀 것이다. 지갑을 열어 확인이 필요했다. 기왕 탔으니, 지갑에 남았을 7,000원어치만 타고 가면 될 일이었다. 그런데 안주머니 지갑을 꺼내는데 지갑이 두둑했다. 여자가 남자 몰래 두둑이 용돈을 넣어둔 것이었다. 함구하던 닫힌 입이 크게 벌어졌다. 역시 내 마누라는 누구보다 달라.

전화를 열어 키판을 눌렀다. 두 번의 신호가 가자 전화를 받았다. 자기야, 내 지갑에 돈 넣어놨어? 이제야 택시 안에서 알았네. 7,000원밖에 지갑에 없었거든. 그 생각을 못하고 덜렁 택시부터 올라타고 보니 큰일 났다 싶어 내리기는 멋쩍고 해서 미터기를 주시하고 있다가 7,000원 요금이 올라가면 내려야겠다 마음먹고 있었는데 자기 고마워. 택시는 금세 집 앞에 도달했다. 거리가 거리인 만큼 눈길에 차가 밀려 그런지 예상외의 요금이 나왔다. 자기야, 내 지갑까지 신경 안 써도 돼. 누가 보면 내가 여자 돈이나 뜯어먹은 제비족인 줄 알겠다. 제비면 어떻고 족제비면 어때? 내가 좋아서 하는 일인데 왜 우리가 남의 눈치 보며 살아야 하는데? 자기 때문에 내 마음이 얼마나 풍요로워졌는지 알아? 내 안의 행복을 자기랑 공유하고 싶어서 안달이 났다고.

　나는 자기에게 뭐든지 다 주고 싶어. 이젠 평생을 같이할 공식적인 부부잖아? 건강하게 오래오래 내 곁에 있어 주는 남편이면 이에 더없는 행복이 있을까? 사내는 가볍게 그녀를 끌어안았다. 가녀린 여자의 팔이 힘이 가면서 내 몸통을 조여왔다. 여자가 사내의 귀에 뜨거운 입김을 불어 넣으며 자기야, 우리 겨울 여행 한 번 다녀오자. 이 사람이 지금 오뉴월인 줄 아나? 웬 뜬금없는 겨울 여행이야? 아직도 소녀티를 못 벗어난 게로군. 겨울 낭만을 그리워하는 걸 보니. 야, 아직 많이 젊다 젊어! 차가운 공기도 좀 쏘이면서 자기랑 나란히 어깨를 부딪치며 꽁꽁 언 모래 위를 걷고 싶어. 동해의 겨울 하얗게 부서지는 파도도 보면서 차가운 겨울의 행복을 느끼고 싶어. 그러지 뭐. 어명이니 어련하겠습니까? 그녀는 내가 입을 메이커 네파 점퍼 하나를 구입했다. 뭐 필요한 것 없느냐고 물었다. 필요한 거 없지. 밥은 사 먹으면 될 일이고 동해의 낭만만 가슴에 가득 담아오면 돼. 자기가 있어 정말 행복하군. 저도 당신이 있어 행복해요. 두 사람은 가벼운 입맞춤으로 서로를 안았다.

마지막 데이트

　세상에 영원한 것은 없다. 삶 또한 여기에 속하는 부류의 하나다. 만남이 있으면 헤어짐도 있다. 사랑이 식으면 미련 없이 돌아서는 게 냉철한 인간의 이면이다. 공원의 벤치에서 아베크족으로 우연히 만난 묘령의 여인! 사진 속 모나리자를 빼닮은 듯한 여자! 공원은 온통 생을 다한 떨어진 낙엽으로 을씨년스러움을 연출하고 있었다. 붉은 노을을 드리운 채 서산에 기운 늦가을 초저녁은 빠르게 땅거미가 져 어두워졌다. 공원의 둘레길에 드문드문 장승처럼 서 있던 전등에도 하나둘 불이 켜지고 그 불빛에 물든 칙칙했던 낙엽들이 원형을 되살리듯 나름대로의 반점을 드러내며 늦가을 저녁을 키득거리며 흩어져 날았다. 불빛을 찾아 날아드는 불나비와 모기 하루살이들의 빙글빙글 어지러운 쇼를 원색적으로 형상화

하며 여기서 툭 저기서 툭 현기증을 일으키며 떨어져 내렸다.

공원 안내표지 옆에 놓인 커피 자판기에서 커피 한 잔을 뽑아 들고 수북하게 낙엽이 쌓인 벤치에 털썩 주저앉았다. 낙엽은 딱딱한 벤치 위에 쿠션 역할을 했다. 어, 이거 괜찮네? 푹신푹신하니. 커피잔을 든 그가 빙그레 웃었다. 맞은편 벤치에도 단발머리 차림의 여자가 불빛 아래 시집이라도 읽는가 책을 읽고 있었다. 한참 후 지루했던가 여자가 고개를 들어 흩어진 낙엽 하나를 주워 책갈피에 조심스럽게 끼워 넣었다. 꽉 끼는 청바지에 검정 가디건을 걸쳤다. 가끔 흘러내린 앞머리를 걷어 올려 뒤로 넘겼다. 전깃불 아래 그녀의 얼굴은 백지처럼 창백했다. 그녀가 맞은편의 나를 의식하고 있는 듯 가끔 돌아다보았다.

어쩌다 정면으로 서로의 얼굴을 빤히 맞부딪치기도 했다. 사내는 커피 두 잔을 새로 뽑았다. 오래 앉아 책 보시는 데 지루하지 않으세요? 제 커피 뽑으면서 하나 더 뽑았습니다. 실례가 안 된다면 드시지요? 여자는 동요하지 않았다. 나를 빤히 올려다본 여자가 미소를 지으며 초면에 이런 실례를 범해도 되는지 모르겠네요. 주시니 기꺼이 받겠습니다. 이리 앉으시지요. 마침 커피 생각이 간절하던 참이었는데 감사합니다. 여자가 벤치의 낙엽을 손으로 밀어내며 사내가 앉기를 권했다.

책을 좋아하시나 봅니다? 네, 많이는 못 읽어도 틈나는 대로 일 년이면 열서너 권 정도는 읽는 편이에요. 책에 빠져 있을 때가 가장 행복한 시간이니까요. 좋은 취미를 가지고 계시네요. 혹시 학생이세요? 꿈 많고 생기발랄한 학창 시절이면 얼마나 좋겠어요? 제가 학생으로 보이시나요? 단발머리에 얼굴이 앳돼 보여서요. 아니에요. 저는 한참 어른이에요. 여기 공원 근처가 집이어서 마실을 가듯 책을 들고 자주 나오죠. 하늘을 가린 나무숲에서 책을 읽거나 여유로운 생각을 가질 때 여기에 오면 어떤 기대감을 얻을 수 있는, 저에게는 성역 같은 장소이기도 하지요. 선생님은 어디에 사시는 분이세요? 저도 여기서 그리 멀지 않은 곳에 삽니다. 마음이 심란하거나 우울하면 이곳으로 기 충전하러 나옵니다. 반성도 하고 자기성찰의 에너지도 얻고 제 힐링의 장이기도 해서. 오늘은 저에게 운이 좋은 날 같습니다. 이렇게 미인분과 생면부지에 대화도 하고 차도 마시니 이게 어디 보통 인연입니까? 영광입니다. 김기찬이라고 합니다. 정영희예요. 상면하게 되어 반갑습니다. 앞으로 자주 뵐 수 있었으면 합니다. 어머, 그러세요? 선생님.

　그때 여자의 전화벨이 울렸다. 어머, 우리 언니네. 국제전화였다. 어 언니! 별일 없지? 나 잘 있지. 혼자 있으니까 굶어 죽었을까봐? 언니 걱정이나 하셔. 난 아직 젊잖아? 음… 그저 그냥 회사 일 끝나고 나면 책도 보고 공원 산책도 하고 더 심심하면 재래시장도 쫘악 둘러보고 이것저것 봉다리 봉다리 사 들고 궁둥이 씰룩대며 집에 온다. 아이고요~ 명랑한 건 여전하구나! 늘 밝게 사는 네가 언니는 부럽다. 너 시집? 언니 미쳤어! 내 나이가 지금 몇인데 시집을 가래? 언니 걱정스러운 충고는 감격스러운데 내가 한두 번 거절하는 거 아니잖소? 언니, 난 이대로가 좋아. 미국 들어가 언니 곁에 빌붙어 거머리가 되기는 싫다고. 계획하고 있는 건 잘 돼가고? 다음달 오픈이라고? 언니, 돈 많이 벌어 대박 났으면 좋겠네. 나중에 좀 뜯어먹게. 이히히히~ 언니 잘 먹고 잘살아. 으응, 그래. 내 걱정은 말고. 언니 안녕!

 언니분이 미국에 사시나 보죠? 네, LA 한인촌에요. 사업을 하시려나 봐요? 우리 형부가 수입 유통 전문가세요. 남의 일에만 정진하다가 이번에 내 사업으로 근황을 바꿔 다음달 오픈한대요. 재력가이신가 봅니다? 남의 나라에서 사업을 시작한다는 게 그리 쉬운 일만은 아닐 텐데 아무튼 축하드릴 일이네요. 형부가 여유도 있지만 한인사회에 이렇다 할 사업가 지인들도 여럿이어서 도움을 받는 것 같아요. 미국생활도 벌써 20여 년이니 자신감도 생겼을 것이고요.
 바람이 한 무더기의 낙엽을 휘몰아 갔다. 밤공기가 심술의 마이동풍 같았다. 밤공기가 선선하지 않습니까? 좀 그러네요. 감기 들겠어요. 따끈한 저녁 식사가 그리워지는데 저와 함께 가시겠는지요? 같이 가시죠? 본래 아는 사람이 따로 있습니까? 이런저런 이유로 인연이 되는 거지요. 왜 저에게 그렇게 친절하신 거예요? 친절한 것도 죄가 됩니까? 그냥 낯선 분이지만 이런 인연을 계기로 같이 밥 한번 먹고 싶어서요. 솔직하게 하시는 말씀에 믿음이 가네요. 밥 사주신다면 사양치 않겠어요. 다만 다음은 기대하지 마세요. 오늘은 오늘일 뿐입니다. 무슨 말인지 그 뜻 알겠습니다. 오늘 이후로 치근덕거리지는 말라는 경고였다. 하하하~ 미리미리 방어적이군요.

 뜨끈한 복요리 국으로 저녁을 해결한 두 사람이 식당을 나왔을 땐 시계는 벌써 밤 여덟 시를 알렸다. 마침 오늘 오픈한 개장 첫날인 커피숍이 눈에 들어왔다. 오픈일이어서 그런가 저녁 손님이 꽤 북적이고 있었다. 드레머리로 멋을 낸 주인 여자가 재래식 한복을 차려입고 오는 손님을 반갑게 맞아들이고 있었다. 뜨거운 커피를 후딱 마실 수는 없어 식기를 기다리는 공간이 침묵으로 서먹서먹함을 배가했다. 단순하나마 이 공백기를 어색지 않게 하려면 무슨 말이든 화두를 건네야 했다. 요즈음 브라운관을 보면 커피에 대한 공방이 절대적인데 무당과 예수와 부처의 율법이 다르듯이 커피에 관한 전문가들조차도 커피에 대한 이해도가 중구난방이어서 어느 장단에 춤을 추어야 할지 헷갈릴 때가 많아요.

커피 문화에 길들여진 대다수의 사람들도 이걸 먹어야 하나? 말아야 하냐면서도 커피 선호 국민은 점점 더 늘어나 연간 소비 해외 브랜드의 로얄티도 수십억 불이 지불된다는데 비싼 로얄티 지불하며 먹어야 할지 말아야 할지 어떻게 생각하세요? 글쎄요… 커피를 즐기기는 해도 어떤 이해나 커피 자체에 대해 생각을 기울인 적은 없어 좋고 그름을 촌평할 수는 없지만 이제는 대중화된 기호식품으로 중독화되어 커피가 없어진다면 얼마나 하루가 지루하고 허전할까 간절한 생각에 정신이 다 혼미해질 것 같은데요. 건강에 치명적이라 해도 커피는 피할 수가 없을 것 같아요. 선생님은 그 정도는 아니시지요? 웬걸요? 자고 나서 눈 뜨면 먼저 찾게 되는 게 커피예요. 하루 그럭저럭 마시는 게 여섯 일곱 잔 족히 됩니다. 더구나 사무상 따분할 땐 더 찾게 되는 게 커피인걸요. 커피 농사가 주 수입원이 돼 부를 축적하는 나라가 세계적이에요. 전 세계인이 거의 소비자니까 수요가 부족하답니다. 원두 가격은 천정부지로 뛰어오르고 그걸 사서 먹어야 하는 사람들의 지갑은 점점 홀쭉해지고. 어떤 것이 옳은 것이고, 어느 것이 부정적인 것인지 그저 모르고 사는 게 뱃속 편한 게 아닐까요? 많은 번민으로 살아야 한다는 게 인간이라고 생각하면 참 범사가 발칙합니다.

두 사람은 커피숍을 나와 기약 없이 처음으로 돌아가 헤어졌다. 가벼운 묵례가 다였다. 그녀를 보려면 공원에 나오면 될 일이었다. 여자 역시 똑같은 입장이었다. 아이는 보채지 않으면 엄마의 젖을 얻어먹을 수가 없다. 내 마음에 들어온 이 여자를 내 여자로 만들려면 수단과 방법이 필요했고 발품을 팔아 공원을 배회해야 했다. 오늘따라 여자가 보이지 않았다. 헤어진 지 사흘만이었다.

사방을 두리번거려 보지만 여전히 도깨비에게 홀린 기분으로 낙엽 뒹구는 빈 공원에 나 혼자였다. 떡 줄 사람은 생각도 없는데 김칫국부터 마신 자신이 경솔하지 않았나 하는 자책이 꼬리를 물어왔다. 오늘은 헛걸음이었다 싶어 그는 터덜터덜 아쉬움을 뒤로 한 채 공원을 내려가고 있었다. 원수는 외나무다리에서 만난다는 속담처럼 저만큼에서 그 여자가 공원을 향해서 올라오고 있었다. 사내는 시침을 떼고 반가움을 표하며 아이구~ 또 만나네요. 그동안도 나오셨나 봐요? 아니오. 감기 기운도 있었고 회사일도 바빠서 오늘 겨우 시간이 나서 잠깐 바람이나 쐬인다고 나오는 중이에요. 그간 안녕하셨는지요? 덕분에요. 이렇게 건실합니다. 사내가 두 팔을 치켜세워 파워 자세를 취해 보였다.

사내는 쭈뼛거렸다. 곤란한 순간이었다. 좋은 시간 보내라고 인사하고 그냥 내려갈 수도 없고 진퇴양난일 때 선생님, 굳이 내려가야 할 일이 아니시면 저번 오픈 집에 가서 커피 한 잔 하고 가시지요? 그럴까요? 듣던 중 반가운 소리였다. 여자의 제의로 두 사람은 커피숍으로 안내되었다. 그간 선생님은 어떻게 지내셨어요? 사무직 노동자의 하루하루가 고정된 일인 만큼 지루했지만, 직업의식이 있다 보니 천직일 수밖에요. 열심이다 보니 하루하루가 제트기 날개더군요. 정신적으로 피곤할 뿐입니다. 커피 식네요. 따끈할 때 드시지요. 오늘 밤은 제법 쌀쌀합니다. 겨울을 재촉하는 바람도 차고 아직 결혼 전 미혼이신 것 같은데 왜 결혼을 안 하셨어요? 그러는 나도 혼자 몸이지만. 어머 선생님도 미혼이세요? 네, 차일피일하다 보니 못하고 말았네요. 여자가 하소연하듯 입을 열었다. 한참 일하고 아름다운 인생만을 추구할 꿈 많은 젊은 나이에 건강이 안 좋아 오랫동안 투병생활을 했노라고 했다. 용기나 희망이 넋 나간 반송장이 되어 겨우 목숨만 부지했어요. 인명은 재천이라고 살려고 그랬는가? 차차 건강이 회복되면서 새로운 희망을 갖게 됐죠. 저의 대학 전공은 영상영화과였어요. 그 계통에 일이 하고 싶어 저의 정력을 다 쏟아부었지만, 신은 저를 버렸어요. 또다시 재발한 몸이 장벽이 되면서 몸져눕고 말았어요. 그렇게 2년여를 병실에서 숨만 쉬는 식물인간으로 지내다가 구사일생으로 태엽을 감아준 시계의 추처럼 발딱 일어나 보니 그 2년의 세월 속에 세상은 너무도 빨리 변하여 다른 세상이 되어 있더라고요. 많이 울고 많이 고민했어요. 그러다가 생각한 것이 조그마한 중소기업에서 경리일이나 할까 싶어 학원에 등록하고 자격증을 땄어요. 그렇게 해서 지금까지도 그 일을 하고 있지만 생각 따로 몸 따로 놀아서 지금도 제 전공을 안타까워하고 있어요. 그런저런 이유에 발목이 잡히다 보니 결혼도 못하고 이렇게 지는 해로 늙어가네요.

저… 제가 꼭 하고 싶은 말이 하나 있는데요. 실은 처음 만나 헤어진 후로 또 만날까 싶어 줄곧 이곳에 나왔었어요. 기대하고 나온 마음이 빈손으로 돌아갈 땐 허무함마저 느끼곤 했죠. 그 허무가 곧 사랑임을 확인했어요. 솔직한 심정입니다. 제 여자친구가 되어 주세요. 고백합니다. 친구라구요? 고백이라구요? 선생님 말씀은 신호 위반에 불의의 습격인데요. 너무나 솔직하시네요. 대고 진상이시니. 그러나 성급히 서두를 일이 아니잖아요? 여자의 입장에서 생각과 마음의 준비가 필요한 만큼 시간이 필요해요. 그렇다고 기대는 하지 마세요. 결혼은 장난이 아니니까요. 여자가 기세등등한 한마디를 쏟아냈다. 이 번호로 답 주세요. 사내의 전화번호를 여자의 폰에 입력시켰다.

큰일을 벌인 나였다. 잠이 오지 않았다. 하루하루 지루함에 안달이 났다. 4일 저녁 7시였다. 낯선 전화벨이 울렸다. 직감에 그녀임이 틀림없었다. 막상 전화를 받아 들고는 기다릴 때와는 달리 선뜻 터치하지 못하고 망설여졌다. 온몸의 신경이 전화기로 몰렸다. 여보세요? 누구신가요? 아, 네네네. 안녕하세요? 전화를 주셨네요. 기다리고 있었어요. 어머 그러셨군요? 사흘을 고민했어요. 미국에 있는 언니와도 상의했고요. 생각을 바꿔 마음을 굳혔어요. 선생님과 친구가 되기로요. 아, 그러셨군요. 좋은 인연이 되어 보겠습니다. 오늘은 그렇고 내일 만나고 싶네요. 성인인 그들 서로의 장래에 대한 의사를 함께한 그들! 짧은 시간 짧은 인연에 만난 두 사람이지만 연인으로서의 구애는 빠르게 가까워졌다. 사춘기 연애 한 번을 못 해보고 이성을 제대로 느껴보지 못한 채 처녀로 늙어버린 여자의 늦깎이 사랑은 잉글처럼 불타올랐다.

첫 만남이 있고부터 한 통의 전화를 받는다. 미국생활의 형부였다. 언니의 암 선고 전화였다. 현재 입원 중이라고 했다. 언니 곁에서 간호도 하고 완쾌되면 새 창업에 참여하여 달라는 도움의 전화였다. 창업은 나중의 일이고 언니의 안위가 우선이었다. 충격적인 언니의 소식을 접한 머리에서 싸한 경련을 일으켰다. 만감이 교차했다. 다행히 암 초기의 조기 발견으로 크게 걱정할 정도는 아니라는 안심적인 진단이 나왔다며 놀라거나 걱정하지 말라고 그나마 날 안심을 시켰다. 오래도록 못 본 언니의 희미한 얼굴이 눈에 삼삼했다. 가서 내 눈으로 언니를 확인하고 놀라서 가슴을 떨고 있을 언니를 마음으로 안아 위로해 주고 싶었다.

일단은 한시가 급하게 미국행을 서둘러야 했다. 인터넷뱅킹으로 항공편을 예약했다. 물론 여권은 두 장이었다. 언니와 형부에게 새로 만난 사람 소개도 시킬 겸 같이 동행하기로 한 것이다. 싱숭생숭한 마음이 갈등을 일으켰다. 여자의 은빛 귀걸이가 들먹이는 어깨와 함께 흔들리며 하늘거렸다. 여자가 울고 있었다. 두 사람을 실은 공항의 택시가 무서운 속도로 내달리고 있었다.

그녀의 이름

　내 인생을 보상받고 싶어요. 나는 창녀예요. 기구함에 눈물이 나요. 나를 망가트린 서울이 싫어요. 푸르른 젊은 날의 꿈들은 하나 같이 산산조각이 되어 날아가고, 멍든 가슴과 절망만이 동그란히 남았어요. 결국 먹어서는 안 될 아담과 하와가 살던 에덴동산의 선악과였다. 사내의 달콤한 속삭임에 민들레 홀씨가 된 운명의 여자! 그러나 쥐구멍에도 볕 들 날이 있다. 인생은 그리 허무한 것만도 아니다. 신도 모를 그 어떤 운명 같은 만남이 오늘 밤 연극처럼 벌어진다. 젓가락 짝이 상 귀퉁이를 흠집 내어 흥을 돋구는 니나노 막걸릿집은 저녁이면 초상이 난 듯 뭇 사내들로 북적거렸다. 자욱한 담배연기 속에 연탄불에 구워지는 갈비 타는 냄새와 비릿하면서도 역겨운 꿉꿉한 냄새들이 들쩍지근한 막걸리와 섞여 공간을 채우고, 더러는 밖으로 새어 나와 저녁을 놓친 출출한 퇴근길 사람들의 코를 자극하여 시장기를 부채질하고 있었다.

열서너 평의 작은 술집이었지만 주모의 수단이 여우 이상이었던가? 아가씨는 셋이나 두고 저녁마다 끗발을 내며 매상을 올려 댔다. 알랑거리며 여우 셋이 들어붙어 알방구를 끼면 열에 아홉은 하가머니가 되어 넋을 잃었다. 그래 놓으니 지갑이 열리고 공돈 팁이 소올찬히 생겨 여우 셋이 노냥 아가리가 벌어져 싱글벙글이었다. 그 지경을 멍하니 서서 지켜보는 주모는 시샘이라도 나는가? 야, 이년들아, 벼룩도 낯짝이 있지 홀려 잔뜩 퍼먹여 놓고 홍아홍아 하는 녀석 지갑 털면 저 화상 집구석은 어떻게 가냐? 택시 타고 갈 여분의 돈을 남겨 둬야지. 안달에 공알이 마를 년들 같으니! 야, 이년아, 네년은 이리 와 설거지나 좀 해. 옆구리 걸려 죽겠다. 노가리를 마친 출출한 사내가 걸걸한 탁배기나 한 탕키 들이붓고 갈 거나 하는 마음에 불현듯 들어선 것이 우정집이라는 간판을 내건 니나노 집이었다.

여느 집들은 주전자 찌그러지는 소리로 야단법석 젓가락 장단에 상 귀퉁이가 깨지건만 이 집은 안주 맛이 그른가? 재수가 없나? 꿔다 놓은 보릿자루 모양 여자 하나가 앉아 손님을 기다릴 뿐 조용하기가 절간이었다. 주모는 텔레비전 연속극에 한눈을 팔고 손님이 오는지 가는지 태만하기만 하다. 가뭄에 콩 나듯 들어선 사내를 본 여자가 벌떡 일어서며 어서 오세요. 그리 앉으세요. 막걸리 안주 뭐가 있어요? 생선찌개, 두부김치, 파전, 갈비구이도 있구요. 원하시는 대로. 생선찌개 하나 합시다. 막걸리 한 되 하구요. 술이 먼저 나왔다. 주모가 나와 생선찌개를 준비하고 있었다. 열무김치 한 탕키와 막걸리 한 주전자가 사내 앞에 놓였다.

처음 뵙는 분인데 제가 한 잔 따라 올릴게요. 쌀뜨물 같은 걸 걸한 막걸리가 종 양재기에 따라져 찰랑거리며 맴을 돌았다. 젓가락을 집어 든 사내가 한 번 더 막걸리를 휘저어 벌컥벌컥 빈 양재기로 비워냈다. 커어~ 빈속이라 그런가 속이 찌르르하네. 이 맛에 술 먹지 하며 갓 담은 열무김치를 한 저분 집어 욱여넣고는 버석버석 새김질을 했다. 아가씨도 한 잔 하실라우? 찌개도 시켰겠다 허리띠 끌러 놓고 실컷 마시다 가게. 일찍 들어가 봤자 마누라 없는 집구석도 냉기뿐이고. 자, 받아요. 네, 잘 마시겠습니다. 사내의 빈 술잔이 여자에게 넘어갔다. 우울해 보여요. 무슨 일 있어요? 제 얼굴이 그렇게 보이세요? 제가 본 바로는 그래 보여요.

여자의 성격은 명랑했으나 자신의 실수로 수로에 빠진 이후로는 내성적인 사람의 유형을 닮아갔다. 뜨거운 국물의 생선찌개 냄비가 나왔다. 쑥갓을 올린 생선찌개의 묘한 냄새가 미각을 자극했다. 찌개가 그럴듯하네요. 맛도 있고 부지런히 드시죠. 부족하면 또 시키면 되니까. 마주 앉았으니 친구라고 생각하고 부담 갖지 마세요. 술 팔면서 상대가 낯설다고 내외하면 부담돼서 장사하겠어요? 그저 편하게 친구라고 생각하세요. 여기 온 지 얼마나 됐어요? 한 달 남짓 됐어요. 어쩌다 여기까지? 사내의 빈속 술이 취기를 밀어 올렸다. 아가씨의 과거가 궁금했던 건 아니고요? 괜한 말로 한 소리예요. 오해 말아요. 얘, 미경아! 주모가 사내와 마주 앉은 여자를 불렀다. 네, 언니. 너 초저녁부터 술 취하면 장사 못한다. 알아서 해. 언니는 별걱정을 다 하우? 아가씨 여기 주전가가 비었네.

사내가 혀 꼬부라지는 소리로 술 주문을 했다. 취기가 꼭지에 도달한 사내가 아가씨를 바라보며 아가씨 결혼 안 했지? 나와 결혼해서 한평생 부부로 살면 안 될까? 돈은 없지만 인간다운 정만은 따뜻한 사람이니까. OK 하면 부모님도 뵙고 정식 인사드려 따님 저 주십시오. 행복하게 살겠습니다. 사위로 받아주십시오, 라고 고백할 자신도 있으니까. 어떻게 생각해요? 어렵게 생각할 것 없어요. 얼굴에 씌여진 그 그늘의 그림자가 뭔지는 모르나 그거 개의치 말고 구애하는 한 남자의 아내가 되느냐 마느냐 결정은 그거 하나예요. 이런 곳에서 벗어나고 싶지 않아요? 여기는 인생 막장이에요. 궁지에 몰린 여자들이 오는 최후의 도피처라고요. 아가씨를 여기서 구해내고 싶어. 까놓고 얘기해서 과거를 털어놓고 싶은 여자는 없겠지. 알고 싶지도 않아. 아가씨가 여기까지 온 걸 생각하면 아가씨의 과거가 다 보여. 그걸 눈 감아 잊어버려 줄게. 죄의식을 가질 필요도 없어요. 아가씨의 지난 과거를 전제로 아가씨를 사랑해 주고 싶은 거야. 그게 내 진심이야.

이름이 뭐예요? 여민지예요. 아, 민지 씨, 죄송합니다. 저를 어여삐 보아주시는 아저씨의 마음은 일백 번 이해는 갑니다만 따뜻한 분의 아내가 되기로는 너무나 과거가 부끄러워 차마 사람으로서 얼굴을 들고는 마주 볼 수 없는 저를 이해해 주세요. 솔직한 분 앞에 솔직해지는 것은 인간이어서 가능하다고 생각됩니다. 인연이 될지 안 될지는 지금으로서는 대답하기 어렵고 괴롭지만 들어

주시기를 허락하신다면 저의 어제를 진면목으로 한 치의 거짓 없이 말씀드릴게요. 4년 전이에요. 아기 예수 탄생의 해피엔딩 성탄전야인 24일 밤 친구들과 송년회 겸 간단한 파티가 있었어요. 한 잔 두 잔으로 시작된 음주가 열 병 스무 병으로 늘어날 만큼 들뜬 마음에 만취가 되었어요. 먹을 줄도 모르는 술, 음주 초보가 해롱거리는 단계에 여자들 넷 사이에 다섯의 남자들이 끼어들었죠. 그 순간이 마의 손길임은 까맣게 잊고 그저 흥에 겨워 죽마고우처럼 어울렸어요. 그게 저의 불행의 시작이었어요. 그날 밤 우리는 서로를 원했고 사랑이 뭔지도 잘 모르면서 술김에 모든 걸 놓아버렸어요.

그런 이후 우리는 자주 만났고 결혼까지 했어요. 쪽방 살림이었죠. 솥단지 하나 밥그릇 두 개로 시작된 신혼이었으니까요. 더구나 부모님도 모르게 몰래 한 사랑이었어요. 살면서 지켜보니 심성은 착한 듯한데 어딘가 모르게 의문점이 보이기 시작했어요. 일정한 직업 없이 그야말로 일일공으로 세월을 낚는 듯했고 한나절씩 널브러져 잠을 퍼질러 자고는 해가 지면 집을 나갔어요. 야간에 하는 일인가 싶어 그저 그런가 보다 했어요. 그런데 알고 보니 그는 야간이면 남의 집 뒷담을 넘나드는 좀도둑이었어요. 나에겐 야근을 나간다며 속인 것이지요. 알고 보니 그는 전과 8범의 잡범이었어요.

어느 날부터 이틀에 한 번꼴로 집에 오더니 작은 가방에 소지품을 챙겨 어디 좀 다녀온다며 급하게 집을 나갔어요. 뭔가를 저질러 형사들이 뒤를 쫓는지 도피하는 눈치였어요. 아니나 다를

까? 한밤중에 형사들이 들이닥쳤어요. 그때 제 뱃속에는 그 남자의 아기가 잉태된 상태였어요. 큰일이 왔다 싶어 가슴이 철렁 내려앉았어요. 남자는 1년이 되어도, 또 1년이 되어도 집에 오지 않았어요. 연락 두절이고요. 어딘가에서 잡혀 교도소 수감 중인 것 같았어요. 아이는 벌써 두 돌을 넘기고 있었지요. 돈이 필요했어요. 뭔가를 해야 했는데 아이가 걸림돌이 되어 아무것도 할 수가 없었어요. 아이만 덜컥 낳아 놓고 도망 나간 놈의 새끼는 길러 무엇에 쓸려고? 신세 더 망치기 전에 얼른 아이부터 떼어내고 새파란 나이에 정신 차려 새 희망 찾으라고! 이웃분들이 저에게 많은 조언을 하셨어요. 그럭저럭 이제나저제나 기다리다가 또 한 해가 가버리고 여기까지가 인연의 끝인가 보다 머리가 흔들렸어요. 아이는 아이가 없는 부잣집에 양아로 입양되고 저는 혼자가 됐지요. 이를 악물었어요. 그 남자를 아주 잊어버리자고. 내 기억 속에서 아주 지워 버리자고. 오 마이 갓! 주여, 왜 나에게 이런 시련을 주시나요? 텅 빈 하늘을 올려다보며 통곡 아닌 통곡을 했어요. 그런 이유가 여기 이 집까지 오게 된 동기였어요.

그랬군요. 사내가 술이 깬 듯 기댄 등을 일으키며 듣고 보니 부끄러운 짓은 아니었네요. 잘못된 인연이었을 뿐 그런 것도 큰 이유가 된다면 대한민국 정상으로 결혼한 사람들이 얼마나 되겠어요? 과거는 묻으면 되는 것이고 현실이 중요한 만큼 그걸 비관적으로 자신을 움츠릴 필요는 없어요. 내가 원하는 건 과거가 아니라 지금 내 눈앞에 있는 지민 씨예요. 이래도 지민 씨 날 안 믿을 거예요? 우리 한 번 백년지기가 되어 한 번 살아봅시다. 살면서 부족한 건 채워가면 될 것이고, 분에 넘치는 건 다이어트하면서 남들처럼 따뜻한 사랑 한 번 느껴보자고요. 빈 손톱을 긁으며 고개만 숙였던 여자가 머리를 들어 사내를 올려다보며 미소를 머금은 얼굴로 머리를 끄덕거렸다. 고마워 지민 씨. 사내의 낯빛이 환해졌다. 떠오르는 동해의 아침햇살같이 눈이 부셨다. 사내가 지민의 하얀 손을 가만히 보듬어 쥐었다. 따뜻한 온기가 서로를 행복으로 이어주는 순간이었다.

인연의 고리

덕을 쌓는 삶을 살아라. 물은 흐르는 것이다. 그 물이 흘러 강을 이루고 산천초목을 우거지게 하며 생명을 유지시켜 주는 원천이 물이다. 사람이라고 다 사람이 아니더라. 오래 인생을 꾸리다 보니 말 탄 놈, 소 탄 놈 모가지만 우뚝할 뿐 사람다운 사람이 몇 안 되더라. 다 같이 하늘 아래 인생의 명분을 드리우고 제멋에 사는 인생이지만 해도 해도 너무한 더러운 인생들이 흔해 빠진 난전의 똥파리처럼 흔해 터져 눈살을 찌푸리게 하느니 알량한 순간의 생각 하나가 제 인생을 망친다는 현명한 사실을 인지하며 살 일이다.

마리아는 성령의 잉태로 아들을 얻을 것이라는 말을 전한 천사다. 가브리엘의 말을 절대적으로 함구했다. 아기가 태어났을 때 베들레헴의 목자들이 찾아와 전한 천사의 말도 속으로만 묻고 있을 뿐 발설치 않았다. 박해를 받을까 두려웠기 때문이다. 예수 탄생의 비밀을 기독교 신자가 아닌 이들도 더러는 알고 있다. 생각이 미치는 두뇌와 양 귀가 있어 듣는 것이다. 그 비밀을 예수 자신은 언제쯤 알았을까? 청소년 시절 예수는 자신을 낳은 아버지에 대한 궁금증을 어떻게 설명했을까? 자기 뿌리를 모르는 일만큼 답답한 일이 또 있을까? 세계적인 애플의 창업자 스티브 잡스도 출생의 비밀을 안고 살았다. 2005년 잡스는 스탠퍼드대 졸업식장 연사로 초청되었다. 연설 중 본인은 자신의 아버지가 누군지도 모른다며 출생의 비밀을 연단에서 폭로했다. 대단한 용기다. 세계인이 다 아는 큰 인물이 감춰진 자신의 출생 비밀을 주저 없이 만천하에 천명하는 건 잡스가 아니면 그 누구도 할 수 없는 진실 게임인 것이다.

잡스는 몰랐지만, 잡스보다 더 잡스의 출생 비밀을 잘 알고 있는 목격자가 있었다. 잡스의 친부는 대학원 시절 사랑을 나누던 여자가 있었다. 그러나 여자 아버지의 완강한 반대로 결혼을 하지 못했다. 잡스를 낳은 어머니는 홀로 샌프란시스코가 살 길이 막연해 아비 없는 잡스를 입양시켰다. 어렵사리 다시 결혼했지만 불과 4년 만에 파경에 이르렀다. 나이 80세가 된 그의 생부는 잡스가 자신의 아들이라는 걸 2005년에서야 알았다고 했다. 명예롭지 못하게 성장했을 그의 인생이 세계적인 애플의 대 창업자가 되어 부를 거머쥘 줄이야? 잡스 자신인들 알았을까? 한 생애에 세 번의 운이 있다고 했는데 나에게 배당된 운은 스티브 잡스가 가져가 버리고 나는 허망한 새가 되어 지저귀네.

제2부. 첫사랑, 열아홉 순정

전화벨이 울렸다. 네, 형님. 저예요. 지금 어디야? 밖입니다. 다방에 와 있어요. 뭔 일로 중뿔나게 다방을 다 갔어? 어쩐지 왁자지껄 시끄럽구만. 그 여자 말입니다. 다음 주 형님 한 번 만나 보겠다는데요. 그래 형님 잘하면 장가가게 생겼습니다. 그거야 두고 봐야지. 짝을 찾는다는 게 그리 쉽던가? 안 그래, 동생! 그렇긴 합니다만 기대하셔도 좋을 듯합니다. 조짐이 좋아요. 인연은 이렇게 시작됐다. 이 여자 역시 스티브 잡스와 같은 인생을 산 여자였다. 산전수전 갖은 고생을 겪으며 버텨낸 인생이지만 두고두고 천추의 한으로 남을 그 무엇 하나가 있었다. 자신을 낳은 생부가 누구인지도 모르고 사는 인생! 자신이 늘 부끄럽고 실망스러웠다. 몇 군데의 고아원을 전전하며 커온 인생이지만 성인이 되어서 뿌리를 모르고 산다는 건 일종의 수치였다. 가짜 아버지 보육원 원장의 성씨를 따른 성이 없는 이름표에 떳떳한 내 아버지의 성씨를 이름 앞에 붙여보는 게 어른이 된 지금도 그게 소원이라면 소원이었다. 아버지의 성과 진짜 내 이름을 진짜 아버지로 하여금 알고 싶은 게 솔직한 여자의 심정이었다.

남계순은 가짜 아버지가 달아준 내 이름표였다. 세상에 의지할 일가친척 하나 없는 혈혈단신 천애 고아가 그녀였다. 기억에 남은 기억들은 전부 지우고 싶은 것들뿐이었다. 차가움! 배고픔! 천대! 눈물로 자라온 인생! 연고지 없는 인생! 누구도 나를 아픔으로 보듬거나 격려하지 않았다. 채이고 들볶이며 살아온 인생이지만 세상을 원망하며 보복으로 미워할 수는 없었다. 차가운 인생을 살아왔지만, 마음만은 따뜻하게 살고 싶은 여자였다. 세상을 무질서하게 살아온 그녀였지만 자신의 인생에 가치관을 둔 속이 깊은 여자였다.

　인맥의 도움으로 괜찮은 사람을 만나 살림을 차리고 남들과 다르지 않은 삶을 살았다. 도시는 풍요로웠지만 삶에 서정은 각박했다. 문을 처닫고 이웃도 모른 채 갇혀 사는 성냥갑 아파트의 생활은 인생의 참맛을 일궈내지 못했다. 어느 날 도시생활에 권태를 느낀 남편이 고향으로 돌아가고 싶다며 나를 이해시키기 시작했다. 따지고 묻지도 않았다. 남편의 의도에 반기를 들 수는 없었다. 남편은 하늘이라는 어진 심성이 그려낸 한 폭의 그림이었다. 얼마나 도시생활이 고단하고 힘겨웠으면 정든 서울을 떠나려 서두를까를 생각하니 가슴이 깨지게 아려왔다. 남편의 고향은 머나먼 남쪽 바다 신안 섬사람이었다. 그의 형제들은 어부이거나 양식업을 하며 살아가고 있었다. 서울에 입성하기 전만 해도 남편은 뱃일을 업으로 살아왔고 바다 경험이 풍부한 어장의 일꾼이었었다. 늘 향수를 느끼며 산 것 같았다. 늘 준비태세로 서울살이를 했던 것이다. 그렇게 서울을 빠져나온 것이다.
　고향에 다시 입성하여 짐을 푼 남편이 행복해 보였다. 섬에 들어와 2년을 형제들 뒷바라지하며 일을 도왔다. 이제는 내 사업을 하고 싶었다. 그간 근근이 모은 통장에는 고깃배 하나는 장만할 수 있는 금액이 들어 있었다. 어엿한 선주가 되는 건 시간 문제였다. 남편이 바다에 나갈 때면 여자도 따라나섰다. 뱃일에 익숙한 남편을 쳐다보고 있노라면 괜히 신이 났고 그의 곁에서 힘이 돼주고 싶었다. 만선으로 뱃머리를 육지로 돌릴 때는 음악을 크게 틀고 입항했다. 배의 이름은 알콩달콩 호로 지었다. 운이 따랐을까?

남다른 고기잡이 기술이 월등했을까? 출항 때마다 많은 어획량을 올리는 바람에 수입도 상당했다.

남편의 보조로 배를 탄 지도 어언 3년이 지나고 있었다. 갯바람에 여자의 얼굴은 검게 변하고 거울을 들여다본 지가 언제인지조차 잊고 살았다. 부부에겐 계획이 있었다. 오랜 숙원이던 계획의 1차 시도일이 금년이었다. 새 건축물을 짓고 이 섬에서 제일 큰 횟집을 운영하기로 남편과 남몰래 언약한 크나큰 계획이었다. 남편이 갓 잡은 바다의 싱싱한 해산물을 공수해 최고의 신선한 회를 손님에게 제공하는 행복한 계획이었다. 또한 내 이익도 추구하지만, 이 섬을 부자 섬으로 공동 사업장 같은 분위기를 만들어 많은 육지의 관광객이 찾는 유일한 관광의 섬으로 만드는 부부의 야심 찬 계획이 오늘 첫 시공을 보는 날인 것이다.

작년 여름 1,000평의 부지를 마련했다. 그 평수를 쪼개 100평을 할애해 식당과 주거지를 합리화시키고 남은 부지 900평엔 창고와 주차장, 조경시설을 할 예정이다. 완벽한 그들만의 회 궁전을 만들기로 한 것이다. 횟집에 처음 들어오는 손님마다 회 맛보다 내부 인테리어 시설에 주안점을 두었다. 봄에 첫 삽을 뜬 공사가 마무리되기까지에는 반년이 넘게 걸렸다. 손님의 입맛을 행복하게 할 회 접시 하나에도 최고로 화려한 것들만 그릇점을 돌며 구입하고 일손을 도울 서너 명의 종업원 의상까지 단체복을 맞췄다. 회를 뜰 1등 주방장도 섭외했다. 여자는 카운터 겸 사장님이었다.

드디어 섬에 폭죽이 울리며 개업 첫날을 맞았다. 가족이나 다름없는 많은 섬사람들이 몰려들며 오늘을 축하해 주었다. 배가 닿자 육지의 손님들이 방파제를 줄 서 길게 걸어오고 있었다. 집 앞에는 개업 화환이 줄을 서 도열해 있어 관광객 눈에도 얼른 개업집임을 알 수 있었다. 새벽에 잡아 올린 횟감이 떨어지면 곧바로 영업을 종료했다. 공판장 어류를 사다가 써도 상관없을 것이었지만 이 집은 그러지를 않았다.

이런 고집스러운 주인의 철저한 장사 수완이 곧 손님을 위한 신뢰로 이어져 손님들은 이 집을 가리켜 반짝 횟집이라며 줄을 서야 하고, 운이 좋아야 회 맛을 보는 집이라고 수문이 파다했다. 그 소문은 곧 가게의 PR로 이어져 육지인에게 궁금증을 유발시킨 것이다. 여자의 아이디어가 훌륭했다. 자기 물건만 동이 나면 오전이고 오후고 문을 닫았던 건 딴 횟집을 배려한 하나의 어부지리였다. 인간은 영물이어서 남이 잘 되면 배가 아픈 버릇이 있다. 섬에서 혼자 독식하다시피 손님이 줄을 서는 걸 보면 뜸한 손님에 파리만 날다 보면 심통이 나 시기하고 미워할 것을 여자는 간파했던 것이다. 문을 닫는 동안 손님이 딴 가게에 갈 기회를 주는 것이다.

횟집을 개업한 지도 어언 3년이 바람처럼 지나가 버린 어느 날이었다. 행복은 그리 오래 가지 않았다. 막 개문을 하자 손님들이 하나둘 몰려들 때였다. 요란한 카운터의 전화벨이 울렸다. 여보세요? 거기 환상의 횟집이지요? 혹시 사모님 되시나요? 네, 그런데요. 누구신지? 아네, 여기 해양경찰입니다. 놀라지 마십시오. 불행한 일입니다. 사모님 남편분께서 불미스러운 사고가 생겨 전화드

렸습니다. 경황이 없으시겠지만, 알고 계셔야 할 것 같아서. 뱃전 얼어붙은 살얼음에 미끄러지면서 바다로 추락해 배 뒷전 스크루에 감겨 사망했다고 귀띔했다. 육지 병원으로 지금 이송 중이라고 했다. 그녀는 빈 수화기를 든 채 그대로 졸도해 버렸다. 정신을 차려 눈을 떴을 땐 주방 아주머니 한 분이 옆에 서 있었다. 우리 아저씨 어떻게 되었대요? 글쎄… 저도 지금 몰라요. 하늘이 무너지고 땅이 꺼지고 있었다. 기가 막혀 정신만 멍할 뿐 눈물 한 방울도 나지 않았다.

　이 노릇을 어찌해야 할까요? 아줌마! 사장님, 이럴 때일수록 정신 차리셔야 해요. 청록색 하늘이 노랗게 보였다. 어머니 아버지의 따뜻한 품 안에서 자라지 못하고 찬밥 신세로 자라온 고아에서 이젠 또 지아비마저 잃은 과부의 신세라니 무슨 년의 팔자가 이리도 박복할까? 그때서야 여자가 통곡하며 울부짖었다. 형제들과 연계 가족들이 장례식장으로 모여들었다. 육지에서 화장해서 바다에 수장하는 걸로 의견을 보았다. 이제 산 사람은 살아야 했다. 슬퍼할 수만은 없었다. 오랜 세월을 두고 고생스럽게 일군 남편의 의지를 생각해서라도 횟집을 접을 수는 없었다.

　시댁 분들과 의논했다. 남편이 하던 일을 그의 형인 아주버님이 대신하기로 의견의 일치를 보았다 며칠 만에 카운터에 앉았다. 낯설고 혐오스럽기까지 했다. 가버린 남편의 허탈함이 몰고 온 비감 때문이었다. 이제 돌아올 수 없는 남편의 허울을 하루라도 빨리 잊을 수 있는 시간들이 서둘러 갔으면 했다.

　어느 날이었다. 남편의 동생들과 형들이 생뚱맞은 의사를 비쳐왔다. 제수씨는 아직 젊은 나이고 안정된 가게도 있으니 우리는 일체 여기에 관여치 않을 것이나 더 늦기 전에 재가를 생각해 보는 건 어떠냐는 의사를 물어왔다. 제수씨 과거도 들어서 안다고 했다. 동생의 죽음으로 또 외롭게 생긴 제수씨가 애처로워 하는 소리니 오해는 말고 본인 스스로 재가하여 또 다른 행복을 찾았으면 해서. 아주버님, 저의 딱한 심경을 헤아려 주시려 배려하는 말씀 백번 이해는 갑니다만 저는 죽을 때까지 이 집 며느리로 남고 싶다고 했다. 이 섬에서 남편과 행복하게 살자고 들어온 사람이에요. 비록 몸은 갔지만 그이의 영혼은 제 곁에 머물러 있고 해가 뜨면 그이는 바다에 나가 있어요. 저도 남편의 고향인 이 섬에서 살다가 죽겠어요. 그런 서운한 말씀은 거두어 주세요. 한꺼번에 남편에 대한 설움이 밀려오고 있었다. 카운터를 지킬 자신이 없었다. 슬며시 가게를 나와 갈매기 나는 저녁 방파제를 서러운 마음으로 천천히 걸었다. 저만큼에서 남편이 손을 흔들며 뱃머리를 돌려 뭍으로 돌아오고 있었다.

이야기 속으로

아, 이년들아, 왜 날 못 잡아먹어서 이 난리야! 그래 햇빛은 쨍쨍 모래알은 반짝! 얼씨구~ 제 서방들 두고 잘들 한다. 이래서 계집은 돌아서면 남이라니까. 일이 잘 되려면 호박 넝쿨에서도 수박이 대롱대롱 매달린다더니 서방 있을 때 잘해 이년들아! 하룻밤 주전부리에 눈깔이 뒤집히지 말고. 서방이 어쩌다 한 번 이리 와봐 그러면 엉덩이를 비비 꼬며 왜 그래? 안 하던 버릇을. 그러면서 눈깔을 허옇게 치켜뜨는 년이 남의 서방 것은 꿀을 발랐나? 지 꺼 모양 밝혀? 이런저런 오줌을 지릴 년을 봤나? 아저씨, 뭘 좋아하셔? 주문만 해. 다 사줄게. 붕어, 피라미, 버들치, 미꾸라지 매운탕은 어때? 그거보다야 장어가 좋지. 그거 먹여놓고 날 더러 네 배때기 위에서 헐떡 춤을 추라고? 아이구~ 이년들아, 나 허리 좀 펴자. 나 이런 호강이 있나? 한 달에 남의 마누라 여섯이나 빳데루로 짓이기고 났더니 허리가 영. 그중 어떤 년은 고기 한 점두 안 사주고 외상으로 찍 긋고 내뺐으니, 다음부터 해주나 봐라! 나쁜 계집애들! 절단 난 내 허리 치료비 보태주실 분? 좋아요. 좋아요. 두 번 꾹꾹 눌러주세요.

이 여자는 멍청도가 고향이다. 성격상 덜렁대는 거 빼놓고는 애 잘 낳고 서방 잘 챙기고 술 됫박이나 마셔대는 모주 여편네 점수를 주면 65점! 서방이 좀 으리부리허니 일곱 달 반 그저 노냥 잠만 퍼질러 자는 게 일이야. 제 계집이 술을 먹는지 활을 쏘는지 알 것 없고 술 한 병 나발 불고는 음냐음냐~ 여자가 서방 알기를 낙동강 오리알로 보았겠다. 툭하면 주전부리나 하고 돌아다녀 걸레 소리나 듣고, 결국은 복불복이라고 나까지 차례가 키스 미 러브르브~ 프러센터~ 아이 러브래나? 찰떡이래나? 그러면서 들러붙길래 옥동자 하나 낳아줄까 그랬더니 그 나이에 무슨 옥동자 타령이야? 씨부랄! 그러기에 아, 이년아! 옥동자 하나도 아니고 한 방에 쌍둥이 둘을 튀겨내면 어쩔 건데? 얘가 아주 돌아다니며 아무나 주워 먹더니 간땡이가 부었나? 점잖게 잡아먹을 년 같으니라고. 그러면서 거시길 들썩거렸더니 숨이 가빠진다나? 얼굴이 달아오른다나? 아따! 뜀박질도 안 한 년이 헐떡거리기는? 네미 야, 설 삶은 말 대가리 여편네 오늘은 소주 몇 병이나 깠어? 삼학이야. 진로야. 강원도 술 금복주야. 금복주는 막술이라 독해. 그저 노냥 마셨다가는 삼 년 이상 더 못 살아. 이 해봐? 이빨이 다 녹았구먼. 소주에 아래위 28개 이빨 중 실종이 20개, 또 하나 딱 개박살.

50번 버스 종점에서 잡년들과 어울려 낮술에 취해 버스는 세워놓고 올라탈 수가 있어야지. 앞으로 왈칵 세 걸음 갔다가 네 걸음 뒤로 빠꾸를 하니 너 타길 언제 기다리냐? 덜컹하며 내빼니까 너 뭐라고 그랬냐? 주먹을 들어 이거나 먹어라 이 씨발놈아! 그러면서 가래 뱉는 거 나한테 들킨 거 알아? 이빨도 하나도 없는 게 나만 보면 엿이나 사달라고 하고, 내가 노가다해서 너 엿 사줄 일 있냐? 여기까지가 1번 여자 이야기 끝.

　　아따 고것 깔쌈하게 생겼다. 오골오골하니 뒤통수가 납작하니 애비 닮은 겨? 에미 닮은 겨? 느그 엄니 주전부리로 생긴 너는 아니지? 고향이 어디래요? 감자바위래요. 비탈 XX로구만! 네 서방 내가 한 번 본 적이 있어. 자식이 웬 얼굴이 그렇게 기냐? 빨대가 세다며? 너도 같이 먹냐? 가끔 조금씩만 처먹으라고. 그래 나중에 손 떨고 발 떨고 풍 맞아 똥오줌이나 싸면 그거 다 네 모가치인데 수지맞았다. 그런 웬수 덩어리 일찌감치 버리고 도망 나와 나랑 살림 차리자. 그거 뭐 서방이라고 저녁에 만져주기는 허냐? 그냥 곯아 떨어진다고? 야야, 싹아지가 노랗다. 순간의 선택이 10년을 좌우하는 것이여. 나한테 오란 말이여. 새끼 하나 있는 게 반편이라며 서방 놈 호르몬에 소주가 섞였으니 똘망똘망한 놈이 나올 수가 있나? 나랑 자면 떡두꺼비 장군감이 배시시 웃으며 나오련만 그러니 팔자가 개 엘렐레지. 내 인생에 태클을 걸지 마. 그러면서 걷어차고 빤스 바람으로 뛰어와도 받을 용의가 있는 사람이 나야 나! 암컷 야, 감자바위 올 거야? 말 거야? 나 시방 바빠. 네 눈으로 날 볼 때 나 어때? 고구마는 아니지? 영화배우 같지 않냐?

코가 이따만 한 게 오늘 밤 나하고 우-우-우-우~ 사랑할 거냐?

어머 태진아 같아. 하필이면 왜 늙은 태진아를 갖다 대냐? 강원도 여자는 대가리가 고기까지밖에 안 돌아가냐? 이쁜데 한 군데만 빼놓고는 다 버려야 할 년이로구먼! 너 오라고 그럴 때 안 오고 나중에 후회하고 나에게 오고 싶어 뱅뱅 돌다 나한테 걸리면 죽여버린다. 기회는 자주 오는 게 아니야. 네가 이쁘게 생겨서 끌어당기는 거야 좋아요. 얼른 눌러 빨리 눌러 이년아. 너 글 모르냐? 그 밑에 맨 아래! 에이, 이건 별이 다섯 개! 이마빡에 별 다섯 개 둘러 붙이고 돌침대 팔아먹는 화상 얼굴이고 할머니 거시기 넘넘 좋아. 옆? 그래 그거. 그게 내 유튜브야. 두 번 간 걸로 잊어먹지 말고 계속 그거만 눌러. 많이 눌러주는 사람 크리스마스 때 연말 보너스로 한 번 더 자줄 거야. 그게 내가 한 해를 보내면서 보람으로 마무리하는 송년의 밤. 너 예수 안 믿지? 그럼 그때 나랑 이불 속에서 고구마나 찌자. 두 번째 여기까지가 끝.

이 잡녀래 계집은 고향이 경상도 어디라나? 아프리카 니글러도 아니고 조선 여자가 대가리 털이 바글바글 재 잡종 아냐? 제 어미가 깜둥이한테 당한 모양이로구먼. 그러니까 저따위가 나왔지. 6남매 중 셋째로 고명딸이래. 지가 머리털은 엉망진창이어도 해골은 좋아서 고등학교 때도 반에서 1~2등 왔다 갔다 수재래. 수재인지 바보인지 내가 아냐? 남이 그렇다니까 그런가 보다 하는 거지. 저년 대가리 좋은 거하고 나하고 무슨 상관이야? 서울로 시집간 둘째 언니가 마포나루에 살고 있을 때 언니네로 놀러 갔다가 이내 눌러앉게 된 게 벌써 5년째래.

어느 날 형부가 처제, 시집가야지. 시집갈 생각 없어? 옆에서 언니가 거들었다. 갈 수 있으면 가야지 나이가 몇인데? 우물쭈물 하다가 노처녀가 돼. 형부 曰, 내가 괜찮은 남자 소개할 테니까 한 번 볼 거야? 아주 착한 순둥이야. 길 가던 개가 다리를 물어뜯어도 아야, 소리 하나 안 하는 사람이거든. 형부, 그 정도면 천치 아니면 등신인데? 그런 얼간이를 나에게? 형부, 아서요. 아서. 시집 못 가 환장한 년도 아니고 한 번 결혼하면 일백 년을 웬수로 살 사람을 아유~ 숨 막혀 냅둬요. 내가 알아서 가든 말든 요즘 혼자 사는 거 유행이잖아요? 나도 그러고 싶은데 처제 그건 아직 젊어서 하는 소리고 나이 먹고 수족 불편할 때 반쪽이나마 서방님이 있어야 한다구. 아무 소리 말구 한 번 보기나 해. 결정은 나중이고 밑져야 본전인데. 이번 주 토요일 저녁 식당에서 우연하게 만나는 걸로 해서 슬쩍 보라구. 저기 저 친구야! 키가 멀쑥한 허여멀건 녀석이 낙타처럼 뚜벅뚜벅 걸어오고 있었다. 외모상으로는 이상형 뚝배기보다는 장맛 일단 OK! 거봐, 처제! 내가 뭐랬어? 첫눈에 쩔꺼덕 아니야. 이 사람 저 사람 골라봐야 그놈이 그놈이야. 남대문 시장에서 골라 골라 500원, 1,000원짜리 떨이 입고 백화점에 들어가봐. 500원짜리나 100만 원짜리나 삐까삐까야. 눈만 높아가지구. 이놈 저놈 퇴짜 놔봐야 되지 못한 허영심만 는다구. 그 녀석이 OK 하면 올가을에 면사포 쓰자구? 모든 건 언니가 알아서 해줄 거야. 처제는 몸만 가면 돼.

이렇게 만난 사내가 살아보니 약골도 이런 약골이 있나? 게다가 술발은 세 가지고 마셨다 하면 동이 술. 이렇게 매일 취해서 자

빠져만 코를 고니 언제 애를 낳아. 오늘은 합방 좀 할 거나 기대하는 날은 더 많이 처먹고 기어 오네. 야야, 너란 거랑 살다 간 종자 받긴 다 틀렸으니까 차라리 내가 주전부리라도 해서 하나 만들어 오는 게 낫지. 덥석거리다가 운이 좋아 만난 놈이 바로바로 그 녀석 뚫어 굴뚝 뚫으세요. 구멍 난 냄비 솥 때우세요. 칼 갈아요.

 이런 궁상을 떨며 자발적으로 난봉이 난 여자를 내버려 두는 것도 사내의 도리가 아니어서 울며 겨자 먹기로 몇 번 더듬었드니 이게 아주 이제는 단골이 돼가지구 시도 때도 없이 뺏찔러와 22번 척추를 아시시하게 아프게 만드네. 벌써 한방병원에 가서 침을 몇 대나 꽂은 거야? 갈비나 장어까지 사주면서 덤비니까 고기 얻어먹는 재미로 노 갓뎀이 할 수도 없고 아이, 거머리 웬수 박아지를 어쩌면 좋우? 그래, 이 글은 여기까지.

 다음 손님 들어가십니다. 무슨 일로 이 어려운 길을? 지가여, 서방은 있는데 있으나 마나 한 과부라서 어느 방향으로 길을 떠나야 우리 여보 대신 딴 여보를 만나나 해서 속이 쓰리고 아랫도리가 움찔거려 못 견디겠기에 이렇게 보살님을 찾아뵙게 되었습니다. 음, 그렇구나. 어디 보자. 이리 왈 저리 왈, 어허 사방이 꽉 막혔어. 짝이 하나 있다면 아주 가까이 하나가 있구먼. 그게 누군데요? 그걸 알면 아무나 주려고? 어차피 이에는 이, 귀에는 귀 행복은 물 건너간 팔자야. 딴 년과 눈이 맞아 X질을 하고 다니는 서방놈의 웬수를 갚는 길은 딱 하나 어차피 질이 난 구멍 아꼈다 뭘 하려고? 젊어 물 잘 나올 때 마구잡이 보복으로 써먹어. 연애질이나 실컷 하다가 죽는 것도 하나의 복이니까. 그나저나 가까이 있다는 분은 누구를 겨냥한 말씀이신지? 아, 이렇게 젊은 여자가 아둔하기는. 아, 나지. 누구야! 어머, 별꼴이야? 노인네가? 주민증 까봐? 내가 노인네인가? 싱싱하세요. 뭐가? 배추가. 에이, 잘 아시면서. 뻔뻔한 년도 하기 거북한 말은 있는가 보네? 빼고 붙이지 말고 까놓고 얘기해 뱀 대가리 얘기하는 거 아냐? 아, 그거야 물 만난 싱싱한 생선이지. 무밭에 미끄덩한 조선무. 합격이면 좋아요 누르고 점은 1시까지만 봐. 시간이 널러리 하니까 이따가 신령님 모신 방으로 살며시 오던가? 급하게 오던가?

그것까진 난 모르고 복채는 얼마나 드려야 하는지? 비싸고 싼 건 색 쓰는 거에 달렸지. 받고 안 받고는 내 맘이야. 나에 대한 서비스가 융숭하면 100% 다운도 되고, 뜨뜻미지근하면 따블로 업 되는 거 정도는 알고 덤벼. 빠구리 맛에 따라 너는 시방 돌멩이 하나 던져 두 마리의 토끼를 잡겠다 이거 아냐? 서방 웬수도 갚고 욕정도 채우고 나는 너의 제물이 되고 옥동자래도 하나 덜컥하는 날이면 돌멩이 하나로 세 마리의 토끼를 때려죽이겠다는 심사인데 그러다 서방에게 걸려 이거 누구 새끼야? 제 애비 찾아줘. 그러면서 좆나게 얻어터지고 애새끼 데리고 와서 내 앞에 털썩 내려 놓으면 아유~ 야야, 어디 조마조마해서 너랑 자겠느냐? 내가 완전히 피박 쓰는데. 내 전생에 손해 보면서는 안 살아 봤느니라. 순간적인 알량한 욕정에 해마가 뒤집어져 빼도 박도 못할 지경에 이르면 나는 개밥에 도토리. 이 무당질도 끝! 감방에서 한숨 쉴 일 있냐? 나랑 살면 되잖아요, 그러려고 그랬지? 나는 급한 대로 임시 서방이지 여보 당신 그러면서 한 이불 덮는 건 싫거든. 그래도 좋다면 이리와 아주 그냥 콱 여기까지 끝!

다음은 5번 낭독! 아니 이놈의 동네는 서방 없는 과부만 사나? 이것도 좀 해주셔. 저거 손 좀 봐주셔. 내가 동네 서방인가 주문이 그렇게 많아. 담벼락에 못 하나 박아주고 그 대가로 따먹었잖아? 그냥 가만히 있어도 나 그대에게 모두 드리리. 터질 것 같은 이내 사랑을 이러면서 A, B, C, D로 달려드는데 때마침 허리 병이 도져 받아들일 수가 있나. 모나리자~ 모나리자~ 그대는 싫어. 이봐 임자들, 나가 시방 기가 허해 헛것이 보이고 컨디션이 영 제로라고라. 누런 황구나 하나 잡아끄시려 기운 좀 차리면 그때나들 보시게. 아, 요랬더니 이 잡년들이 뭐라는 줄 알아? 얼마나 돌아다니며 꽃을대를 잡아 돌렸으면 귀신이 다 보일까? 팔도 난봉쟁이 우리들이 돈 걷어서 개소주나 하나 내려 프러센트 좀 할까요? 아유, 그 무슨! 내가 그런 거 얻어먹을 자격이 있나? 집 영감에게나 신경 써. 저 영감이 얼른 기력을 찾아야 할 텐데. 그래야 만져라도 주지. 안 그러우? 기순이, 종호, 광명, 봉호 엄마. 에이그~ 하나 같이 서방들이라고 비리비리해 가지고는 그나마 일찌감치 뒈져 미역 따고, 멍게 잡고, 낙지 잡아 아랫도리가 두려 빠지게 물질해 번 돈으로 X쟁이 영감 보신이나 시켜주고 잘하는 짓이다.

어째 하늘을 봐야 별을 따듯이 서방이 있어야 박지. 가끔 물은 빼야 하겠고 아이고~ 죽겠다. 이보소 아짐씨, 혼자 사시나 봐? 돌싱이 된 지 얼마나 됐어? 그 그년 그간 쭈욱 쭉쭉쭉~ 군것질은 안 했지? 웬걸요? 사내들이 날 놔두간? 시방 하시는 일은? 환갑 지나 칠순이 내일모레인데 뭔 직업이 있어? 박스나 슬슬 주우러 다니는 거지. 그렇게 주워 모은 돈으로 가끔 주사 놔주는 우리 그이 괴기 사 먹이고 피에르가르뎅으로 양복 한 벌 맞춰주고 마카오에 명품 와이셔츠는 물론 빠각빠각표 홍콩제 제화구두에 파리 몽블랑 크림에 넥타이 그거 해주느라고 죽을 똥을 싸고 아주 비싸 거시기에 중독되면 눈에 뵈는 게 없는 거야. 그렇게 한 만큼 잘 놀아주기나 허남? 별루. 거봐? 재미는 일회용이야. 한 번 걸어 먹으면 그 다음은 신경 안 써. 뭐 나올 게 있어야지. 여기 봐. 박스 할멈 밥 본 김에 제사 지낸다고 말 나온 김에 나랑 골방에서 연습 한 번 할까? 어때? 와, 이게 무슨 일이야? 나 너 데리고 살아야겠다.

첫사랑, 열아홉 순정

 아니 이게 누구야? 복선이 아닌가? 죽지 않으니 그여나 한 번 만나네. 누구세요? 누구냐니? 너 고등학교 졸업하고 열아홉 나이에 서울에 올라와 경기 의왕 빵 공장에 취직해 돈 벌다가 나한테 걸려 열아홉 첫 순정을 바친 그날 밤 그 남자! 아, 어머 진짜네! 그새 많이 삭으셨다. 넌 아주 쪼그랑 박아지 우글쭈글 군오징어 같은데. 왜? 사는 게 고생스러웠나? 서방은 뭐 하는 녀석이야? 그 이쁜 얼굴을 이 지경이 되게 만들어 놨으니, 불알을 깔 녀석이네. 서방이나 있간? 술 처먹고 씨릿씨릿하다가 차에 깔려서 되진 지가 10년이 넘었구먼. 그 정도 세월이면 아랫도리가 굽풋하겠구먼.
 야매 서방이라도 하나 꿰차지 그랬어? 연애질하는 재미라도 있어야 인생 사는 멋대가리가 있지, 안 그러면? 고리 탑탑해서 살

겠어? 되진 놈은 빨리 잊는 게 최고야! 없는 놈 생각하며 찔찔 짜 봐야 살아올 것두 아니고. 청승이야 청승! 얼굴은 쪼그락 박아지여도 퍼진 궁둥이는 열아홉 그때랑 그대로인데 내 스타일이야. 모처럼 첫사랑 연인을 만나니까 가슴이 우르르르 떨리네. 아이고~ 안고 싶어 환장하겠다. 어떻게 좀 가까이 안 될까? 안 될 거까지야 없지. 첫사랑도 준 남자인데 두 번인들 못 주겠어. 으흥~ 그래, 주는 건 뭐든지 베푸는 거야. 복 받겠어. 마음 씀씀이가. 이 여자는 나에게 옥색 몸 내복을 선물한 여자, 호리호리한 몸매 쌍꺼풀진 속눈썹이 까맣고 긴 여자, 두 살 연하의 여자, 우연한 눈길이 만들어 준 찹쌀풀 같은 보드라운 여자, 그의 고향은 보리 문둥이 남해군 상주 출신녀다. 상주 상업 여고를 나왔다. 지인의 추천으로 여고를 졸업하고 서울 모사의 경리로 사회 첫발을 내디뎠다. 두뇌 회전이 빠르고 영리했다. 게다가 상고 출신이어서 경리생활이 적성에 맞았고 일 처리가 깔끔해 오너의 총애를 받는 모범사원이기도 했다.

반공일인 토요일 오후엔 퇴근하는 대로 서울의 도봉산을 즐겨 찾았다. 산에서 내려온 그가 즐겨 찾는 집이 있었다. 배낭을 멘 채 허름한 막걸리 주점을 찾는 일이었다. 간단한 두부찌개에 막걸리를 마셨다. 일주일의 피로와 등산에 지친 심신을 한꺼번에 푸는 그 나름의 의미 있는 시간이었다. 막걸리 기운은 언제나 용기와 희망을 주는 마음의 보모 같은 것이었다. 서울살이로 벌써 3년이었다. 이제 그녀에게 있어 서울은 더 이상 낯선 곳이 아니었다. 내가 살아가는 터전이었고 나를 품어주는 고향 같은 느낌이어서 익숙해 좋았다.

　일반 경리에서 경리부장까지 승진해 휘하에 부하까지 도출해 냈다. 혼기가 된 딸을 서울 한복판에 썰렁하게 남겨둔 고향 어머니의 성화가 요즘 들어 부쩍 심했다. 아, 돈만 버냐? 네 인생 그게 다가 아녀! 시집은 언제 가냐? 자식은 젊어 20 전에 낳아 길러야 하는 것이여. 그래야 불혹의 나이 때에 자식 덕을 보는 것 아니겠느냐! 이 에미가 시방 여기저기 발사심하게 알아보고 있으니께 기별 가면 냉큼 내려와야. 머리가 어수선해졌다. 엄마도 참 갈 때 되면 어련히 갈까? 극성도 팔자셔. 아버지의 말씀이 생각났다. 자식은 20 전에 낳아야 하고 재물은 30 전에 모아야 안정된 가정을 꾸릴 수 있는 발판이 된다고 하신 말이 얼핏 생각났다. 아날로그 시대를 살아오신 분들이어서 아직도 봉건적인 사상이 시대를 뒤따르지 못한 정신적 지주가 된 분들이었다. 꿈 많은 아름다웠어야 할 그 시간들을 잊은 채 일찍이 삶의 대열에 얽매야 했던 나에게 발랄했던 시절의 아릿한 추억은 없다. 그렇게 나는 성인으로 성장한 아버지 어머니 세대와 다르지 않은 삶을 살아온 것이다.

　계속 많은 이유들이 빙글빙글 내 머리를 싸고돌았다. 내 젊고 발랄한 황금기 순정의 그 시간들을 나 몰라라 한 건 내 정신세계를 내 자신이 학대한 꼴이었다. 시집가라는 엄마의 신선한 충격이 까맣게 잊고 산 나의 어제들을 일깨운 것 같아 나는 엄마에게 감사했다. 내 인생은 내가 만들고 싶었다. 이제는 남자친구에게도 관심을 갖기로 했다. 엊그제 추분을 넘긴 가을 단풍은 아직 절정에 이르지 못해 푸르고 붉을 뿐 부연한 회색의 느낌을 주지 못했다.

나도 등산객들과 하나가 되어 가쁜 숨을 몰아쉬며 산을 오르고 있었다. 힘이 들어 주저앉고 싶었다. 그때 젊은 사내가 힘드세요? 제 배낭끈 잡고 따라 오르면 힘이 덜 들 거예요. 그녀는 그가 시키는 대로 낯선 남자의 배낭 줄을 움켜잡았다. 자, 조금만 더 힘내세요. 정상이 눈앞입니다. 네 알겠어요. 어데서 이런 용기가 났을까? 인연이 되려는 서로의 끌리는 힘이었을까? 정상을 서너 발짝 남겨둔 그때 사내가 쓰리, 투, 완, 제로! 다 왔습니다. 여기가 정상이에요. 사내가 돌아보며 많이 힘드셨나 봐요? 얼굴이 다 창백하시고. 우선 물부터 드세요. 사내가 배낭을 뒤져 물 한 병을 꺼내 여자에게 선뜻 내밀었다. 그러고는 건포도 봉지와 초코파이를 꺼내 놓으며 드세요. 너무나 죄송해서 사양하겠어요. 본래 아는 사람 있습니까? 이런저런 이유로 친구도 되고 이웃도 되고 다 그런 거지요 뭐. 산에서는 알고 모르고를 떠나 부족한 게 있으면 서로 나누는 게 전례예요.

산속에 구멍가게도 없지 않습니까? 더러 당뇨환자들이 갈팡질팡할 때가 있어요. 그들에겐 사탕이나 초콜릿이 필요한 거죠. 그걸 잊고 왔을 때 누군가 돕지 않으면 생명을 담보 못하는 게 산의 특징이라고나 할까요. 그게 산을 타는 사람들의 미덕이지요. 아가씨도 전혀 준비가 안 돼 가지고 오신 분 같아요. 물병 하나 달랑 들고 잠시 올라왔다가 바로 내려가겠다는 심정이었는데 제가 생각이 모자랐네요. 똑똑한 바보도 있는 법입니다. 마음 편히 산의 정기 마시고 저랑 천천히 하산하시죠. 제가 길라잡이가 되겠습니다. 유머가 있는 소견 넓은 남자였다. 웬지 호감이 가는 남자였다.

사내의 직업은 버스기사였다. 교대가 있어 쉬는 날에만 산을 올랐다. 30대 총각 기사였다. 여자의 생각이 많아졌다. 엄마의 잔소리가 울림을 준 시기상조의 순간이었다. 엄마는 아침부터 전화질을 해대고 있었다. 너 꼭 와야 해! 너무 사치하지 말고 수수하게 차려입고 오너라. 손톱이 길면 자르고 입술 루즈는 바른 듯 안 바른 듯 연한 것으로 단장하고. 가도 그만 안 가도 그만이지만 노인네 성화를 무시할 수만은 없어 긴장과 함께 설레임으로 길을 나섰다. 나비 무늬가 수놓아진 백색 블라우스에 굽 낮은 힐을 신었다. 손에는 앙증맞은 구슬 백을 들었다. 전신거울 앞에서 자신의 모습을 비추어 보았다. 내가 아닌 다른 낯 모르는 여자가 서 있었다. 엄마! 웨매? 정금이 왔냐? 엄마, 그동안 건강하셨어요? 많이 보고 싶었어 엄마. 너만 보고 싶었냐? 이 에미는 그 갑절이여. 두 모녀가 오랜만의 포옹으로 어미와 자식 간의 사랑을 느끼고 있었다.

엄마의 거친 손이 장작개비처럼 뻿뻿하고 껄끄러웠다. 집안은 3년 전이나 지금이나 변한 것이 없었다. 정갈하고 부지런한 엄마의 손길이 닿은 집 안 곳곳은 반짝반짝 윤태가 나고 청결했다. 예약된 방으로 엄마와 나 그리고 남자 쪽 아버지와 어머니 다섯이 식탁을 놓고 마주 앉았다. 두 에미 사돈이 딸자식을 추켜세우며 말장단을 치고 계셨다. 되고 안 되고는 당사자들의 몫이니까. 자식일니까 지켜보는 수밖에요. 아무렴요. 그럴 수밖에 없지요. 식사가 끝났다. 양가 부모님들은 자리를 피해 정원으로 나가 커피를 마시고 계셨다.

사내가 말문을 열었다. 직장생활을 하고 계신다고 들었는데 출근도 마다하시고 이렇게 자리를 마련하게 해주셔서 감사합니다. 김경식입니다. 네 박정금이에요. 요즈음 경제 때문에 직간접적으로 회사 사정이 안 좋다는데 다니시는 회사는 건강한지요? 직무상 재무적인 일을 총책하고 있지만 제가 몸담아 있는 회사는 아직 불경기 쪽과는 무관한 것 같아요. 하반기만 잘 넘기면 경제가 살아날 기미로 점치고는 있습니다만 그 회복이 시간을 요구할 겁니다. 두 사람의 대화는 맞선 자리가 아닌 마치 양 두 회사 중역이 모여 경제를 다루는 회의장인 양 딱딱한 분위기가 되어가고 있었다. 그쪽이나 나나 별 할 말이 없었다. 좋으냐 싫으냐의 대답은 중매쟁이의 전갈로 판명이 날 것이었다. 그만 일어나실까요? 연락 주십시오. 연락처를 건네는 것으로 보아 사내 쪽에서는 마음이 있는 듯했다.

버스 안에서 엄마가 물어왔다. 뭔 말을 한 겨? 그냥 커피 마시면서 얼굴만 쳐다보다가 왔지 뭐. 이 에미 눈에는 신랑감이 쏙 들어오더구먼. 네 의향은 어때? 아직 마음의 결정을 못했어. 좀 더 두고 생각 좀 해보려고. 처음부터 마음에 드는 사람 있간. 어지간하면 살면서 정들면 좋은 사람이 되는 거지. 기회 놓치지 말구 후딱 결정을 해야 혀. 내일이면 그쪽에서 기별이 올 것인디.

자꾸 혼란이 왔다. 여자가 가볍게 기운 쪽은 산에서 만난 총각, 버스기사 쪽이었다. 마음을 정하기에는 순서가 있었다. 마음이 가는 버스기사에 대한 신상조사가 급선무였다. 결혼은 했는지, 미래를 약속한 애인은 있는지였다. 여자의 마음은 급해졌다. 전화를 걸었다. 누구십니까? 등산에서 처음 뵌… 아, 네. 그분이시군요. 그런데 무슨 일로? 오늘 혹시 비번이세요? 네, 맞습니다. 바쁘지 않으시면 제가 차 한 잔 사고 싶어서요. 아이구~ 감사합니다. 예쁜 숙녀분이 차 사주신다는데 마다할 리 있겠습니까? 금방 나가지요. 네. 네. 여자는 자신의 위치를 알리고 남자를 기다렸다. 남자가 추리닝 차림으로 싱글거리며 커피숍으로 들어왔다. 안녕하세요? 그간 잘 지내셨죠? 네, 덕분에요. 커피가 모락모락 훈김을 떠올리며 진한 향을 뽑아냈다.

두 사람의 대화가 끊임없었다. 결혼은 하셨어요? 여자가 긴장하며 물었다. 결혼이요? 애인도 없는걸요. 어머니의 등쌀로 세 번 선을 봤지만, 연분이 아닌지 내가 이상한지 안 되더라고요. 괜히 신경이 쓰이는 것 같아 아예 포기하는 걸로 가닥을 잡았죠. 인내심이 약하신가 봐요? 인내심이 아니라 한계에 약한 거죠. 요즘 여성분들 결혼 유형이 열쇠 세 개는 가져야 OK라는 말이 있어요. 그것은 상대의 능력을 시험하는 거죠. 만약 기회가 주어진다면 결혼할 의향은 있으세요? 조건 없는 결혼이라면 하죠. 아무런 조건도 필요 없고요. 사랑으로만 채워주신다면. 제가 짝이 되어 드리겠어요. 남자가 의아해하며 물었다.

연유야 모르겠지만 우리 두 사람은 겨우 두 번 마주친 게 다인데 느닷없이 제 와이프가 돼주겠다니 이게 찐한 농담 아닌가요? 왜 이런 핵폭탄 발언을? 말씀드릴 게 있어요. 실은 그제 우리 엄마의 성화로 맞선을 봤어요. 크게 호감은 안 가지만 사람은 괜찮아 보였어요. 양가 어머니 아버지 모시고 점심 한 끼 먹고 요즘 경제 이야기만 하다가 좋다 싫다 말없이 헤어졌거든요. 아마 내일쯤 그쪽 중매쟁이로부터 기별이 올 거예요. 예스냐, 노냐 말하기 전에 선생님부터 만나 보고 결정을 하려고요. 이렇게 황당한 일을 벌였네요. 이해가 가세요? 네, 무슨 말인지 이해 갑니다. 저와 결혼해 주실 수 있으세요? 네, 저도 좋습니다. 됐네요. 이제 연락이 오면 마음 놓고 거절할 수 있게 됐네요. 등산 첫날 솔직히 저 선생님한테 반했거든요. 이거 곤히 낮잠 자다가 벼락 장가가게 생겼습니다. 으하하하~ 심봤다! 어머! 다방 손님들의 얼굴이 일제히 그들 두 사람에게 시선을 모으고 있었다.

부르기 거북한 이름

　이름 대신 그녀는 삼산댁으로 불렸다. 그렇게 부르는 데는 그럴 만한 이유가 있었다. 잦은 임신으로 아이를 셋이나 낳았으나 어느 한 놈두 어미 배 속에서 세상에 나온 지 사흘을 살아남지 못하고 불귀의 객이 되어 애장으로 묻혀야 했다. 죽어 널브러진 아이를 품에서 떼어낼 때마다 그녀를 위로하기보다 팔자를 운운하며 귀신에 씌었느니, 남의 가문 손을 끊는 악마라느니 별의별 루머가 그녀를 가슴 치게 했다. 조상의 묘를 잘못 썼다느니, 여자가 얼굴에 살기가 돈다는 둥 집터가 도깨비 터라는 둥 끊임없는 여편네들의 입방아에 돌아버릴 지경이었다.
　시집에서도 가관이었다. 말살의 며느리가 들어와 손이 끊겨 가문이 망조가 든다며 공격을 하고 왕따를 시키며 또 다른 고통을 안

기고 있었다. 시집에서 하는 행실로 보아 마음 같아서는 칼을 입에 물고 피를 토하며 죽어버리고 싶었다. 그래도 모진 것이 목숨이어서 흐트러지는 마음을 다잡으며 기어이 자식을 얻어 그간 핍박당한 억울한 세월을 보상받고 싶었다. 시집에서는 가문의 암적 존재라며 스스로 이 집을 나갔으면 하는 흉계까지 꾸미고 있었다.

실망한 서방조차도 내 편이 아니었다. 그 누가 뭐래도 서방만은 내 편이 되어 줄 거라는 희망 하나로 버티는 나날이었다. 나를 피하는 눈에 띄는 남편의 행동에 내가 버티고 있는 희망마저 소실되는가 싶을 땐 모든 그나마 남은 이유마저 상실되고 있었다. 내 고집스러운 억척으로 자식을 낳아 안겨 누명을 벗으려면 이보다 더한 고초라 할지라도 견뎌야 했다.

산은 갈수록 높아만 갔다. 어떻게 하든 남편이 나에게서 멀어지게 해서는 아니 되었다. 하늘을 봐야 별을 따듯이 애를 가지려면 남편의 근접이 필요했다. 무슨 이유를 들어서라도 남편과 한 방에서 잠을 자야 했다. 참 더럽고 아니꼬운 처신이었다. 남편은 술만 취하면 사람을 못살게 구는 고약한 버릇이 있었다. 약점을 알고 있는 여자는 밤마다 술을 먹여 이불 속으로 남편을 끌어들였다. 하늘도 무심치 않았던가? 신령이 도왔을까? 그녀는 지금 임신 중이었다. 몸을 사려야 했다. 억지로 수태한 아이를 보호하기 위한 나름의 위장이었다. 농사일에 적극적이던 며느리가 몸이 아프다며 꾀를 부리고 있는 것이다.

이번만큼은 실수가 있어서는 아니 되었다. 여자의 산달이 가까워졌다. 배는 남산처럼 불러 허리 구부리기가 어려웠다. 밤이 이슥해지면 장독대에 정한수를 올려 내일이면 세상 밖에 나올 자식의 무운을 빌었다. 소쩍새 울어대는 밤 깊은 보름달 아래 여자가 몸을 비틀며 순산할 조짐을 보였다. 서방도 인간인지라 오늘 밤만큼은 자식 얻을 기쁨에 늦게까지 산모 옆에 앉아 책을 읽고 있었다.

여자가 악- 소리를 치며 아랫배에 힘을 모았다. 아이의 머리통이 좁은 구멍을 빠져나오고 있었다. 아들이었다. 태를 자르고 아이의 등을 두드려 산소를 공급시켰다. 응애 소리가 밤공기를 뚫고 밖으로 새어 나갔다. 아이를 받아 젖을 물린 삼산댁이 하염없이 핏덩이의 얼굴을 내려다보고 있었다. 눈물이 흘렀다. 눈물 속에 비친 아이의 얼굴에 일곱 색 무지개가 피어올랐다. 고생했구먼. 남편이 투박한 목소리로 위로의 한마디를 남기며 담배를 부스럭거리며 밖으로 나갔다.

젖도 잘 나왔다. 풍성한 젖을 빤 아이는 하루가 다르게 뽀얀 살 비듬으로 커가며 어느덧 삼칠일을 맞았다. 대문에 걸린 인줄이 바람에 달그락거렸다. 숯덩이와 붉은 고추, 흰 천 조각이 잘 어울려 아이를 지켜주는 듯했다. 100일 잔치가 한참이었다. 손주를 안은 시부모는 얼굴에 웃음이 만발했고 덩실덩실 팔을 내둘러 춤을 추었다. 시어머니의 태도가 독사에서 순한 양의 얼굴을 하고 있었다. 더럽고 아니꼬워서 침이라도 뱉고 싶었다. 모든 게 눈엣가시였건만 아이가 젖을 뗄 때까지는 인내가 필요했다.

하루라도 빨리 이 지옥 같은 곳에서 발을 빼려면 어떤 조치가 필요했다. 서서히 젖을 떼면서 물큰한 죽을 먹여 면역성을 길러줘야 했다. 미음도 따박따박 잘도 받아먹으며 방실거렸다. 배가 부른 아이는 젖을 빨려고 하지 않았다. 썰썰 기던 아이가 제힘으로 발자국을 떼었다. 여자의 속심이 말하고 있었다. 어미가 자식을 떼어버리고 간다는 건 금수만도 못한 짓임을 알지만, 어쩔 수가 없었다. 이미 오래전의 각오와 결정이 지어진 나만의 프로젝트였다. 인내로 견딘 지난날들의 속박에서 나는 이제 해방이 되어 자유인이 되고 싶었다. 내가 없어도 아이는 할머니의 정성 속에 잘 자랄 것이었다. 남편은 어쩌면 또 다른 여자를 만나게 될 것이고 계모 슬하에 아이는 커갈 것이었다. 홀가분한 마음으로 떠나도 되었다.

아이가 졸래졸래 마당에서 맴을 돌고 있었다. 아직 다리에 힘이 미약한 아이는 뒤뚱거렸지만 넘어지지 않았다. 강아지가 아이를 쫓아다니며 왈왈거리며 놀아주었다. 천진난만한 저 어린 것을 나 몰라라 떼어놓고 시집 식구의 떼창에 혀를 차게 할 오기의 피해가 결국 어린 것에 국한된 듯해 목이 매이고 가슴이 뻐근해 왔다.

피를 말리는 밤이어서 잠을 이루지 못했다. 내일은 장마당이 서는 날이었다. 장마당을 핑계로 자연스럽게 집을 나서기로 했다. 아이를 목욕시키고 새 옷을 갈아입혔다. 아침밥은 든든하게 먹였다. 그간 설움으로 견딘 지난 세월의 아픔과 이제 홀연히 떠나도 될 시간이어서 비정한 엄마가 되어 당신 곁을 떠난다는 장문의 글을 써 농짝 이불 위에 얹어 놓았다. 남편이 잠자리에 들 때 볼 것이었다. 아이는 시모가 데리고 마실을 갔는지 보이지 않았다. 차라리 안 보고 훌쩍 떠나는 것이 더 나을 듯싶었다. 두 번을 되돌아보고 이내 앞만 보며 걸었다. 눈물이 앞을 가렸다. 흑흑 흐느껴 울었다.

위장으로 손에 들고나온 장바구니는 풀섶에 버렸다. 눈물 속에 아이가 보였다. 울음을 그치고 이를 악물었다. 결연하고 독하지 않으면 안 된다고 느슨해질 자신을 채찍질했다. 언젠가 먼 친척뻘 되는 언니에게 사전에 전후 사실을 언질을 준 적이 있었다. 언제고 기회가 되면 미련 두지 말고 시집을 나오라는 담소가 오간 상태여서 언니는 나를 반갑게 맞아주었다. 혼자 된 언니와 잠도 잊은 채 밤새 날밤을 새우며 이야기를 나누었다. 빨리 직장 잡아서 일을 하다 보면 이런 거 저런 거 다 빨리 잊게 돼. 사람의 정은 모질어 일단 눈에 안 띄면 빨리 잊히는 게 정이거든.

언니 집에 동거한 지도 벌써 보름이나 됐다. 발칵 뒤집힌 시댁 풍경이 한눈에 들어왔다. 언니의 눈치가 보였다. 언니가 밥상머리에서 곧 자리 하나가 비어. 아가씨가 결혼하거든. 그 자리 대타로 너를 넣으려고 공장장이나 사장님께 미리 손도장을 찍었으니까 닉넉잡고 사흘만 신나게 자고 신나게 놀아. 일손 잡으면 그럴 자유의 시간도 없을 테니까. 너 서울살이 얼마나 고달픈지 모르지? 이제 실감하게 돼. 몸부림치지 않으면 빵이 부족한 게 서울살이야. 그렇다고 잔뜩 쫄지는 마라. 서울은 인심마저 각박한 도시라 내 것이 아니면 옴치고 뛰지도 못하는 따분함이 있어. 그렇다는 걸 미리 귀띔한 거야. 모르고 당하느니 알고 대처하는 게 현명한 거 아니니?

언니는 이제 서울 사람 다 됐네. 벌써 서울생활 18년, 살아보니 이 없으면 잇몸이라고 그럭저럭 살아지더라. 분수에 맞게 살자 하면 행동이 마음을 따라 주더라고. 그나저나 시집에서 널 찾겠다고 나서 실종신고라도 해서 형사가 따르면 어쩐다니? 회사에 입사하면 등본 등 서류가 필요한데 정말 찾겠다고 나선다면 그들의 전산망에 네 신상 명세가 뜨지 않을까? 그렇게 되면 서류를 안 내고 다니는 방법인데 그렇게 되면 사장 입장으로는 세금 포탈인데. 게다가 불법 고용죄까지 아유아유~ 그만하자. 설마 그놈에 집구석에서 널 찾으려 하겠니? 그리고 너 아직 젊잖아? 일하다가 눈에 드는 남자 생기면 재혼도 생각해 보고. 걱정할 게 하나도 없다야. 세상에 법이 없어도 살 순둥이인 네가 어디서 그런 용기가 생겨 필사적으로 사투를 벌였는지 참 이해가 안 간다. 어머니는 용감하다더니 널 두고 한 말 같아. 얼마나 시달림과 모욕으로 인간 이하의 대접을 받았으면 내 배 아파 낳은 새끼마저 마다하고 생이별을 자초했을까를 생각하면 언니는 네가 얼마나 측은하고 불쌍한지 펑펑 울었어.

　언니, 고마워. 언니가 있어서 얼마나 든든한지 몰라. 언니도 힘든 거 알아. 하지만 언니, 나 당분간만 지켜줘. 내가 평생 언니 은인으로 알고 살게. 사촌보다는 먼 인촌이지만 뿌리는 하나 아니니? 조금도 어려워 말고 편히 지내. 그러다가 자리가 잡히면 너 편한 대로 따로 살아. 사회에 나가면 널린 게 사내야. 괜찮은 놈 하나 붙들어 인생 엔조이도 해가며 살아야 할 것 아냐? 사람 사는 거 크게 따질 것도 벼를 것도 없어. 둥글둥글 그렇게 살다 가는 게 인생이란다.

내 연인의 이력서

첫사랑 연애의 실패로 생을 마감하고 싶었던 여자, 수면제 30알을 입에 털어 넣고 눈을 감은 채 잔디밭에 반듯이 누웠다. 뱃속에서는 하얀 알맹이들이 부글거리며 눈 녹듯 녹고 있을 터였다. 그러고는 그 신경 물질이 혈을 타고 올라 머리에 이르러 젊은 여자를 영원히 잠재울 것이었다. 세상의 아름다웠던 어제의 것들이 주마등처럼 지나가며 자막을 그려냈다. 둔해져 가는 듯한 머리, 가무룩 아득해지는 그림자 같은 영면의 사물들이 점점 안개처럼 흐려져 왔다. 옥양목 치마저고리의 엄마가 치맛자락을 걷어 올려 눈물을 닦으며 멀어져 가는 딸의 마지막을 애끓는 심정으로 통곡하고 있었다.

한기가 오면서 몸이 떨려왔다. 흐르던 피가 멈추고 뜨거운 피가 서서히 식어가는 느낌이었다. 뜨거운 눈물이 방울방울 양 볼을 타고 흘러내리는 느낌을 끝으로 그녀는 심연으로 빠져들었다. 그녀가 눈을 떴을 땐 병원이었다. 산책 나온 이름 모를 아가씨의 눈에 띄어 병원으로 오게 된 것이었다. 약물중독임을 간파한 의사는 위세척을 서둘렀다. 이렇게 그녀는 다시 이 세상 사람이 되었다. 자살 이후의 후유증은 장장 3년이라는 긴 시간을 정신적으로 인내해야 하는 시련과 딜레마로 여운을 남겨왔다.

어느 날 화장대 앞에 앉은 그녀가 거울 속 자신을 올려다보며 혼잣말로 중얼거렸다. 철없는 그 모순적 잔인했던 과거를 술회했다. 왜 그랬을까? 왜 그렇게 무모하고 무책임한 이기적이었던 나였을까? 그깟 사랑이 뭐라고! 난도질당한 첫사랑이 그토록 나에게 있어 억울한 것이었을까? 열 번 스무 번을 헤아려 봐도 끝까지 자신이 바보였음을 벗어날 수는 없었다.

오늘은 외출이 하고 싶었다. 살갑게 다가와 준 봄바람이 그녀의 얼굴을 간지럽히며 자극을 준 것이 외출의 계기였다. 가벼운 운동화 차림으로 길을 나섰다. 길거리 옆 양철집 담벼락에 뜯기고 찢긴 수많은 광고 벽지 중 눈에 들어온 광고지가 걸음을 멈추게 했다. 모집공고였다. 한 달 보수와 혜택, 근로자 처우개선이 타 회사와는 다른 차원 있는 회사 같아 백수로 있던 차 기회다 싶어 나온 김에 바로 동사무소에서 회사가 요구하는 서류를 떼어 이력서와 함께 구비서류를 갖추어 회사 인사창구에 접수했다. 자폐아나 부모가 없는 아이들을 보살펴 주는 국가 공인의 아동보호소였다.

3년을 그곳에 있으면서 한 남자를 알게 되었다. 그 남자도 심하지는 않지만 자폐 판정으로 등급을 받은 여러 해를 이곳에서 군림한 청년이었다. 늘 보아왔지만 심성도 착했고 자폐라는 의식을 구분할 수 없을 만큼 건강한 남자였다. 그가 좋아지고 있었다. 기숙사 컨테이너에 기거하는 그에게 나름대로 집에서 반찬도 만들어 출근길에 건네며 정을 쌓아갔다. 청년도 전과는 달리 여자를 대하는 태도로 보아 연민의 정이 쌓여감을 알 수가 있었다. 첫사랑 실패 이후 다시는 사랑하지 않으리라는 각오도 있었지만 그 다짐이 느슨해지는 건 어쩔 수 없는 본능이 가져오는 신의 한 수 같은 사랑의 도파민이 주는 선물을 거부할 수가 없었던 까닭이었다. 몇몇 지인과 원장을 비롯한 식구들의 성원 속에 조촐하게 식을 올리고 정식 부부가 되어 이제 남은 것은 두 사람의 행복뿐이었다.

남자는 일요일이면 아르바이트 일을 즐겨 했다. 인건비가 세서 하루 일하면 손에 쥐는 액수가 커 재미가 들린 것이다. 땀방울이 송골송골한 얼굴로 신랑이 여자의 귀에 속삭였다. 우린 이제 부모야. 차차 아기도 생길 거고 돈 씀씀이가 커질 날이 머지않았잖아? 여유 있을 때 열심히 해서 우리 아이들 미래에 대해 저축하는 재미가 얼마나 나에게 힘이 되고 행복한 마음을 주는지 내가 아닌 당신도 몰라. 그가 여자의 볼에 입맞춤하며 속삭인 한마디였다. 여자도 덩달아 행복해졌다. 저렇게 속 깊은 알짜배기 남자가 내 남편이라니 눈물이 날 지경이었다.

한 번의 상처로 생을 단절하려다가 구사일생으로 살아난 여자, 그녀는 또 한 번의 비극을 맛보아야 했을까? 신은 냉철하고 차가웠다. 이번에도 용서는 없었다. 신은 그렇게 또 여자를 버린 것이다. 오늘도 남자는 원자재 하역 작업이 있다며 일찍 조반을 먹고 알바일을 나갔다. 물건만 빨리 내리면 정오쯤이면 집에 와서 점심을 먹게 될 것이라고 했다. 한참 하역이 진행되고 있었다. 다섯 명이 한 조가 되어 대형 컨테이너 원자재를 하역하는 일이었다. 그의 죽음은 이랬다. 그가 짐을 어깨에 메고 차 옆을 돌아 나갈 즈음 과속으로 달리던 차량이 그가 둘러멘 물건을 툭 치고 지나는 바람에 몸이 빙그르르 돌면서 하역차에 부딪혀 머리를 크게 다친 것이다. 그는 식물인간이 되어 한 주를 버티다 끝내 죽음을 맞이했다. 이별이 서러워서 그녀가 보고파서 그는 눈을 뜬 채 절명했다.

세상이 원망스러웠다. 서러움보다 기가 찼다. 남편의 소지품을 정리했다. 이제는 소용없는 것들이었다. 앨범 속 그의 해맑은 얼굴이 환하게 나를 바라보며 웃고 있었다. 남편이 외출할 때만 챙겨입는 남색 정장을 옷걸이에서 벗겨냈다. 방바닥에 펼치고 어루만져 보았다. 남편의 따뜻한 온기는 간데없고 차디찬 냉골의 촉감이 손끝에 끼쳐왔다. 한참을 울었다. 그를 보내는 마지막 눈물이었다. 양복 위에 떨어진 눈물방울이 유리병 속 오로라가 되어 빛을 내고 있었다. 언젠가 남편이 이불 속에서 한 말이 생각났다. 우리는 시골에 땅이 많아 시골 부자라는 소리를 듣고 살았어. 어머니 아버지 사후에 귀속인은 장남인 내 소유가 돼. 그런 것에 생각도 해본 적 없지만 미래를 봐서는 우리의 노후에 밥걱정은 안 하고 살아도 될 거야.

여자의 뱃속에는 그이의 아이가 자라고 있었다. 아버지가 갑자기 사망하는 바람에 많은 농지를 어머니 혼자 관리하기는 벅차서 딴 이들에게 소작으로 주고 텃밭만 어머니께서 취미 삼아 푸성귀를 가꾸고 계셔 착한 며느리가 한없이 불쌍한 시어머니가 위로도 할 겸 남편 없는 허전함을 메워주려 한동안 내 곁에 머물러 주셨다. 어차피 산 놈은 살아야 한다. 너는 내 며느리이고 네 뱃속엔 내 자식의 아이가 자라고 있어. 남편 없는 자식 데리고 끝까지 내 집 며느리가 되려는 가는 모르나 나는 너를 믿고 싶다. 한평생 박씨 가문의 열녀 며느리로 남을 것이라고 기왕지사 말이 나왔으니 서로 알고 넘어가자.

시골의 땅과 집 등 전 재산을 네 앞으로 등기 이전하여 네 손에 쥐어줄 테니 네 현명한 판단을 듣고 싶구나. 그리하겠느냐? 모든 권한은 네게 있어. 이 유산이면 네 평생에 아이 키우면서 쓰고 먹고도 남을 유산이다. 이제 나는 다 산 늙은이야. 죽은 내 자식 손주 놈이나 보는 걸로 족해. 오늘 죽을지 내일 죽을지 모르는 생로병사에 달린 이 한 몸 죽어 자빠지면 내 시신마저도 네가 거두어 준다면 나는 더 바랄 게 없다. 부탁하마. 살아생전 아들의 집에 와서 며느리의 등을 쓰다듬으며 유언 아닌 유언을 한 시어머니는 그 이듬해 10월 세상과의 인연을 뒤로했다.

고등학교를 졸업한 아이는 대학을 권유했으나 가지 않았다. 일찍 사회생활에 익숙해지겠다며 일자리를 찾아 스스로의 삶을 개척하려는 의지를 보였다. 제 아비를 빼닮은 부전자전이었다. 라디오에서는 아침의 희망 가요가 방송되고 있었다. 단골로 듣는 프로그램이었다. 커피포트에 물을 올렸다. 커피포트의 물 끓는 소리가 작은 골짜기 도랑물 소리처럼 명랑했다. 커피잔을 받쳐 든 혼자의 시간이 차분하게 마음을 가라앉혀 주고 있었다. 실크 커버 침대 위에 덩그러니 놓인 베개 하나가 오늘따라 왜 그리 쓸쓸하고 처량 맞아 보이는지 순간의 분위기가 역공을 펼쳐왔다. 침대 위에는 남편이 잠들어 꿈을 꾸는 허상이 보였다. 늙은 남편이 나를 보며 웃고 있었다.

살며시 사랑으로 다가와

 미인의 척도는 그 기준을 어디에 두는 걸까? 옛 선조는 미인의 기준을 이렇게 보고 있다고 문헌은 말하고 있다. 크지도 작지도 않은 알맞은 키에 얼굴이 보름달처럼 둥글고 뽀얀 얼굴이어야 하며 머릿결은 까맣게 윤태가 났어야 했다. 양 볼이 붉고 입술이 앵두처럼 붉어야 했으며, 은쟁반에 옥구슬이 구르듯 목소리가 초랑초랑 맑고 맑아야 했다. 은방울을 흔드는 듯 아름다워야 하고, 심성이 유함은 물론, 거기에 학식마저 깊다면 금상첨화요, 당대 최고의 미인으로 낙인찍었을 터였다. 겉모습과 속내까지를 본 엄격한 규율의 미인을 꼽았다. 오늘날과는 대조적인 천하절색의 미인 규정이었다.
 오늘날 현대인의 미인 기준은 쌍꺼풀 눈에 늘씬한 몸매와 인

형을 닮은 서양인의 얼굴상을 모태로 미인을 기준으로 하는 모양새다. 내면이야 어떻든 가시적인 외모만 보는 시대가 도래한 것이다. 외모에만 치우쳐 무작정 달려든 사내들의 후일담이 가관이다. 아, 네깟 놈이 게 맛을 알아? 낡은 조각배 안에서 텔런트 영감 신구가 날린 외마디 선전 문구다. 똥인지 된장인지 구별하지 못하는 뜰땅들을 향한 일갈인 것이다. 그런데 이런 말이 있다. 여자가 인물이 출중하면 팔자가 드세진다고 했다. 남과 달리 잘난 인물이라는 미명하에 차별성을 둔 건방진 생각이 독이 된다는 사실을 잊고 산 죗값이다. 갖은 유혹과 이변이 미인을 가만두지 않는다는 사실을. 그래서 인물값 한다는 소리가 나왔다. 빈사 상태가 돼가는 미인 못 먹는 감 찔러나 본다는 의미는 무얼 말하는지.

   부자는 돈으로 미인을 산다. 돈에 팔린 미인은 어쩌면 결혼의 진정성에서 배제된 성의 노예가 될 소지가 있기도 하다. 가진 자의 횡포다. 결국 여기저기서 채이다가 끝내 혼자가 되어 정신적 외로운 방황의 길을 걸으니 말이다. 예쁘게 생긴 것도 죄가 되나요? 팔자가 드세었나? 전생에 무슨 죄를 지었기에 한참 사는 재미에 빠져 있을 나이에 과부라는 불명예로 두 자식의 양육과 자신의 모진 삶을 떠안은 여자! 과거 그녀의 남편은 철도원이었다. 그해 겨울은 유난히도 추웠다.
   아침 출근길이었다. 사람의 왕래가 적은 외진 곳에서 뇌졸중으로 쓰러져 갔다. 날씨마저 추워 쓰러진 그가 동사했을 가능성이 컸다. 잘난 마누라를 자랑하고 싶어 붐비는 시장통을 마누라의 손을 잡고 배회하는 버릇이 있었던 남편이었다. 어떤 이들은 영화배우 아무개가 아니냐며 얼굴을 관찰하며 물어오는 이들도 있었다. 옆에 손을 잡고 선 남편은 그럴 때마다 어깨가 으쓱해 자기만족에 도취하여 흐뭇해했다. 지금처럼 영화 관계자들이 길거리 캐스팅 하는 시대였다면 그녀는 지금쯤 스타가 되어 있을지도 몰랐다.

혼자가 된 여자 주위에는 사내들이 어른거렸다. 어려운 일이 있으면 도와줄 테니 전화하라면 묻지도 않은 자기 전화번호를 남발했다. 늙으나 젊으나 수컷들은 하나같이 그저 그런 부류여서 여자 주위를 맴돌며 갖은 흉계를 다 부렸다. 그때 여자에게는 다섯 살 사내아이가 있었다. 과자를 한 봇다리 사가지고 와 아이에게 정신을 쏟는 듯 너스레를 떠는 얼간이 사내가 있었다. 조금은 접근하는 방식이 고단수인 사내였다. 상대가 누구이건 묻는 것만큼은 친절하게 대답했다.

그 외엔 일체 자신의 신변이나 아이 문제까지 실없는 말장난 같은 처신은 금물이었다. 주관이 뚜렷한 여자였다. 여자가 아이를 불러 무릎을 꿇려 앉혔다. 엄마가 왜 이러는지 알아 몰라? 아이가 울려고 삐질거렸다. 엄마의 허락도 없이 알지도 못하는 아저씨가 주는 과자에 좋아라 하며 덤벼드는 네 모습이 엄마는 싫었거든. 영민이는 누구 아들? 엄마 아들요. 그래 엄마 아들이지! 아들은 엄마 말을 어떻게 해야 돼? 잘 들어야 해요. 오, 그래! 그래야 엄마 자식이지. 우리 아들 영민이 엄마 품에 속 이쁜 내 새끼. 그녀가 다섯 살 아들의 볼그레한 볼에 입맞춤을 했다.

계절이 바뀐 어느 여름이었다. 시골의 동기간들이 올망졸망 싸서 보낸 택배 상자가 여러 개 도착이 되었다. 택배기사는 유난히 혼자 여름을 만난 듯 땀을 흘렸다. 아저씨, 땀 많이 흘리시네요. 더워서 고생스러우시죠? 걱정하며 박스 하나를 들었다. 어머 너무 무거워. 큰일 났네. 사람을 부를 수도 없고. 그 소리를 들은 기사가 잠시만요. 무거워요. 제가 다 옮겨드리고 갈 테니까 움직이지 마세요. 허리 다치세요. 여섯 뭉치의 박스를 단숨에 옮긴 기사가 아주머니, 죄송합니다만 시원한 물하고 화장지 좀 주세요. 땀이 많이 나서. 아, 네네. 여자는 냉수에 수건을 적셔 바싹 비틀어 짜 물기를 빼내고 찬 수건을 사내에게 건넸다. 아이고~ 감사합니다. 이런 서비스는 처음입니다. 시원한 주스까지 주시고. 앞으로는 이런 택배가 아주머니 택배일 땐 제가 성의껏 옮겨드리겠습니다. 인상이 아주 아름다우시네요. 스타분 같습니다. 반바지 차림에 어깨가 보이는 러닝셔츠를 입은 사내는 건장하고 듬직했다. 우체국 택배는 배달도 하지만 보낼 물건이 있으면 수거도 해간다며 그럴 일이 있으면 연락하라며 명함 한 장을 내밀었다. 그러고는 차를 몰아 이내 사라졌다.

그런데 보내놓고 나니 이상한 감정이 생기는 거였다. 근육질의 그 택배 사내가 눈앞에 어른거렸다. 다시 못 보면 어쩌나 싶은 조바심도 생겼다. 여자가 그의 명함을 들고 한참을 들여다보고 있었다. 성시경! 성시경! 그 남자의 이름이었다. 3년이 넘도록 사내를 잊고 산 자신이었다. 건강한 몸 하나가 자신의 큰 유산이라며 늘 운동에 신경을 쓰며 무거운 택배일을 일부러 즐거움으로 알고 일한다고 했다. 첫 결혼에 쓴 고배를 마신 그는 모든 걸 잊자 하며 일에만 혼신을 쏟아 아픈 과거를 이제 잊어가고 있는 중이었다.

수중에 아이는 없었다. 충북 단양이 고향인 그는 2남 1녀 둘째로 위로 형 하나와 두 여동생. 3년 전 아버지는 돌아가시고 연로하신 어머님 한 분이 계셨다. 1년에 두 번 추석과 설 명절에만 어머니를 뵈러 고향에 간다고 했다. 뵐 때마다 생떼처럼 밀어붙이는 어머니의 성화는 새장가 소리였다. 이제 여자는 자주 밖을 내다보는 버릇이 생겼다. 기웃거리며 기다려지는 사람은 택배기사였다. 전화를 할까 몇 번 명함을 들썩거렸지만, 용기가 나지 않아 해프닝으로 끝이 나곤 했다.

기다려도 그는 오지 않았다. 안달이 났다. 수단을 동원한 잔꾀를 부려야 그를 볼 수 있을 것 같았다. 여름에 보낸 갖은 푸성귀를 보내준 동기간에게 보답한다는 의미로 모시, 인절미와 소고기, 여름옷 등을 다섯 개의 박스로 만들어 놓고 명함을 꺼내 다이얼을 돌렸다. 이제 그 택배 사내를 볼 수 있는 절호의 기회가 온 것이다. 여보세요? 그녀의 가슴이 뛰고 있었다. 아, 네. 택배기사 성시경입니다. 무슨 일이지죠? 여기 명일동 XXX인데요. 여러 개의 수거 택배가 있는데 가지러 오시라고요. 아, 네네. 요 아랫동네에 와 있습니다. 금방 올라가겠습니다. 수화기를 놓은 여자가 마른침을 꼴깍 삼키며 걱정스러워하고 있었다. 택배를 핑계로 그를 볼 수는 있지만 밥 한번 사고 싶다는 그 말은 정말 해야 할까라는 것에 대한 근심이었다. 그의 거절 또한 염두에 두어야 했다.

클랙슨이 길게 울렸다. 그가 도착했다. 늘 신호 같았다. 안녕하세요. 네, 안녕하세요. 마음이 경중거리고 가슴이 뛰었다. 어디에 이렇게 많은 택배를 보내세요? 친정 쪽이지요 뭐. 여자가 재빨리 용기를 내어 말했다. 저 지난번 너무 수고를 해주셔서 미안해서 그러는데요. 제가 기사님께 밥 한번 사고 싶은데 시간 좀 할애해 주시면 안 될까요? 꼭 그러고 싶어요. 아이고~ 그게 저희들 일인데 너무 고마워 마세요. 밥까지 사주신다니 거절하면 서운해하실 거고, 신세를 지자니 미안하고 어떡할까요? 사내의 확실한 대답이 끝나기도 전에 여자가 서둘러 말길을 막으며 제 성의예요. 허락해 주세요. 네, 좋은 마음으로 주시는 성의 감사히 받겠습니다. 밥, 사주십시오.

제가 내일은 사적인 볼일이 있어 쉬어요. 오후 저녁에나 시간이 나는데 그래도 괜찮으시겠어요? 네, 저는 시간은 아무 때고 상관없어요. 일 보시고 도착하시는 대로 연락 주세요. 네, 그러죠. 이제야 똑바로 뵈니까 굉장한 미인이시네요. 보기 드문 미인분을 뵙게 되니 행복한 기분입니다. 영광입니다. 아이, 놀리지 마세요. 부끄러워요. 저 애 엄마예요. 아주머니한테 밥 얻어먹고 아저씨한테 뒤통수 얻어맞는 거 아닙니까? 그럴 일은 없을 거예요. 어째 기분이 으스스합니다. 농담도 잘하시네요. 택배 아저씨, 저녁 식사 자리는 명일타운 건물 미락원이에요. 사내가 활짝 웃으며 박스를 차에 옮겨 실었다. 그럼 내일 그 시간대에 뵙도록 하죠. 일감 주셔서 감사합니다. 그는 자신의 직업의식이 뚜렷한 사람 같았다. 감사의 인사를 상업적인 처세술로 엮어 감동을 주는 인사법에 의미가 컸다. 여자는 멀어지는 택배 차량의 뒷모습을 보이지 않을 때까지 지켜보고 서 있었다.

너는 내 운명

윤숙자라는 이름의 여자! 그의 고향은 38선 이북 금단의 땅 북녘 원산이 그의 고향이다. 아버지는 김일성 치하의 내무 행정원으로 그의 직책은 서기장이었다. 사흘돌이로 골골대는 마누라에게 급히 돈 쓸 일이 생겨 공금에 손을 댔다가 횡령죄 반동으로 고발조치가 되어 실컷 두들겨 맞고 끝내 총살로 제명을 다하지 못했다. 마누라를 살리려다가 자신의 목숨을 재촉한 꼴이었다.

아버지의 끔찍한 죽음에 충격을 받은 어머니의 병세는 더욱더 악화일로였다. 공무원인 아버지의 쥐꼬리 월급으로 근근이 약이라도 먹던 어머니! 아버지의 사망 이후로는 어디 한 군데 기댈 데라고는 없는 환경에 약 한 봉지 먹지 못해 병세는 날로 심해져 갔다. 이제 남은 희망 하나라면 자연을 뒤져 산에서 약초를 캐 탕약으로 달여 먹일 수밖에 없었다. 그러나 약이 귀한 북녘의 산들은 너도 나도 탕약을 전제로 샅샅이 뒤져 캐내는 바람에 약초를 구하기도 쉽지 않았다.

아버지의 부정행위로 인해 가족이라는 이유로 나오던 강냉이 배급도 끊긴 지 오래였다. 게다가 숨어 지내다시피 자주 집을 비워야 했다. 이때 게딱지만 한 농사나마 경작을 하는 작은아버지의 도움이 없었다면 우리 세 식구는 벌써 이 세상 사람이 아니었을 것이었다. 살기 위한 운이 틔었을까? 병든 엄마는 오빠가 업고 나는 강냉이와 쌀 몇 움큼을 보따리에 싸 손에 들었다. 1.4 후퇴! 남쪽으로 가는 피난민 대열에 우리 세 식구도 한 덩어리가 되어 고향을 등지고 남쪽으로 남쪽으로 걸어 흥남 부두 미군 함정에 몸을 실었다. 팔다리를 늘어뜨린 오빠 등의 엄마가 심각해져 있었다. 엄마 조금만 조금만 참아. 지금 남쪽으로 가는 중이야. 지금 여기서 죽으면 찬 바다에 수장되고 말아. 육지에 올라 땅에 묻혀야 해. 북받친 설움이 한꺼번에 터져 나왔다. 엄마를 업은 오빠의 어깨가 흐느낌에 들썩였다.

낯설고 물설은 땅, 자유의 땅에 입성은 했으나 희망은 절벽이었다. 엄마는 배에서 내린 지 사흘 만에 저세상 사람이 되어 쇳덩이처럼 굳게 얼어버린 언 땅을 간신히 파 야산 양지에 묻혔다. 이제 달랑 남매뿐이었다. 그때 그녀의 나이 19세였고, 오빠는 21세였다. 엄마의 죽음에 서러워할 수만은 없었다. 살아남으려면 먹을 것을 구해야 했다. 오빠와 나는 일자리를 찾아보자는 심정으로 무작정 사람들 틈 사이로 비집으며 돌아다녔다. 시장바닥에 이르렀다. 멀어 터진 배추 껍질이 사람들이 밟아 짓이겨진 채 땅바닥에 널려 있었다. 주저 없이 주위를 흘금거리며 치마폭에 성한 것만 골라 주워 담았다. 소금물에 삶아 먹더라도 이거면 배고파 죽을 일은 없을 것이었다.

선짓국밥 아주머니가 내 꼬락서니를 말없이 쳐다보고 서 있다가 처녀, 나 좀 봐. 잠깐 이리 들어와. 밥은 먹었나? 아니요. 이틀 한나절 굶었어요. 원, 저런! 아무리 난리 통이라지만 배고픈 사람이 하나둘이어야지. 보면 다 딱하고 불쌍하지만, 어쩔 도리가 없구려. 내 처녀는 특별히 생각해 국밥 한 그릇 말아줄 테니 먹고 가. 뜨끈한 국물부터 훌훌 마셔봐. 언 몸이 녹을 거야. 아주머니, 이거 국밥 반만 덜어 먹고 싶은데요. 빈 그릇 하나만 주시지요. 왜 반만 먹어? 사흘을 굶었다며? 오빠가 있어요. 나누어 먹고 싶어서요. 걱정하지 말고 다 먹어. 내가 별도로 오빠 몫 한 그릇 담아줄 테니까 갈 때 가지고 가. 고맙습니다. 아주머니!

당장 거치할 곳도 마땅치 않을 텐데? 남의 집 담벼락 양 사이에 가마때기로 가려 바람을 막고 덜덜 떨다가 날을 새요. 그럼 말이야. 여기 판잣집일망정 내 집이거든. 내가 기거하고 있는 안방 하나와 빈 골방 하나가 있어. 아가씨와 내가 한 방을 쓰고 골방은 오빠가 쓰면 어떨까? 맨날 이렇게 살 것도 아니고 전쟁이 끝나면 형편은 나아질 테니까 그때까지만 내가 형편을 봐줄게. 그간 내 국밥집 일만 좀 거들어 주면 안 될까? 물론 월급은 못 줘. 장사가 들쑥날쑥이라. 괜찮다면 당장 이리로 와. 밥 걱정은 면하게 해줄게. 여긴 난장패들이 보이는 장바닥이야. 좋은 놈, 나쁜 놈, 티미한 놈, 개쌍놈들이 우글거려 시아카시 안 당하려거든 유부녀로 위장해. 치마저고리는 내 것을 입고, 머리에 비녀도 꼽고, 우리 딸이라고 소문은 내가 낼 테니까. 처녀를 지켜주고 싶어서 그래. 나도 처녀 같은 딸이 있거든. 내 집에 있으면서 국밥일도 배우고 나중에 이 바닥에 게딱지만 하게라도 식당 차리면 먹고사는 문제는 해결이 될 거야. 내가 끝까지 도와줄게. 고맙습니다. 고맙습니다. 어머니처럼 따르고 믿겠습니다. 그러면 더 좋고. 남매는 그렇게 천사와 같은 아주머니를 만나 장터 한쪽 구석에 보금자리를 마련한 것이다.

전선은 아직도 총성이 멎지 않고 전진과 후진을 반복하며 소강상태라지만 분위기는 여전히 포화 속이었다. 맥아더가 인천에 상륙하면서 전세는 기울어 인민군은 북으로 북으로 도망질을 쳤다. 북진통일을 염원하던 고집쟁이 이승만은 신바람이 났다. 남쪽까지 몰린 환란 속에 단번에 김일성을 궁지에 몰아붙인 미국 맥아더의 전승에 기가 살았다. 그러나 김일성의 계략은 휴전이라는 카드를 내걸어 미군과의 전쟁 종식을 끝내며 비극의 전선 38선이라는 붉은 능선에 철조망을 드리운 것이다.

국밥집 아주머니의 배려로 이곳에서 생존을 의지한 것도 벌써 한 해를 넘기고 있었다. 전쟁은 평화로 세상을 자유롭게 만들었다. 선철한 그녀가 마음에 든 주인은 그녀를 친 동기간 이상을 차별을 두지 않았다. 그녀의 큰언니가 되어 있었다. 너도 이제 자립하려면 뭔가 손에 쥔 게 있어야 돼. 오빠는 오빠대로 돈은 벌지만 제 낭텅 해야지. 장가도 가려면 부지런히 움직여야 할 것 아냐? 오빠는 오

빼고 네 인생은 네 인생이야. 오빠에게 아무것도 바라지 마라. 이번 달부터 내가 많이는 못 줘도 월급입네 하고 서운치 않게 수고비를 줄 것이니 차곡차곡 모았다가 가게 차릴 때 밑천으로 써.

이제는 단골로 찾아오는 손님들과도 얼굴을 익힌 사이라 농을 할 정도로 친숙하며 인맥을 쌓아갔다. 내 시선에 그녀가 들어온 건 그녀의 선망이었던 자신의 가게를 개업한 그달 이후부터 기인이 됐다. 자투리땅 50평을 소개했다. 그러고는 터를 닦아 널빤지를 사다가 학고방을 뚜드려 지었다. 건축일에 능숙한 오빠가 많은 도움이 되었다. 개업을 준비하기까지는 긴 사흘이 소요됐다. 이제 내일이면 오픈이다. 가슴이 설레이고 잠이 오지 않았다. 이제 언니와의 잠자리도 오늘 밤이 끝이었다. 평생의 은인인 큰언니를 꼭 끌어안았다.

언니의 이 은혜 어찌 갚을까? 은혜라… 그거 간단해. 열심히 해서 돈 많이 벌어 떵떵거리고 살면 그게 은혜 갚는 길이고, 내가 아니 이 언니가 바라는 것 전부야. 잘 알겠지만, 손님은 왕이야. 단골이나 신참이나 주인으로서의 대접에 평등을 원칙으로 해. 그리고 이익만 바랄 게 아니라 나눔의 미학에 중점을 두고 넉넉히 퍼주는 것도 하나의 장사 인심이니까 한 번 왔던 손님이 다시 오고 싶게 만드는 노하우로 최선을 다하면 소문난 국밥집으로 대성할 거야. 장사는 이익도 이익이지만 양심을 파는 직업이야.

열아홉 아름다운 일만이 가득할 그 나이에 전쟁이라는 이름으로 피난민이 되어 청춘을 은둔으로 가두어 버린 그녀도 유수의 세월과 함께 벌써 30을 바라보는 나이가 됐다. 결혼 적령기를 훨씬 앞질러 간 나이로 노처녀였다. 오빠가 내심으로 많은 걱정을 하고 있었다. 정오가 지나자 북적대던 식당이 절간처럼 조용했다. 설거지통에 빈 그릇 부딪히는 소리만이 덜그럭거릴 뿐. 그때 유리문이 스스로 열리면서 야채를 대주는 도매상 집 노총각이 들어오면서 너스레를 떨었다. 아이고~ 이 집 조용할 때가 다 있네. 점심 매상 좀 팍팍 올렸나요? 그런 대로여. 자주 오는 얼굴이라 이무로워 시큰둥한 대답이었다.

저기 남포집은 오정 때도 파리만 날리고 있더니만. 그 집 손님은 들쑥날쑥이라 외상값도 소올찬이 되는디 은제 다 받을랑가? 그래서 우리 집도 수금하러 왔어요? 에이, 여그는 맡아놓은 보증수표여. 알아서 척척 주는디 뭔 중뿔나게 수금은? 나 그리 을랑 노고래기 없는 빡빡한 사람 아니여? 잘 암시롱! 서운하게 그래싸요이. 지나치려다가 한가한 것 같아 잠시 들여다보구 싶은 것뿐이어라. 사장님, 얼굴도 보고 겸사겸사 왔응께 눈총 주지 마쇼이. 사내가 능글맞게 가는 눈을 뜨고 설거지에 여념 없는 여자의 뒤태를 주시하고 있었다.

야채 도매상 노총각인 그는 속심이나마 벌써부터 그녀에 연민을 가진 사내였다. 여자도 가끔 야채 배달을 와 놓고는 쭈뼛거리며 가까이 있고 싶어 하는 그의 눈초리를 눈치챈 지 한참이었다. 파리채를 집어 든 총각이 날아다니는 파리를 쫓아 헛발질하고 있었다. 요놈의 파리가 날 약을 올리네. 사장님, 한가하게 파리 잡을 만큼 시간이 남아돌면 여기 하수구나 잠깐 돌아봐 줘요. 어째

물 내려가는 게 시원치 않아. 각진 곳에서 막혔나? 긴 철사가 필요한데. 오, 여기 있구먼. 총각이 긴 철사를 하수구에 깊숙이 밀어 넣어 쑤석거렸다. 물 좀 틀어보쇼이. 뚫린 것 같은데. 아이고~ 꽐꽐 잘 내려가네. 그러게요. 여자가 총각을 보며 씩 웃었다. 수고했으니께 줄 것은 없고 막걸리나 한 사발 자시고 가셔. 그래도 될래나? 총각이 겸연쩍어하며 의자에 걸터앉았다. 마음은 콩밭에 가 있는 그녀였다.

그때 큰언니가 문을 열고 들어왔다. 어머 큰언니 오셨어요? 아따! 오늘은 한가하네. 야채 사장님도 와 있고 누가 보면 연애하는 줄 알겠네. 언니는! 그녀가 힐끗 눈을 흘겼다. 그나저나 야채 총각 사장님, 장가는 언제 갈겨? 이 바닥에서 국수 얻어먹을 사람은 총각뿐이구먼. 내 살아생전에 국수 한 그릇 얻어먹을까 모르겠네. 하늘을 봐야 별을 따는데 고개가 아파서 하늘을 올려다볼 수가 없네요. 어딘가 짝이 있긴 할 것 같은데 아직 때가 아니라서 국수가 퉁퉁 불어 터지고 있네요.

그나저나 이 집 사장도 시집가야 하는데 뭔 일인지 갈 생각을 않고 있으니 내가 한 번 중신아비로 나서 볼 거나? 막걸리 한 사발을 넙죽 받아마신 총각이 민망스러운 듯 자리를 떠 일어나 가버리자 큰언니가 그녀를 향해 총각이 은근히 너 좋아하는 거 알아? 몰라? 진작 하는 행동 보고 눈치챘어요. 보아온즉 어때? 생긴 것도 그렇고 사람이 듬직하잖아? 기반도 잡은 사람이고 이 언니는 벌써부터 저 사람과 널 인연으로 맺어주고 싶었어. 어지간하면 내가 서둘러 볼 테니까 이 기회에 연분이 됐으면 하는데? 중이 제 머리 못 깎는 게 이럴 땐 다리 놓는 사람이 있어야 일이 빠른 거.

너도 저 총각 맘에 있지? 그냥 쪼금. 나머지는 만나 살면서 100% 채우고 말 나온 김에 해치우자. 밖에는 추적추적 가랑비가 내리고 있었다. 다그치는 큰언니의 성화에 마음이 요동치고 있었다.

큰언니의 발길이 잦아졌다. 오늘 밤 너희 집에서 나랑 셋이서 만나기로 약조했어. 결혼은 사치가 아냐. 현실이여. 나이 한 살이라도 더 먹기 전에 아이도 갖고 쓰라린 가슴 부여잡고 살고자 이 남 땅까지 뒤벌겨 온 너 아녀? 큰언니의 한마디 한마디는 나를 낳아 키운 엄마가 딸인 나를 위해 하는 소리나 진배없었다. 나는 고개를 끄덕여 언니의 성화에 답했다.

그녀가 눈물을 글썽거렸다. 오빠도 이런 사실을 알고는 크게 기뻐했다. 모두가 남매를 받아준 큰언니의 사랑이 가져다준 또 하나의 기적이라면 기적이었다. 우리 어머니 같은 아주머니 평생 이 은혜 잊지 않겠습니다. 고맙습니다.

가을을 혐오하는 여자

거덜은 빈손을 의미하는 암시다. 모든 게 사라진, 줄 것도 받을 것도 없는 빈털터리 인생을 조크로 얘기하는 업신여김의 질 낮은 발언의 하나이다. 세상의 수목들이 마법을 부리듯 푸르던 잎새를 강하고 아름다운 빛으로 물들여 인간의 눈을 홀리던 단풍의 계절도 세월 앞에 장사 없듯이 낙엽은 그렇게 떨어지고 나무는 알몸이 되어 겨울을 기다린다. 인생이 뭐 그리 쉽던가요? 모처럼 산뜻한 마음으로 가을 산행을 찾아 길을 나섰다. 그 푹신거리는 알록달록 단풍잎 위에서 한 여자의 인생이 짓밟혔다. 강간이라는 이름으로 불벼락을 맞은 여자! 더러운 인간과 세상을 원망하며 두문불출 절망으로 어둠에 갇혀 지낸 여자는 오늘도 가을을 혐오하며 가면으로 얼굴을 덮은 더러운 씨앗이 이미 몸속에서 꼬물꼬물 자라고 있었다.

　그녀는 가부장적인 제도의 집안에서 무남독녀 외딸로 한 몸에 사랑을 듬뿍 받으며 자랐다. 이런 불미스러운 사실을 부모님이 아신다면 당신 스스로가 분을 못 이겨 자살을 할지도 모를 중대사안이었다. 몸이 하루가 다르게 부푸는 느낌이었다. 서둘러 집을 벗어나야 한다는 생각이 강한 집념으로 일그러지고 있었다. 평소 가끔 알바로 벌어둔 비상금을 챙겨 가방에 넣었다. 서울이든 어디든 변두리로 나가면 월세 보증금은 될 성싶은 금액이었다. 하늘이 무너지게 걱정할 엄마에게는 당분간 친구 집에 머물겠다는 거짓 귀띔을 해뒀다. 검게 물든 하늘이 빗낫을 뿌리는 아침이었다. 우산을 챙겨 들고 길을 나섰다. 통곡이라도 하고 싶은 심정이었다. 뒤를 돌아보지 말자고 했다. 뜨거운 눈물이 쏟아졌다. 행여 아는 사람이나 만날까 싶어 우산을 기울여 얼굴을 가렸다.

　변두리 서울인 왕십리 쪽으로 방향을 잡았다. 서울시로 편입된 외곽이지만 덜 가진 자들이 옴닥거리며 사는 정감 넘치는 인심의 서울 동네였다. 두 쪽 유리문이 반쯤 열린 복덕방을 찾았다. 할아버지 한 분이 안경 너머로 문을 열고 들어서는 나를 넘겨다보며 어서 오시게. 방 때문에 오셨나? 네, 할아버지. 작은 보증금에 저렴한 월세방이 있나 해서요. 아, 있구 말구. 돈이 없지 뭐 방이 없간. 가진 돈은 얼마나 되우? 방은 얼마짜리나 있는데요? 명색이 서울이라 그리 헐렁하지는 않우. 한 500~600선이면 될 성싶은 방이 요 가까운 곳에 시방 하나 난 게 있는데 방이 아담하니 괜찮은데 가보시려우? 자, 따라오시오. 이 집이라오. 어때? 맘에 들우?

보증금 500에 월 20만 원! 부담되면 깎아. 주인아주머니가 사람이 인정 많고 좋아. 어려운 사람 사정도 알고. 계약하시려우? 네, 할아버지. 계약할게요. 오늘 저녁부터 당장 잠을 자야 하니까 제가 지금 현실이 급해요. 아주머니, 어쩌시려우? 이 처녀 방 줄 거지? 처녀가 참하네. 이 방 빈 지 사흘째요. 여기 살던 아가씨가 회사 가까운 곳으로 옮겨가서 겨우 난 방이유. 여기는 방 잡기가 어려워. 싸구 허름하니까 한 번 들어오면 안 나가려고 해. 처녀는 운이 좋은 편이구려. 단번에 발품 없이 방을 구했으니. 요구하는 대로 다 해줄 테니 오래오래 살구려. 나는 사람이 그리운 사람이야. 하늘 아래 독신이나 다름없거든.

직장은 있우? 아직 없습니다. 이제 여기저기 알아보려고요. 내가 한 번 일자리 알아봐 줄까? 내 이래 보아도 이곳 토박이나 다름없어. 나름대로 인맥이 꽤 있우. 저 복덕방 영감에게 일자릴 부탁해도 될 일이고. 괴기 근이나 얻어먹는 재미로 누가 부탁하면 적극적이야. 마당발 마당발! 덮고 잘 이부자리부터 마련해야 하는 거 아니우? 밥그릇, 국그릇, 숟가락, 몽둥이도 필요할 거고. 내가 좀 거들어 줄까? 이불도 사고 이것저것 장만하려면 혼자서는 힘들어. 저쪽 길 건너 모퉁이만 돌면 오만가지 물건이 다 있으니까, 이불과 그릇, 치약, 칫솔, 10kg 쌀 한 포와 간장, 된장을 사고, 라면과 배추김치, 그러고는 아이 용품을 기웃거려 봤다. 유아용품 코너 앞에선 여자가 갈등의 여지를 가늠하고 있었다. 아이를 지우려면 하루래도 일찍 서둘러 지워야 했다. 하루만 더 깊이 생각해 보자고 했다.

여자가 공중전화 부스 앞에 머뭇거렸다. 엄마에게 전화를 하고 싶었다. 엄마, 용건만 말할게. 오자마자 취직이 됐네. 내일부터 출근하게 돼서 한동안 엄마 못 보게 생겼네. 아버지한테도 그리 말씀드리고. 걱정하시지 않게 엄마가 알아서 말 잘해줘. 그럼 엄마, 이만 끊을게. 나 지금 바빠.

이제 한 가지 고민만 하면 됐다. 아이를 포기하느냐, 생명의 고귀함을 생각해 젖을 물리고 모성애로서 책임을 다하느냐의 갈림길에 섰다. 내 인생에서 흠을 지우려면 아이를 지워야 했다. 그래야만 낯선 서울살이에서 자유로워질 수가 있었다. 카트에 가득 담긴 생필품이 배달되어 왔다. 썰렁했던 빈방이 어수선해졌다. 라면 냄비에 커피 물을 끓였다. 뜨거운 커피 한 잔이 비워지는 동안 결정을 지을 심산이었다. 가만히 손을 들어 배를 쓰다듬었다. 핏덩이의 얼굴이 만져지는 느낌이었다. 그렇게 비정한 인연이었을망정 너는 내 피로서 맺어진 인연이니 내 자식임이 분명하지. 내가 네 어미가 되어 주마. 그러나 얼굴 없는 너의 아비는 도저히 용서가 안 되는구나. 엄마는 네 아비를 이렇게 욕하고 싶구나. 썩어 문드러진 더러운 나무토막이라고! 배 속의 아이가 율동하듯 버둥거렸다. 여자는 크게 심호흡하며 발버둥을 치는 배를 두 손으로 감싸 안았다.

아들의 엄마

　세상엔 이래도 되는 여자도 있다. 사랑에 목마른 사내들을 위한 성적 봉사에 남은 인생(人生)을 헌신할 거야. 돌아버리지 않고서야 어째 이런 일이! 저 잘난 맛에 사는 게 인생이라지만 동서고금 전 지구를 샅샅이 뒤져본들 이런 희귀한 여인은 찾을 수 없을 것을! 사창가에서 돈을 받고 몸은 팔아도 공씹은 없는 법! 잔치국수에 국물로 우려내는 굵은 숫멸치 두 마리를 나는 엄마에게 선물로 드립니다. 그러나 멸치는 멸치가 아닌 건장한 사내의 성기입니다. 오늘 밤은 이놈으로, 내일 밤은 저놈으로 번갈아 가지고 놀다가 예행연습에 실증이 나면 스르르 잠이 들기를 기원하는 아들의 열망!
　성적 상념에 미쳐버린 엄마의 사타구니에서 내 아비가 누구인지도 모를 핏덩이가 나여서 그것도 고마움으로 받아들여야 할까? 은혜로 변종하여 자식 된 도리로 최선을 다하랴만 불결의 진리는 머릿속에서 지워지지 않으므로. 엄마의 타고난 성적 불꽃은 누가 누가 꺼주나요? 엄마는 아버지를 저세상으로 보낸 후 20년을 하루 같이 하루도 남자 없이 산 날이 없으므로. 색을 타고난 미모를 볼모로 임자 없는 나룻배가 되자고 결정을 보았는가? 문턱이 닳도록 뭇 사내들이 드나들어 어린 내 가슴에 불시착 미완의 붉은 그림들을 그려주었으므로. 부정적인 엄마의 가슴에는 양심도 부끄러움도 눈치도 남을 의식하는 뻔뻔스러움밖에는 없다 하면. 암수의 당연을 인정하려는 여자!

누구든지 원하면 받아들이는 아랫도리 봉사녀! 도덕은 행간에 만들어진 어설픈 취지의 무엇이냐며 힐난으로 얼굴을 붉힌 여자! 세 살 버릇이 여든 간단다. 사자가 망자를 불러들일 환갑 나이에 봉사의 고삐는 여전하다. 참으로 웃을 수도 울 수도 없는 이 노릇을. 내일은 부득이 멱살을 잡고서라도 정신적 문제에 제동을 걸어야 할 판! 엄마의 자구책이다. 항간의 소문은 미치지 않고서야 열린 동대문에 마포 걸레로 소문이 자자하니 그때 유튜브가 성행하던 시절이면 세계의 부패 걸레로 기네스북감이 됐겠지만, 시대를 잘못 타고난 탓에 유명세가 욕이 되니 억울한지 아닌지 엄마의 두개골에 긴히 물어볼 일도 아니고 참으로 이거 야단이다.

CE8! 기발한 엄마를 둔 아들의 걸진 푸념이다. 유치하다 못해 더럽고 불결한 엄마! 차라리 창녀이면 돈이나 벌지. 공X 나눔 봉사 간판이 부끄러워 국민훈장 무공훈장은 누가 줄 것인가? 세상에 별난 봉사 가문의 얼에 똥칠을 하고 피박을 씌우는 퇴폐녀! 풍기 문란에 유치장 감이련만 영업이 아닌 자가 봉사라 하여 허허 웃고 말 일! 재명이네 동네처럼 위증은 있는데 교사는 없다. 옭아 넣을 수 없음. 공소권 없음. 야, 씨발! 민중은 호구냐? 텔레비전을 죄 때려 부술까 보다. 아, 좆같이! 배추 한 포기에 천 원도 안 가 트랙터로 죄 갈아엎은 지 엊그제. 뭐시라고라? 배추 가지고 쇼 부려요. 국민 세금으로 수백만 원 월급 받아 처먹으며 뒤통수도 안 가렵지? 일을 해! 일을! 우리 엄니 모양 불이 나게 개소리엔 똥이 약!

자연 봉사 우리 엄마 법 하나 만들자. 공짜로 벌리면 때려죽이는 법! 추대 무료 봉사 여인 무조건 사형제도! 조상의 얼에 호르몬으로 도배하면서 기쁨조로 날고 기는 우리 엄마는 X두 장사여. 이거 봐, 허 의원, 시방 배추 한 포기 3,000원 하드마. 금세 또 오른다고 하지? 아마 그 노무 배추는 고무줄인가 벼. 쭉 늘어났다가 확 줄어들고. 이거마 간장 종지 허 의원 너 지역구가 어디냐? 인천이어라. 근데 왜 전라도 말을 쓰냐? 시계도 라도가 좋지만, 전라도 말이 쬐께 재미가 있응게. 자라 그려.

엄마! 왜 불러? 이 새끼야, 손님 데리고 들어가는데. 나 엄마한테 물어볼 게 하나 있어. 상녀래 새끼지만 뿌리는 알고 살아야지. 뿌리 몰라도 밥만 먹으면 살아. 종자가 누구든 낳아 길러놨으면 그건 은혜야. 그런 건 물어보는 게 아니다. 은혜? 은혜가 다 뒈지고 나가 자빠졌나 보다. 너 막 나갈래? 그러는 엄마는 잘 나가는 거야? 뭐? 내 이름이 김영원이라구. 애비 없는 호로새끼로 영원히 영원히 잘 살라는 거야? 뭐야? 아이고~ 쥐약이 먹고 싶다. 씨발! 엄마, 종갓집 딸래미라고 했지? A, B, C, D, E 기품 있는 족보가 아깝다. 사람들이 날 보고 뭐라고 수군거리는지 알아? 공씹으로 나온 애비 없는 후레아들이래? 어떤 년이 그런 아가리를 놀려싸? 아가리에 똥 한 박아지를 콱 그냥! 할 일 없으면 살찐 배때기나 긁고 있으라고 알려.

봉사할 줄은 모르고 낮잠이나 퍼질러 자며 배때기 비계나 긁는 년들이 황새가 봉황의 깊은 뜻을 어이 알지? 무식한 년들! 왜 남의 일에 배앓이해. 부러우면 이리 와 이년아, 너도 붙여줄게. 아직 몰라서 그렇지 맛만 들려봐라. 아우, 엄마, 돌았어? 완전히 갔어! 돌기는 이 새끼야? 아랫도리는 돌고 돌아도 대갈통은 열여섯 사춘기인데 너마저 왜 이러냐? 나 영리한 건 예수님도 알아. 어멈 네꾸샤꾸 얼럭거리 미치구 팔딱 뛰겠네! 영리한 종자라서 아무나 붙들고 헐떡거리냐? 엄마야, 창피해서 못 살겠으니까 지구를 떠나. 와 참, 내 팔자 엿 같다. 엿 같이. 엄마 하나만 더 묻자. 마지막 신문고야. 주둥이 오므려라. 방문 손님 기다리시는데 안달이 나시게 해서야. 이 엄마의 봉사 균형에 신뢰성 문제지. 엄마, 열두 살 첫사랑이 50 나이 아저씨라고 했지? 참 일찌간이도 출세했다. 영글기도 전에 들볶아 댔으니 호떡 하나 얻어먹으려고 몰래몰래 따라갔다가 순정을 다 바쳤다고 했지? 아마 빵떡 하나에 인생을 조져 먹는 여인, 인생 참 쉽다. 열두 살 버릇이 60 평생을 넘어서고… 이제 난 떠나. 어딜 떠나? 엄마를 떠난다구!

카리스마의 눈

 철학의 논리는 광범위하다. 건방지기가 한량없지만 나는 철학이 뭔지 모른다. 다만 귀동냥으로 듣고 책으로부터 얻은 희미한 내 추론에 의한 생각임을 알린다. 틀렸다면 독자의 이해도가 필요한 것임을 애써 표현하고 싶다. 어느 것 하나에 치우칠 수 없는 다양한 철학의 출발점에서 간단하게 두 가지를 요약하자면 인간의 삶을 글로 풀어내는 사고방식에서부터 눈으로 보는 관상학까지 그 소용의 범위가 크다는 사실이다.
 세상은 여러 가지요, 인간의 이면은 천태만상이다. 여기서 관상은 사람의 얼굴을 보고 길흉화복과 현재 그리고 미래를 엿보는 철학의 필요성으로 풀어내는 하나의 지략의 보고이므로 의도적으로 적시하면 도를 넘어 신의 경지에 이를 만한 남다른 탁월함

을 가진 한 사람의 잠재 능력임을 애써 칭송하면 좋을 것이다. 어른들은 이렇게 말한다. 오양이란 그 사람의 얼굴을 일컫는 말인데 그 사람의 얼굴을 보면 성격과 인품, 사람 됨됨이가 묻어난다고 했다. 그만큼 인상은 나를 표현하는 대세의 간판인 것이다. 각자의 인물은 자신의 개성이다. 이상하게 생기고 못생긴 게 죄는 아니지만 기왕이면 다홍치마라는 고사성어가 있다.

이 여자에게는 문제가 많아지는 구설수 위주의 몽타주였다. 코, 허리가 아랍계 남성들처럼 생겨먹은 맹금류인 독수리 부리와 다를 바 없는 정도가 심한 매부리코였다. 키는 크고 몸은 말랐다. 얼른 봐서는 어디 한 군데 여자로서의 매력을 찾을래야 찾을 수 없는 두 번 세 번 쳐다봐지는 여자, 그녀의 긴 턱은 주걱 같았고, 하관이 마른 족제비 상판대기였다. 그러나 옥에 티 같은 것이 있었으니 그림 같은 입술 선과 빠져들면 헤어날 수 없는 깊고 그윽한 쌍꺼풀, 그녀의 눈은 백만 불짜리 눈이었다.

눈이 어쩌면 저리 예쁠 수가 있을까? 모나리자나 마돈나, 황진이의 눈이 저랬을까? 그녀는 인도계의 어머니와 중국인 아버지의 사이에서 태어난 혼혈녀로서 중국 국적을 갖고 살아왔으나 사춘기를 거치고 성인이 되면서 한국을 동경하는 마음이 생겨 부모의 반대에도 불구하고 짐을 싸 한국 땅에 정착하게 된 중국인으로 공부도 할 만큼 한 학사 출신이었다. 중국은 세계적으로 명문대학이 많은 나라로 알려졌다. 베이징에 위치한 인문학과 사회 분야에서 장점을 보이는 중국 최고의 종합대학으로 명문인 북경대를 나온 엘리트였다. 신장이 남보다 컸던 탓으로 기업 농구계의 유혹이 컸지만 그녀는 운동에는 전혀 관심이 없었다. 자유분방한 성격의 소유자인 그녀는 누구의 훈계나 구속 따위는 질색인 여자였다. 여자는 한국의 케이팝에 열정을 가진 광팬이었다. 아직은 세상 물정에 어두운, 더구나 내 조국도 아닌 타국에 거처하는 철부지 25세였지만 젊음의 열광만은 나이와는 상관이 없다는 듯 긍정만을 앞세우는 낭만 기질의 여자라고 보면 좋을 듯했다.

한국에는 수많은 중국인들이 노동을 하며 살아가지만 어느 누구 하나 다가가 대화할 수 있는 상대도 없었다. 거기엔 이유가 있었다. 다행스러운 건 어색할망정 아버지로부터 한국어를 그런대로 익혀 숨통은 틔울 수 있는 능력이 있기에 누구도 의존치 않으려 했던 것이다. 한국행을 꿈꾸었던 사전 예행연습이 오늘을 위한 큰 위안이 될 줄이야? 그는 자신의 선입감 능력에 마음속으로 감사하고 있었다. 그녀의 아버지는 오리지널 중국인이지만 학창 시절 한국으로 유학을 와 한국어 국문학을 전공한 경력이 있는 사람이었다. 그녀가 한국에 와 처음 일자리를 얻어 돈을 벌게 된 곳은 자동차 부품 하청업체인 모 중소기업 생산부였다. 안 하던 노동을 하려니 힘이 드는 건 사실이었다. 그녀는 힘이 들 때마다 파이팅을 외치고 자신을 독려하며 힘을 내기도 했다. 어머니 아버지의 반대를 무릅쓰고 고집으로 온 한국행이었다.

그녀가 입사 3개월째가 될 즈음이었다. 이젠 일손도 익숙해져 숙련공이 되었다. 같은 부서의 동료들과도 이무로운 사이가 되면서 서로 어울리는 모임도 자주 가졌다. 언어와 문화는 다르지만 젊은 그들은 국경을 초월하는 낭만과 젊음을 서로 공유하며 하나가 되어갔다. 한국생활은 나날이 행복했고 즐거웠다. 그런 와중에 같은 부서의 한국 남성과 연애까지 하기에 이르렀다. 퇴근 후에는 데이트도 즐기고 술도 마셨다. 젊은 그들 사랑은 깊어 결혼까지 약속을 했다. 여자는 남자를 끔찍이 사랑했다. 순진하고 착하기만 한 남자여서 더 마음이 갔다. 그들은 즉시 동거에 들어갔다. 어느 누구도 모르는 비밀 동거에 들어간 것이다.

여자는 지금 임신 중이었다. 직장생활에서 손 뗄 날도 이제 멀지 않았다고 생각하니 왠지 서운한 마음이었다. 정든 동료들과 자주 볼 수 없다는 그녀의 인간적 애상이 불러오는 쓸쓸함이었다. 아내의 임신 소식을 접한 신랑은 퇴근 때만 되면 마음이 바빠졌다. 총알같이 날아와서는 들어오자마자 불린 마누라의 배를 만지며 행복한 표정을 짓곤 했다. 제 엄마를 닮은 예쁜 눈을 가진 딸이었으면 했다. 자기 내일 병원에 좀 다녀오지 그래. 사내아인지 여자아인지 성별 검사도 하고, 이런저런 검진도 할 겸. 내일은 내가 하루 결근을 할 거야. 같이 가려고? 식구가 몇인데 하루를 까먹어? 먹이고 입히고 가르치려면 머니가 바닥날 텐데 여유 있을 때 부지런히 모아 놓아야지. 아따! 하루 벌어 열흘 먹냐? 굶기지 않을 테니까 걱정 붙들어 매셔. 알았지? 이 아줌마야? 아니야, 당신은 일 가! 나 혼자 다녀올 거야. 굳이 그렇다면 돈이나 벌지 뭐. 신랑은 딸을 원하는 눈치였지만 배 속의 아이는 맞상재 노릇을 할 아들이었다.

어느새 저녁나절이 되어가고 있었다. 그의 퇴근길이 임박한 시간이었다. 남편의 저녁상을 위해 무엇을 준비해야 할까 하다가 맛깔나는 된장찌개나 끓이기로 했다. 파, 마늘을 다지고 감자를 잘게 썰었다. 구수한 맛을 내는 멸치를 넣었다. 약간의 고춧가루와 매운 풋고추를 넣어 찌개의 칼칼함을 더했다. 된장찌개를 끓이는 비법은 가끔 드나드는 시어머니로부터 실랑이하며 배운 솜씨였다. 얘야, 아가, 된장찌개는 한국인 밥상 위에 대표적인 국물 요리란다. 너도 이제는 한국인의 며느리로서 여기 음식에 적응해야 할 거야. 중국 음식문화도 다양하지만, 한국 음식문화도 아주 다양하거든. 김치에서부터 한국의 식문화는 세계적 수준이지. 미국 같은 선진국에서조차 한국식 문화에 관심이 많잖아? 불고기에 라면, 치킨까지도. 그뿐이냐? 분식집에서나 있을 김밥 또한 현지에서조차 없어서 못 팔다니! 한국 음식이 국익에 효자 노릇을 하는 셈이지. 배울 때 똑바로 잘 배워야 하는 거다. 신랑 건강도 좀 잘 챙기고. 참! 찌개에 두부는 좀 썰어 넣었니? 된장찌개의 두부는 감칠맛을 더해주지. 그리고 된장찌개는 큰불에 벼락치기로 끓이면 맛이 없어. 은은한 불로 찌지근히 오래 끓여야 된장찌개의 본래의 맛을 낼 수 있다는 것 명심하고. 아이고~ 된장찌개 냄새가 사람 죽인다 죽여!

 퇴근한 그가 들어서면서 너스레를 떤다. 얼른 닦고 저녁 먹을 준비해요. 밥부터 먹고 닦으면 안 될까? 뱃속에서 쌍나팔을 불고 있는데. 이이는? 여자가 가볍게 눈을 흘겼다. 이크 무시라. 얼른 닦아야지. 내가 이러다 공처가 되는 거 아냐? 그가 고개를 갸우뚱하며 화장실로 들어갔다. 고양이 세수하듯 대강대강 씻은 그가 밥상머리에 털썩 주저앉았다.

아따! 감칠맛 나네. 당신도 이젠 한국 사람 다 됐어. 된장찌개 맛을 보면 어쨌든 따봉이야. 내가 이렇게 마누라 복이 넘치는 놈이야. 그때였다. 수저를 들어 첫 밥숟갈을 뜨는 그의 모습이 어딘가 모르게 으즙어 보였다. 헛수저질을 하는 것 같았다. 당신 왜 그래? 어디 아파? 왜 이래 진짜? 여보! 남자가 밥상머리 앞에서 상을 들어 엎으며 모로 쓰러졌다. 입꼬리는 무얼 말하는 것 같았으나 소리는 들리지 않았다. 급히 119를 불렀다. 남편은 병원에 도착하기도 전에 차 안에서 사망하고 말았다. 사인은 급성 뇌졸중이었다. 자신의 씨앗을 잉태한 아내에게 고마워하며 있는 사랑, 없는 사랑 쏟았던 그가 세상에 나올 아이도 보지 못한 채 그는 운명의 기로에 선 것이다. 눈물로 장례를 치르고 허탈한 마음으로 부른 배를 어루만지며 집에 이르렀다. 하늘이 노랬다. 모든 것이 절망으로 변해 버리고 있었다.

　남편의 사십구재를 치르고 삼 일 후 아이를 순산했다. 남편을 빼닮은 건강한 사내아이였다. 시어머니가 손주를 부여안고 한없이 눈물짓고 있었다. 아이는 무럭무럭 커가고 있었다. 젖도 잘 먹고 살이 올라 우량아가 되어갔다.

　어느 날 시어머니가 시무룩한 얼굴로 얘, 아가, 내가 할 말이 있구나. 이건 의논이자 이 시어머니의 간절함이다. 너는 아직 나이 서른도 안 된 팔팔한 청춘이다. 아이 하나 바라고 이대로 살아가기엔 아까운 나이야. 아이는 내 자식의 핏줄이니 내가 거두고자 하니 중국으로 가거나 재가를 하던가 그것은 네 뜻이다. 어찌하겠느냐? 당장 어쩌라는 건 아니다. 생각해 보라는 뜻이야. 남편이

가고 없는 슬픔과 망언 같은 시어머니의 한마디가 뻐근한 가슴 한 구석을 후벼파고 있었다. 비근한 하나의 생각이 머리를 치고 지나갔다. 혼인신고라도 한 부부였다면 명분이라도 찾으련만 혼외자인 입장으로서는 할 수 있는 것이 아무것도 없었다.

국가 간의 혼인임을 들추어 억울함을 호소할 수도 있으련만 그렇게 되면 많은 금전적 문제와 행정적인 부합도 실효성이 있을는지도 모를 상황인 데다가 시어머니의 충고대로 아이를 시댁에 주고 미련 없이 중국행을 간다면 모든 것은 원점이 될 일이었다. 어머니와 아버지는 나의 현실을 전혀 모르고 있는 상황이었다. 맞닥뜨린 궁지에서 빨리 헤어나고 모든 것을 감춘다면 자유분방한 나일 터이지만 평생을 가슴에 묻고 살아야 할 양심의 가책은 어쩌란 말이냐? 거짓과 양심을 팔면 어머니 아버지 앞에 부끄럽지 않은 평범한 딸로 보여질 것이고, 처녀 행세로 또 다른 사람을 맞아도 될 구실의 연결고리가 만들어질 수 있는 상황이었다. 내 안일을 위해서 진실을 악으로 선회한다는 그 자체는 물심양면으로 거금을 투자해 공부시킨 어머니 아버지에 대한 크나큰 배신행위임을 생각하니 길이 없는 듯 까마득했다.

답답한 건 생각이 많은 여자였다. 무언가 말문을 열어 시어머니의 설득력을 얻어보려 하지만 그때마다 딴청을 부리며 바쁘다는 핑계로 벌떡 일어나 말 붙일 여유조차 주지 않고 의도적으로 피하고 있었다. 비극적인 사상이 빚어오는 오해의 소지였다. 울화가 치밀고 속이 부글거렸다. 아이와 함께 중국으로 야반도주하고 싶은 결백 같은 생각도 했다. 그러나 엊그제까지만 해도 행복했던 남편을 생각하면 인간이 돼 가지고는 그럴 수는 없었다.
 사랑했던 사람의 아이를 짐짝처럼 천덕스럽게 할 수 없었던 것이다. 열 달 배 아파 낳은 천륜이었다. 차라리 손이 귀한 시집에 아이를 고이 주고 눈물로 돌아설지언정 내 가슴 아픈 것 하나로 모든 순리적인 것이 젊은 내가 혼자 짊어져야 할 의무일 거라 생각하고 싶었다. 아이를 위해서 그리고 한국인 전통의 남존여비 사상의 의미를 부여하면 그것이 옳은 일이라 생각되었다. 이제 모든 것이 끝이라는 생각에 북받쳤다. 설움이 한꺼번에 눈물이 되어 양 볼을 적시고 있었다.

내 안의 카사블랑카

그의 여자는 산뜻하고 쾌활한 스포츠 같은 신성한 여자였다. 늘씬한 몸매에 늘 라일락 향기가 은은했다. 눈이 크고 머리카락이 말총처럼 긴 여자는 나이와는 무관한 듯 뒤태가 아름다웠다. 50 초반이라는 사실이 놀라웠다. 여자는 두 아이의 엄마이기도 했다. 엊그제까지만 해도 모 회사의 프리랜서로 직장을 다닌 여자였다.

잘난 그녀의 외모에 눈이 뒤집힌 사내들! 그녀의 주변엔 언제나 뭇 사내들의 시선이 따라붙었다. 그녀는 그 시선들을 자신의 무기로 삼아 쳐들어오는 시선들을 방패막이로 써먹었다. 의외로 사내들의 순진성을 그 시기에 알아버린 여자였다. 못 펴고 쩔쩔매는 사내들의 순진성에 한없이 가엾고 처량함도 알아차렸다. 종이호랑이라는 소리의 검증이 이런 사내들을 두고 한 말 같았다.

건드리면 터질 것 같은 그 여자의 스물셋 그 시절, 그녀는 요정이었다. 많은 눈길이 자신을 쏘아보고 있다는 사실을 간파한 그녀는 세상이 온통 자기 것인 양 의기양양함에 천성이 아닌 도도함이 시루의 콩나물처럼 스멀스멀 올라와 환각 속에 묻혔다고 해도 과언이 아니었다. 그 못된 허구가 뒷덜미를 낚아챈 시기는 그도 사람이기에 이성 앞에서는 어쩔 수 없는 나약한 아가씨에 불과했다. 본능은 누구도 못 말리는 아편 같은 것이었으니 끈질기게 구애하며 달려들면 대시하는 사내 앞에 그녀는 별 볼일 없는 암고양이에 불과했다. 그녀의 호기는 바람처럼 사라져 버렸다. 사내에겐 애마였다.

그때에 얻은 일란성 쌍둥이가 지금의 두 아이였다. 죽고 못 살던 사랑은 오래가지 못했다. 종족 보존의 능력을 본능으로 빨아들인 사내는 하나의 여자로는 만족할 수가 없었던가 회사의 신입으로 입사한 아가씨를 흠모하여 한눈을 팔았다. 두 사람의 사랑 타령은 핸드폰 속 문자가 날라주고 있었다. 그러나 비밀은 영원할 수가 없었나 보다. 그들 두 사람의 엽기 행각을 눈치챈 부서의 대리가 속으로 끌끌 혀를 차고 있었다. 마누라가 있는 부서에서 또 다른 여자와 연애질이라서 겁대가리가 없는 놈으로 낙인찍힌 그 이후부터 알게 모르게 사실이 지도편달된 것이다. 신입으로 입사 두 달 만에 여자는 도망치듯 회사를 그만두었고, 사내 역시 불편한 진실을 견딜 수 없어 짐을 싸야 했다. 이 꼴을 당한 마누라마저 회사를 그만둘 수밖에 없어 졸지에 그들 셋은 직장을 놓아버린 실업자 신세가 된 것이다.

그날 저녁 쌍둥이 부부는 피 터지는 부부싸움을 벌였다. 때리고 꼬집고 할퀴면서 단출한 살림살이를 박살 내어 사생결단의 힘겨루기를 한 판 한 것이다. 여자의 눈퉁이는 검은 흑진주가 되어 날계란을 긁어야 할 지경이었고, 아랫니 두 개가 흔들거렸다. 붉고 말랑한 입술이 꽈리처럼 부풀어 부어오르고 블라우스의 어깨선이 찢겨 너덜대고 있었다. 구석에는 쌍둥이 두 아이가 몰려 눈을 치켜뜨고 달달 떨며 울고 있었다. 놀란 아이가 오줌을 지렸다. 흥건하게 흘러내린 오줌이 아비의 양말을 적셨다. 한바탕 난리를 친 사내가 얼굴을 감싸 쥔 채 쪼그리고 앉아 청승을 떨며 줄담배를 피워 물었다. 난장판이 된 이 꼬락서니를 행여 누가 볼까봐 여자가 슬며시 일어나 주섬주섬 내동댕이쳐진 살림살이를 챙기고 있었다.

전기밥통은 반은 깨져 찌그러져 있었다. 아이들의 숟가락을 집어 든 여자가 흐느끼기 시작했다. 아이들이 무슨 죄야? 이 망할 놈아, 나쁜 새끼! 너도 인간이냐며 이를 갈았다. 계집에 엉가리가 들린 새끼! 이제 내가 너랑 살면 개만도 못한 년이야. 너와 나의 인연을 여기까지가 한계야. 사내는 아예 구린 입도 띄지 않고 꿀 먹은 벙어리 행세였다. 침묵으로 일관하며 한숨만 쉴 뿐이었다. 사내가 옷을 주워 입고 밖을 나가자, 여자는 두 아이를 데리고 길을 나섰다. 당분간 혼자 기거하는 친구의 집에 머물 생각이었다. 사내가 마누라의 친구가 거주하는 곳을 전혀 모르고 있어서 알리지 않으면 종문소식으로 애가 터질 일이었다.

여자의 작심은 결연했다. 제 놈이 감히 날 속여 먹여? 그 옛날 자존심이 폭발한 느낌이었다. 자신의 행복을 짓밟은 배신자와는 두 번 다시 살을 섞고 싶지 않았다. 온몸의 피가 다 소진되는 느낌이었다. 그렇게 여자는 홀로 아리랑이 된 여자였다. 그녀의 나이도 이제는 50 초반의 중년 여자가 되어 있었다. 커가는 아이들의 장래가 걱정스러웠다. 이런 정신적인 혼란이 올 때 누군가가 그림자처럼 다가와 주었으면 싶었다. 지성이면 감천이라 했던가? 정신적 지주가 짝을 원할 즈음 구세주 같은 친구의 전화 한 통이 걸려 왔다.

야, 너 시집가고 싶다고 했지? 그래. 애들 때문이라도 두 아이 이해할 사람이면 가야 해. 지금 뭐 쓸려 다니며 연애할 나이도 아니고 할망구 될 날이 내일모레인데. 괜찮은 혈혈단신 홀아비가 있으니까 한번 만나 볼래? 나이는 너보다 세 살 위야. 딸이 하나 있는데 시집가서 애 엄마란다. 아무것도 걸리적거리는 거 없는 사람이야. 그다지 가진 것은 많지 않아도 네 두 새끼 먹이고 입히고 가르치는 데는 걱정 없는 중산층은 된대지. 이 소리는 직접 그 사람 입으로부터 들은 정보가 아니고 그를 잘 아는 이웃분이 알려준 정보야. 사람이 유하고 착해 정이 많은 사람이더라.

애가 둘이라는 사실도 이미 그 남자는 알고 있어. 그래도 좋으냐는 확답도 받아냈고, 열쇠는 네가 쥐고 있는 셈이야. 하느냐 마느냐는. 일단 한 번 보는 걸로 우선하고 데이트하면서 사람 됨됨이를 캐다 보면 상태를 알 수 있잖아? 언제? 글쎄… 글쎄라니? 너 농담한 거 아니잖아? 날 믿던가, 그 사람을 믿던가는 네 몫이야. 날 잡아! 내일 저녁 일곱 시! 그럴까? 아이고~ 싫지는 않은가 보네. 여우 같은 년, 잘해 이년아! 기회야. 더 늦으면 그나마 황새 날아가. 비보 같은 전화에 설레기보다는 비호감이 더 가슴에 와닿았다. 마음이 뭉클했다. 미운 정 고운 정이 순번을 바꿔가며 교차하고 있었다. 나는 아직도 쌍둥이의 아빠를 용서하지 못하고 있었다. 코끝이 시큰하고 가슴이 먹먹해 왔다. 두 아이를 와락 끌어안아 가슴에 품었다. 그녀의 가녀린 두 어깨가 오래도록 흔들리고 있었다. 하얀 새벽이 오고 있었다.

이년의 팔자를 어쩐다냐

　에이그으~ 에미 애비가 건실해야 새끼도 실하게 내지르는 법인데 에미 년은 그런데도 중간은 가건만 애비 제목이 히쭈구리허니 뜨물에 뭣 담근 거 맹이로 행맹이가 빠져 삐거덕거리더니만 아니다 달라? 박을 때 제대로 박아야지 한 데다 뺏뚜루 그것도 술이 거나해서 껄떡댔으니 똑똑한 새끼가 나올 리 없지! 첫눈에 딱 보니까 여중이 같아. 아부지, 나 저 사람 싫어라오. 그래 쌌더구먼 들은 척도 안 하고 개소리 작작 해봐야. 그러면서 억지로 보낼 때부터 알아본 게 나여.
　아따, 이놈의 계집애! 어디 한 군데 잘난 데라고는 없는 년이 그래도 컸다고 시집을 가고 싶어 안달 지랄을 떨길래 에라 모르겠다. 코 풀듯이 보내버렸더니 뭘 잘못해 쫓겨와 겨우 한다는 소리가 애비 탓이야. 아, 내가 어디 한 군데라도 트릿한 데가 있어야 말이지. 아따, 지가 제 흉은 모르는 법이지. 알면 저런 소리를 할까? 낯도 절도 모르는 놈하고 만나 전방에서 노가리 치놀고 둘이 소주 일곱 병 마시고 술김에 우리 딸년 데려다 살라고 흥얼대고 오다가 냇가 도랑물 건너다가 급소 백이 쳐 석 달 병원 신세 진 게 당신이여. 알기나 알고 노가리 풀어. 이런 잡아먹을 것아!

그러는 나는? 당신이 탐이 나서 허리띠 끄르르 치마 벗긴 줄 아남? 아니거든. 아, 그래! 뭔 년이 가는 데마다 애 하나씩 내질러 놓고 빈손으로 쫓겨와? 사위 손주 여럿이라 좋갔씨다. 영감, 이런 때려죽일 불난 집에 휘발유를 뿌리나? 빈정거려 그래? 오랄을 지구 땀을 못 내고 죽을 마누라쟁이 같으니라고. 앞으로는 말이야 절대 서방 놈 얻을 생각은 마라! 안 돼, 엄니! 한 번만 더 가보고 그때도 시방 모양이면 쥐약 먹고 죽을게. 에이그~ 어쩐다니!

그러면 말이다. 가면 가되 만약을 위해서 애는 사절이다. 무슨 소리야? 가자마자 애가 들어설 판인데. 삼신할미가 내버려 두간? 삼신할미가 아니라 서방 놈이 가만 안 두지. 묘책이 없구면. 차라리 늦게 가더라도 아이 못 낳는 고자한테 가면 어떠냐? 엄니는 그저 말하는 게 왜 그랴? 고자한테 가면 겨우 밥이나 해주러 가는 건데 불같은 이 내 사랑은 어쩌라고. 영감, 야가 시집 한 번 더 간다. 새 사위 또 하나 생겨 술병이나 얻어먹게 생겼으니 좋갓시다.

이런 때려죽일! 술에 엉가리가 들린 줄 아남? 시집이고 서방이고 다 때려치우고 게을러터진 네 에미 하스뽀이나 해라. 아이구~

신령님, 야속도 하시지. 또 봇다리 싸서 들고 오고 싶어 아랫도리 고생 그만 시켜. 주기만 하고 남는 것도 없이 근심만 끌어안으니 이게 차차차냐? 말보냐? 기왕 갈 거면 제대로 된 놈 붙어가. 네 번 갔다가 네 번 빠꾸 맞은 년이 넉살도 좋아. 이번엔 잘하고 살아. 또 꾀질러 오지 말고. 이번에 제대로 사나 원. 아직 기별 없지? 설마 또 소박맞고 쫓겨 오겠우? 잘 사는 게지.

지이이잉 때릉때릉~ 이 밤중에 누구여? 거 누구시오? 엄니, 나여. 이 야밤에 어쩐 일이냐? 그 보따리는 또 뭐냐? 웬 배는 또 그리 부르냐? 잘 먹여 살이 찐 겨? 뭐여? 뱃속은 이상 없지? 웬걸 쌍둥이야 엄마! 아이고오~ 해골이야. 아이구~ 하나님 아버지! 영감 곱하기 빼기 더하기 나누기 셈할 줄 알지? 내가 그걸 어떻게 알어? 알 턱이 없지! 핵교를 가봤간. 잘 들어 영감! 4 곱하기 4 = 16이야. 네 번 빠꾸 맞았으니까 16에서 4를 빼면 12 아냐? 그게 그렇게 되나? 결론은 앞으로 시집을 12번은 더 가야 한다는 계산이 나오는데 시방 얘 밑으로 나온 손자 손녀가 셋 쌍둥이 둘 다섯 손주에 12번을 더 가면 하나씩만 따져도 열두 손자 12 더하기 4 = 16. 새 신을 신고 뛰어보자 팔짝! 머리가 하늘까지 닿겠네. 쓔쓔쓔와 뜨비뜨와 세상에 전생에 무슨 죄가 많아 이런 수수옹시래미 같은 팔자가 될까나?

압박과 설움에서 해방되지 못하고 굴욕적 인생을 포기 못한 삶의 선구자 오봉심 여사! 자신의 뚝심과 열정을 앞세워 또 다른 삶을 찾아 출발점을 두고 박정한 부모님 곁을 떠나기로 했다. 그렇게 떠나 정착한 곳이 서울의 변두리였다. 오봉심에게 낙심은 금물이었다. 칠전팔기 오뚜기 인생 같은 여자였다. 없으면 구할 것이요, 때가 되면 구해지리니! 믿음 같은 그 무엇이 그녀의 희망이었다. 자기중심의 인생관을 타인의 성격에 맞추려 마음에도 없는 허세는 닭살 돋는 일이어서 그녀는 그런 게 싫었다. 그 옹고집 하나가 자신의 인생을 난타질한 원흉임을 뒤늦게야 깨달을 수 있었다.

낯선 서울에 몸을 의지한 그녀가 밤하늘 보름달을 올려다보며 회한에 젖어 들었다. 지난날의 찌든 앙금을 희망으로 복구하는 일은 새로운 각오와 고정관념의 틀에서 벗어나는 자구의 노력이 전부임을 머릿속에 각인시켰다. 그녀는 이제 폭풍처럼 살자고 했다. 좋은 인연도 만날 것이었다. 가시적 차별화로 부연했던 얼룩진 인생의 흑점도 털어내야 했다. 온몸에 힘이 솟았다. 그녀의 양손이 항명하듯 추어올려지며 부르르 힘을 주어 떨고 있었다.

사랑의 이름으로

　나는 아는 게 없어요. 아무것도 몰라요. 세상 물정에 어두운 듯 양심을 감추고 자신은 어리숙한 바보인 양 순전히 남의 덕으로만 인생을 빌붙어 살려는 꾀 많은 당나귀의 이솝우화처럼 잔머리만 굴리고 사는 여자! 천성이 게을러서 부모 잘못 만난 탓에, 주변머리가 없어, 생겨먹은 태생이 그러해서, 타인과의 대화를 꺼리는 대인기피증이라서 정상인과는 거리가 먼 자폐로 인간적 근간을 상실해서, 아니면 정신적인 피폐에서 이것도 아니오! 저것도 아니다! 모두가 다 아니다! 어디 한 군데 나무랄 데 없는 외모상으로 조금도 의심할 여지가 없는 똑똑한 여자다.
　어느 누구도 그녀의 속심을 모른다. 상대에게 동정심을 유발하는 지능적인 쇼맨십으로 자신을 애처롭게 불쌍하게 보도록 유도

하는 그녀여서 주위로부터 얻는 것이 많은 여자였다. 심지어는 길을 가다가도 자신의 외모를 내세워 지나가는 사내를 붙들고 모처럼 만에 여기 왜 와서 소매치기당해 지갑 채 잃어버렸다면서 되도록 먼 지형을 가리키며 여비를 보태주면 온라인으로 부쳐 주겠다면 몇 천 원에서 몇 만 원까지 남자의 지갑을 털어 유유히 내빼는 일도 비일비재했다.

세상은 온통 사람의 물결로 지구는 만원이다. 이런 오밀조밀한 무리 속에 별난 종자도 다 있구나 생각하니 실소가 터졌다. 이런 피라미 같은 저질에게 당한 그놈 그놈두 별 볼일 없는 놈! 돈을 그렇게 쓰는 게 아니건만 제 마누라가 돈 달라면 앙알거리며 핏대를 올리던 놈이 남의 떡이 맛있어 보여 아, 그러시다면 드려야죠. 예라이 똥물에 해수욕을 할 위인아, 나가 놀아라! 지구를 떠나거라! 가난이 웬수라고 헐벗고 굶주려 없는 살림에 남처럼 배움이 부족한 여자도 아니었다.

그녀의 두뇌는 명석했다. 학내 수석으로 교우들의 우상적인 최고의 엘리트이기도 한 여자였다. 많은 이들이 그녀를 부러워하며 사회인이 되면 큰 거물이 될 거라고 입소문을 탄 여자이기도 했다. 그러나 그녀의 그릇된 행각이 서서히 맨발처럼 드러나기 시작한 건 대학을 졸업하고 2년이란 세월을 무의미하게 지내고 있을 때였다. 사회인으로 첫발을 딛기가 불안스러웠던 그녀는 조금만 쉬자, 조금만 하던 것이 두 해를 무료함 속에 보낸 것이다. 그때 그녀의 나이 27세였다. 혼기가 차오는 딸을 가진 아버지는 어서 딸을 짝지어야겠다는 생각으로 나름대로의 사윗감을 물색 중이었다. 여자는 손이 귀한 집안의 외동딸로 금이야 옥이야 부모님 사랑을 듬뿍 받으며 자라온 여자였다. 부모님의 말씀이라면 이유를 불문하고 기꺼이 따르는 효녀이기도 했다.

여자의 고민이 이만저만이 아니었다. 일자리를 찾아 사회인이 되려 시도 중일 때 아버지의 한 말씀은 한마디로 어명이었다. 30이 가까워져 오는 나이에 직장생활을 해봤자 몇 달 아니면 몇 년이 고작일 터였다. 아버지의 권유에 따라 시집이나 가자는 쪽의 결론에 도달했다. 그러고는 바로 선을 보고 결혼식을 올렸다. 혼기를 놓친 그녀는 곧바로 임신을 해 아이를 가졌다. 시어머니는 아이를 가진 이후부터 늘 곁에서 시종을 들어주셨다. 배는 나날이 불어가 허리가 뒤로 젖혀졌다. 뒤뚱거리며 걷는 자신이 우스꽝스러웠다.

갑자기 배가 뒤틀리고 있었다. 산기일을 며칠 앞두고 아이가 미리 나오려는 것 같았다. 분명한 산기였다. 이미 양수는 터진 상태였다. 입술이 파랗게 질린 신랑이 자가용에 아내를 실었다. 여보, 잠시만 참아! 병원에 당도한 지 10분 만에 분만실에서 아이의 울음소리가 들려왔다. 안절부절 서성이며 산모의 무운을 빌며 지켜보던 몇몇 식구들이 저마다 안도의 숨을 내쉬고 있었다.

나왔어! 드디어 나왔어! 오는 도중 길바닥 아이였으면 어쩔 뻔했니? 간호사가 신랑을 호명했다. 건강 체중의 우량아 아들입니다. 축하드립니다. 근심으로 멀쑥해졌던 표정들이 순식간에 회심의 얼굴로 밝아졌다. 방실거리는 아이를 안고 병원을 나서 집에 이르자 제일 반갑게 퇴원한 며느리를 반겨준 건 다른 사람도 아닌 시아버지였다. 아가, 가문의 영광이구나. 당대의 큰 업이야. 시아버지가 며느리의 손을 덥석 잡으며 고생했다, 고생했어! 요놈이 내 손주라니 아이고 이쁜 것! 강하게 조였던 벽시계의 태엽이 서서히 풀리듯 그녀의 긴장했던 심신이 서서히 안정이 되어갔다.

모든 행복이 한꺼번에 몰려오는 듯했다. 하루하루가 즐거웠다. 아기를 품어 젖을 물릴 때면 그 행복은 끝이 없이 여세를 몰아 나를 행복의 나라로 데려갔다. 살며시 눈을 감아보면 강남 갔던 제비가 돌아와 처마 끝에 흙을 물어와 새끼를 기를 집을 짓고 포근한 깃털을 깔아 알을 낳아 품고 있었다. 부하가 된 다섯 마리의 노란 부리의 새끼들이 쨱쨱거리며 어미가 물어오는 애벌레를 맛있게 받아먹고 있었다. 눈을 떴을 땐 세상이 모두 긍정으로 보였다. 행복이 쉴 사이 없이 입으로 코로 숨 쉴 때마다 가슴 가득 쌓여갔다. 꿈 많고 발랄했던 젊은 학창 시절 그 아리따운 나이 때도 느껴보지 못한 행복이었다. 아, 그러나 어찌하랴?

그 행복 속에 불행의 그림자가 찾아오고 있었다. 아이 사랑이 끔찍했던 남편이 퇴근길에 동료들과의 회식 자리에서 갑자기 쓰러져 인사불성이 되면서 부랴부랴 병원으로 이송되었으나 남편은 응급실을 들어서기도 전에 이송 도중 들것 위에서 절명하고 만 것이었다. 행복도 잠시였다. 사망 소식에 충격을 받은 여자가 돌아버린 듯 눈물 대신 깔깔거리며 웃고 있었다. 이건 줄초상이나 다름없었다. 여자는 남편이 있는 영안실이 아닌 병원으로 실려 갔다. 어미와 떨어진 아이가 비명을 지르듯 울고 보채며 떼를 썼다. 눈물범벅이 된 시어머니가 보채는 아기를 얼싸 얼싸 어르며 달래기를 반복하고 있었다.

시집 오기 전까지만 해도 설거지 하나를 안 해본 여자였다. 세상에 할 수 있는 것이 아무것도 없었다. 여자는 남편의 장례식도 보지 못한 채 죽음을 끝으로 이별을 한 것이었다. 남편의 혼백이 땅을 치며 통곡할 일이었다. 이렇게 혼자가 된 여자는 산다는 의미 자체를 망각한 채 살아 숨만 쉬는 식물인간 그 자체였다. 그 여자가 나태하고 남에게 기대고 싶어 하는 파렴치한 행동은 행복에서 몰락으로 치달으면서부터 온 증오의 분노가 몰고 온 회오리에 휘말렸을 정신적 문제의 오해일 수도 있었다.

빛과 그리고 그림자

그대 눈동자 태양처럼 빛날 때 나는 어두운 사랑의 그림자! 젊은 날 당신은 이성을 잃을 만큼의 지독한 열애에 빠져본 적이 있는가? 그렇다면 열애의 수식어는 어떤 말로 그 아름다움을 표현해야 할까? 열애는 내 젊음의 모는 것을 아낌없이 쏟아내는 애달픔의 산고이며, 광기의 젊음을 불사르는 내 젊은 날 최고의 파티일 것이다. 일생에 한 번만 있어야 할 소중한 사랑의 이름이 곧 열애다. 천상의 이상징후인 오로라 같은 오색 조명 아래 라틴계 음악이 흐르고 장식용 석유 랜턴이 가물가물 졸 때까지 그들은 술과 음악과 몸을 부딪치며 환희에 젖어 까만 밤을 하얗게 지새워 젊음을 불태운다.

정열 또한 젊음만이 누릴 수 있는 최고의 특권이다. 신화의 나라 그리스 푸른 강물, 에게해의 지난한 아름다움인들 여기에 비할 수가 있을까? 인간에게 신은 동등한 자격을 부여했다. 굳이 불같은 사랑의 열정만큼은 말이다. 그렇다면 왜 생각의 차이에는 차별을 두어야 했을까? 조물주의 크나큰 실수였을까? 공평치 못하니 치사한 일이다. 아마도 생각만큼은 자유라는 미명하에 불일치를 허용하는 것일까? 살아가는 데에서 벌어질 수 있는 삶의 아귀다툼에서 타협을 구사하라는 답을 가르쳐 주지 않은 미완의 암시 같은 것!

대신 영리함을 주셨으니 그 마법과 같은 신비의 비정까지는 파고들지 못해도 가물가물 생각을 떠올리면 신도 가르쳐 주지 않은 무언의 묵시록을 우주로 넘나드는 현대인의 비상한 두뇌가 미완의 해법을 찾을 것이니 크게 염려할 일은 아닐 대고 하물며 우주의 동물 중 유일하게 직립보행으로 두 발로 서서 걷는 오늘날의 인간들에게 숙제로 준 선물임을 고마워하자.

인간은 완벽한 듯하지만 완벽하지 않다. 실수 연발이고 자기방어적이며 거짓으로 상대를 속인다. 이에 모함하고 경계하며 치고 빠지는 전술도 구사한다. 짐승이라 부르는 산속의 금수도 인간처럼 야비하지는 않다. 배가 고파 먹잇감을 노릴 때만 속임수를 쓸 뿐이다. 사람의 말 속에 그 애비에 그 자식이라는 말이 있다. 아버지는 피요, 자식은 살이기 때문에 붙여진 조롱의 비아냥이다. 네모난 성격 괴팍에 다혈질 성질이 미지수인 여자! 느긋하지 못하니 급할 수밖에 없다. 행동보다 말이 앞서는 탓에 세인의 눈총은 물론 불려 다니며 망신을 당하는 것 또한 그의 몫이었다. 친부인

아버지 어머니가 닮은 꼴 부부였기에 그 틈 사이에서 서자처럼 태어난 것이 이 여자였다.

　주제 파악도 미흡했지만, 오지랖도 넓었다. 참견에 일가견이 있다 보니 숙맥 짓은 도맡아 했다. 씹 주고 뺨 맞는다는 말은 이 여자에게도 해당되는 말이었다. 내로남불 내 주장에는 반박의 여지가 없는 원칙의 방편이고 상대의 말은 절대 불가견이라는 편견을 가진 여자였다. 다툼으로 몸싸움을 벌이거나 겨우겨우 유지하던 이웃과의 정마저도 스스로 갈라놓는 고질적인 습관의 여자! 사나운 개 콧잔댕이 아물 날 없다고 했듯 젊은 년이 왜 저러고 사느냐는 힐난과 함께 또라이라는 불신임을 보너스로 받아 챙기는 여자였다.

　법보다 주먹이 먼저이듯 자신이 쓸데없는 참견으로 감정의 씨앗을 키워 놓고도 그 시발적 발단이 누구로부터 시작되었는가에 대해서는 반문하거나 따지고 들지 않았다. 자신에게 불리한 건 아예 시치미를 뗐다. 소요의 사태는 상대방이었음을 되음질을 하듯 둘러대는 임기응변에도 능했다. 상대를 질리게 만들어 스스로 물러나는 꼴을 보아야만 직성이 풀리는 여자였다. 우열이 없는 일방적인 여자! 자신의 이런 못돼먹은 병적인 논란거리로 하여 수십 차례 삶의 터전을 옮겨가며 이사를 하건만 여자는 절대 변하는 것이 없었다. 남편도 이제는 참는 데 한계가 왔다. 이사를 자주 하다 보면 스스로가 알아차려 그러는 행동을 멈추겠지 하는 마음으로 따라만 다니던 자신의 인내에도 이제는 한계가 왔다는 저돌적 항명이 무슨 구정을 낼 판이었다. 언제까지 이 여자와 떠돌이가 되어 살 수만은 없었다. 마음이 어질고 고분고분한 샌님 같은 신랑이 칼을 벼르고 있는 사실을 여자는 모르고 있었다.

신랑은 그 속상함을 술과 담배로 풀고 있었다. 그도 사람인지라 술을 마시면서도 울컥울컥 올라오는 가슴 한켠의 응어리가 폭발을 할 때 술상을 뒤엎으며 괴성을 지르기도 했다. 세월에 쫓기다 보니 나이 50이 육박하도록 장가도 못 갔다. 젊은 가슴이 아니어서 불같은 연애 한 번도 못해 보고 나이 50 인생이 돼버린 그였다. 팔자에 여자는 없나 보다 싶어 아예 혼자 살기로 결심한 때에 그것도 인연이라고 개똥참외 얻어걸리듯 걸려든 여자가 이 여자였다.

마누라 잘못 얻어걸리면 일백 년 원수라고 총각 때 들은 귀동냥이 빈말이 아니었음을 기억에 떠올렸다. 차라리 혼자였던 엊그제가 행복했음을 새삼스럽게 실감했다. 이제 털어버려야 했다. 그가 점점 비관적인 감정을 앞세워 미움으로 격정의 시간을 좁혀가고 있는 것이다. 오늘도 목노에 쓸쓸히 안주 없는 깡소주 한 병을 놓고 한숨을 쉬며 쓰디쓴 술잔을 기울이며 삐뚤어져 가는 서방님의 이 현실을 여자가 보았더라면 곤드레 만드레가 되어 비척대며 겨우 문간을 들어선 그가 한 소리는 야, 짐 싸! 여자 아냐! 금덩어리래도 너 같은 년과는 도저히 못 살아! 그동안 산다고 산 게 산 게 아니야. 끔찍한 나날이었고 살얼음판이었어. 내 오장육부가 까맣게 탔다구. 이건 술 먹은 객기가 아니야. 숨 막혀 죽을 지경이라구. 재수가 없으려니까 별 거지 같은 인간이 걸려서 야야! 신물 난다. 신물 나. 인간이 게다가 애두 못 낳는 게 무슨 여자야. 너 남의 인생에 뛰어들어 쇼하냐? 나도 인격과 감정이 있는 사람이야. 다 내 탓이요, 감추고 모르는 채 넘어가 주려 했지만 갈수록 태산이네. 수명이 다 된 폐차는 폐기처분해야 애써 번 돈 안 까먹듯이 네가 그 짝이야. 네가 나가지 않으면 내가 떠날 거야. 행복의 나라로!

에필로그
♥

    인간은 왜 혼란을 야기하는가? 욕심과 야망이 커서일까? 끝내 그렇게 무너지는 것을 알면서도 분별없이 곧은 길을 가고자 기를 쓴다. 겨우 기면서 온통 날고자 하는 억측이 낳은 고질적 소산이리라. 욕심이 잉태하면 죄를 낳는 것이다. 혼란이란 번잡스러움의 대명사다. 한 뼘의 도덕을 넘어서는 일! 생각을 기울이면 얻어지는 것이 있다. 곰곰이 따지고 들면 어쩌면 인간이 이리 어리석고 초라할 수가 있을까? 라는 뒷맛이 개운치 않은 잔뇨감이 남는다. 씁쓰름의 감탄사가 점입가경이다. 참으로 억측이 난무하는 요즈음의 세태이다. 그러하니 꼬집지 않고는 좀이 쑤셔 발광이 날 판이다. 남의 장기판에 훈수 두지 마시라구요. 그건 아니지! 상대가 망해가는 꼬락서니를 두 눈 멀뚱거리며 쳐다만 보고 있으라구? 난 그리 못하네.

    장대 같은 소나기가 퍼붓는 날, 천둥 번개가 무서운 사람들이

지천이다. 우주만큼 지구상에서 가장 영악하고 영리하다는 동물임을 자부하며 살아가는 것이 인간이다. 그러하므로 세상의 모든 것을 지배하고 존속한다. 부귀와 영화를 누리고 토착화된 특권을 누리는 것이다.

배부른 자는 빵의 소중함을 모른다. 드러내는 무상과 생각 속 풍요는 인간 본연의 근본을 망각해 정신질환을 유발하며 미치광이가 될 소지가 다분하다. 그러다 보면 부질없는 객기가 생기고 만용과 당당함이 배가 되어 세상의 룰을 깨고 피해를 주며 잠자는 호수마저 요동치게 하는 것이다.

문명의 이기에 인간의 뇌는 늙고 병들어 순박함이 사라지고 남보다는 내가 먼저라는 서열의 빈도를 잃고 풍요에 물들면서 거꾸로의 세상을 열어간다. 지구 종말의 세태를 열어간다는 징조이다. 자본주의의 열화 같은 삶에 남을 모함하고 타고 넘어야 내가 산다는 내 안일의 이익이 팽배하다 보니 정은 떨어져 가고 삭막해지면서 비굴의 누추함을 연출하는 것이다. 말 못하는 짐승! 동물의 세계에서도 그들만의 기본적 규율과 서열, 행동반경의 경계가 뚜렷함을 눈으로 목격한다. 하찮게 여기는 동물의 세계만큼도 견줄 수 없을 만큼 부끄러운 행동으로 군림하고 있는 것이다. 영악한 인간임을 자인할 수 없을 만큼의 부끄러운 지구상의 주인으로 살아가는 것이다.

이 분별없는 세상에 그나마 아직은 인간이기를 애써 답습하리라는 존립이 살아있기에 다행이다. 경종은 세상을 놀라게 일깨우는 마력 같은 힘이 있다. 인간에게는 어떠한 순간에서라도 윤리라는 이름의 도덕성을 간구한다. 이것이 인간이라는 문명적 사실을 인정하는 자연의 룰! 인간 본연의 표준 심리인 것이다. 산만해진 이 시대의 자화상! 진리와 도, 신의가 무너진 막가자는 혼돈! 어디까지 가야 끝인가를 막연하게 바라다보아야만 하는 것인가에 이의를 제기한다. 이어서 함께 오늘날 시대 상황도 이해해 보기로 하자.

　오늘날, 현대는 역동적이다. 문명은 오랜 변화와 함께 수세기를 거치며 서서히 또는 가파르게 우리 곁에 다가왔음을 부정할 수 없다. 대부분 인간은 자신이 태어나고 자란 곳에서 한세상을 영위하며 살다가 죽어갔다. 자식들은 아버지의 직업을 따라 가업을 이으며 살아갔고 자식을 낳아 기르며 그곳에서 오래오래 살아온 것이다. 문명이 지금처럼 비약적이지 않고 진보적이지 않았던 세월이었기에 가능한 일이었다.

　그러나 오늘날은 어떠한가? 터전은 비어있고 잡초만이 우거진 볼썽사나운, 그리운 고향이 아닌 것이다. 도시로 흘러들어와 힘없고 늙은 노인들만이 그나마 고향을 지키며 한숨을 쉬는 패잔의 고향 땅이 된 지금이다. 가진 것이 없던 사람들은 현실에 만족하지 않고 보다 더 나은 욕망을 찾아 끊임없는 개선을 추구하며 나아가지 않는가? 이 모든 변화의 본질은 자신이 추구하는 생각의 힘으로 이루어지는 것이다.

　생각은 능동적인 자기 형태의 에너지인 것이다. 오늘날의 인간은 멈춤을 거부하는 진행형이거나 추진형으로 행동반경의 높낮이를 비껴가려 하지 않는다. 언제나 앞으로 나가려는 과감성에 사활을 걸며 삶에 치열과 모험을 동시에 경험하는 것이다. 참 위험천만한 과감성이 아닐 수 없지만 이런 모험이 많아짐으로써 문명은 점점 개화되고 세상이 밝아지는 것이다. 이에 따라 본질은 다르지만, 소수민의 생각들도 저마다 업그레이드시켜 현실보다 나은 내일을 희망하며 고정적 잠재에서 깨어나 새로움의 이미지를 창출해 내는 것이다. 사공이 여럿이면 배가 하늘로 치솟는다는 속담처럼 상호 간 경쟁 속에 살다 보니 혼란이 오고 세상은 하루가 다르게 요지경이 되고 삶의 파고가 들쑥날쑥 피곤을 부르는 것이다.

잔머리 굴리는 인간들에게 당해 보고 멀미 난 인생을 살아봤지만, 본질인 인간 본연의 심성을 오기를 부려 앙갚음한 비열은 단 한 번도 없었다. 모든 인간들이 하나같이 이처럼이었으면 하는 저의를 굳이 피력하고 싶을 뿐이다. 모가지가 우뚝하다고 다 사람일까? 영장류라 이름하는 사람이면 사람다워야 사람이 아닌가?

창밖의 세상 보기를 거부하고 싶은 오늘날이다. 영적으로나 정신적으로 성장하려면 행복이 필요하다. 여러분은 지금 행복하십니까? 행복은 일상적인 즐거움을 의미하는 것이다. 행복은 멀리 있는 것이 아니다. 아주 가까이 내 마음속에 있는 것이다. 가진 것이 많아서 더 벌려는 욕심으로 인생이 피곤한 것보다 가진 것 없어도 순수한 감성으로 내 안의 행복을 의미한다면 그것이 곧 행복이고 삶의 진리를 누리는 나만의 낙원의 숲, 에덴동산의 아담과 이브가 살던 그 시절의 행복이 아닐까?

우리 모두 주어진 인생을 추하게 살지 말 것이다. 내 생각만큼 있는 그대로를 감사하며, 남의 부를 절대 탐할 일이 아니다. 어질 어질할 만큼 끔찍한 가난이 아니면 그나마도 감사할 일이며, 내 능력에 부칠 만큼 검소하면 그것도 행복 중의 하나임을 알자. 가진 자도 세기, 빈자도 세기로 인생을 산다. 다만 먹거리의 질만 다를 뿐 고작 한 뼘의 차이일 뿐이라고 내 마음속에 위안을 줄 일이다. 각자 저마다의 인생에는 행복의 로고가 다를 뿐 눈에 보이는 것과 보이지 않는 것을 구별할 줄 알아야 하는 것이다. 인간은 끊임없이 이질적이다. 허무맹랑하다. 베풀 땐 무한정 베풀다가도 전두엽에 이상 신호가 오면 언제 그랬냐는 듯 냉혹한 카멜레온이 된다.

 조물주가 선례해 준 남녀는 인간관계에 있어 매우 유화적이다. 그러면서도 경우에 따라 잠김과 풀림의 경계가 분명한 것이 또한 인간관계의 냉혹한 현실임을 부인할 수 없다. 음과 양, 질은 서로 끌리는 힘겨루기와 다를 바 없다. 자석이 철을 끌어당기듯 끌림이란 함수 같은 것이어서 서로 의미가 부여되면 강력한 열정의 에너지가 생기므로 운명처럼 스스럼없이 서로를 원하는 공동의식이 발현되므로 이것이 연애이고 사랑인 것이다.

 요즘의 사랑법에는 눈치와 꼼수도 등장한다. 상대를 알고자 물색을 하며 상대의 신상정보를 입수하려 설전을 펴기도 한다. 심지어는 계약 결혼이라 하여 몇 달 살아보면서 마음을 정하자는 두더지 사랑법도 있다. 아주 영리한 사랑법인가는 모르나 이래도 되나 싶은 턱을 고고 생각에 잠길 아이러니가 있다. 즉, 살아보고라는 테스트 사랑법을 도입한 것이다. 마치 혼전 정조를 지켜야 할 의무마저 내 것이 아니라는 듯 말이다. 시대가 말로에 이르니 어디

가서 처녀장가를 가겠는가? 요즘 기발한 젊은 세대의 결혼 창출법이다.

하룻밤 풋사랑! 그것은 스릴 넘치는 흥분 도가니의 사랑법이다. 생면부지로 만나 노천에서 때론, 여인숙에서 깔딱 원맨 오랄쇼로 행위가 끝이 나면 남남으로 돌아가는 번개 사랑법이다. 철부지들이 저지르는 악동 사랑법으로 한국인의 꿀팁인 빨리빨리의 병이 불러온 곳! 바로 자빠지는, 아예 개념을 버린 소위 번개 사랑법으로 이건 말이 예뻐 사랑이지 짐승의 굴레와 같은 경우로 책임질 일도 책임지려고도 하지 않는 어떤 국회의 단독 날치기 수법과 동일한 것으로 보면 된다. 이 순간의 불장난이 자칫 잉태로 이어져 죄 없는 아이는 쓰레기통 후미진 곳에 똥 덩어리처럼 버려지고 감히 하늘을 올려다보기가 두려워 불안에 떨고 세인들을 경종하며 끌끌끌 세 치 혀를 차게 한다.

만약 에덴동산의 뱀이 이브를 꼬드기지만 않았다면 선악과는 먹지 않았으련만 지금까지도 인류는 지구상에 존재했을까? 라는 이앓이를 하며 고개를 비튼 어느 노인처럼 청승은 떨지 않으련만. 선악과를 음용하면서 수치와 부끄러움을 알고 나뭇잎으로 생식기를 가려보지만, 암수의 끌림을 알았으니 그 음양의 조화는 열 계집 싫은 사내 없다는 명언까지 유출되었으니. 그래서 신은 에라! 모르겠다. 마음대로 해라! 그리하며 수컷에게 힘과 능력, 배짱과 종족 보존이라는 넉살까지 보너스로 프레젠트한 것은 아닐는지…

관능적이고 적극적인 너는 내 운명! 내 여자라는 사랑법에는 진실을 앞세워 갖은 수단과 방법을 써서라도 쟁취해야 하는 것이 수컷의 역량이다. 사내들이여, 장가 못 가 총각 귀신 들끓게 하지 말고 대시하고 부딪쳐라! 무엇을 망설이는가? 세상에는 짝을 못 찾아 꿈에서조차 오매불망 운명의 가호를 기다리는 여자가 부지기수임을 명심하라. 본심을 감추고 앙탈을 부리며 도도한 척 튕기는 건 여자들의 한결같은 내숭이다. 여자의 껍질은 연하고 부드럽다. 이런 여자의 심리를 꿰뚫어라. 다가서면 얻을 것이다. 인간의 본능인 성적 열망은 남녀가 따로 없다. 열 번 찍어 안 넘어가는 나무 없음을 진리로 두드리고 집적거려 보라. 그렇다고 무턱대고 달려드는 대고 진상은 곤란하다. 자칫 치한으로 오해받아 쇠고랑 찰 일도 더러는 생기는 법이니 조심조심 기발한 연애 발상을 머리에 담고 예행연습으로 한 방에 홈런을 날릴 일이다.

　승리는 용기 있는 자만이 얻어내는 최후의 결실이니까, 여자라면 사족을 못 쓰는 대박 화상 덩어리가 있다. 본능을 최대한 발휘하는 열혈 사나이라면 걸맞는 이름이다. 이에 손뼉 칠 일은 아니지만 그의 열정적 기개에는 박수가 필요하다. 사내는 늙어도 고(Go)라고 했다. 여자는 늙으나 젊으나 내숭 덩어리다. 적을 알고 나를 알면 백전백승이라 했다. 허울만 여자일 뿐 사내와 다르지 않은 것이 여자의 마음이다. 남들도 다 꿰찬 애인도 없는 주제에 모처럼 찾아온 기회를 그 잘난 내숭으로 내박지르다니! 아이고~ 분명히 돌아서 후회하는 게 남자 없는 여자의 심리다. 인물 좋고 늘씬하고 아름다워 보이는 여자는 대개가 남친 없는 외로운 여자다. 골 빈 사내들이 많아서다. 지레 겁을 먹고 건드려봤자 본전도 못 찾을 것이고 망신만 당할 거라는 선입견! 그 여자는 지뢰밭이 아니다. 이런 못난이들을 봤나? 의외로 내 여자로 만들기 쉬운 게 감히 거들떠보지도 않는 예쁜 여자가 더 쉬울 수가 있는 것이다. 이렇게 사내들이 사전에 질겁을 하니 애인이 있을 턱이 있나?

예쁜 여자는 남자들이 바라볼 수밖에 없는 어떤 상징적인 물건이 아니다. 잘나지도 못하고 밉지도 곱지도 않은 여자 곁에 남자가 많은 것은 상대를 가볍게 보는 경향에서 오는 남자들의 선입견이 불러온 괴변이다. 내가 이 정도면 저 여자는 쉽게 친구가 될 수 있다는 자신감에서 드러난 결과인 것이다. 단지 보는 눈과 생각의 차이일 뿐 여자의 습성은 똑같다는 것을 알면 된다. 잘나고 못난 것은 생각의 차이일 뿐 심리는 같다라는 걸 말한다.

간략한 구애의 리드법을 피력하면 슬픈 듯 저녁노을을 바라보며 석양을 등에 지고 망상에 젖어 천천히 걷는 타입의 여자! 매사가 귀찮은 듯 기운이 없고 우수에 젖어 눈가가 촉촉해지는 여자! 해가 저물면 진한 화장발로 집을 나서 거리에서 방황하는 여자! 주위를 두리번거리며 서성이고 가던 길을 몇 번이고 왕복하며 시선을 모으는 이런 여자라면 십중팔구는 외로움에 지친 여자이므로 눈여겨볼 일이고 기회 포착으로 여기에 구라빨은 덤! 그럴싸한 말본새를 내세워 단박에 느낌을 찌르르 흘리게끔 유도탄을 빵! 터트린다면 너는 백발백중 일등 사수! 좋아 좋아~ 아주 좋아! 구라빨임을 여자도 알지만, 그냥 넘어가게 되어 있어 꼬시려는 너보다 그 여자가 더 너에게 관심이 집중되어 있으니까, 이거는 받아놓은 밥상, 숟가락만 들면 돼! 낚시질은 부르르 떠는 손맛이고, 여자는 품는 맛이라는 거! 어허, 이런이런 괴변이 있나? 어찌 사내대장부가 오물이 쏟아지는 아녀자의 아랫도리에 연연하는가?

2025년 11월
지은이 **허 신**